Via Lactea

LIMERENCE ....

发送

我喜欢你男朋友很久了

酱子贝 —————————— 作品

ISBN 978-1-77408-349-9

Published by:
Via Lactea

info@vialactea.ca
Printed in Canada

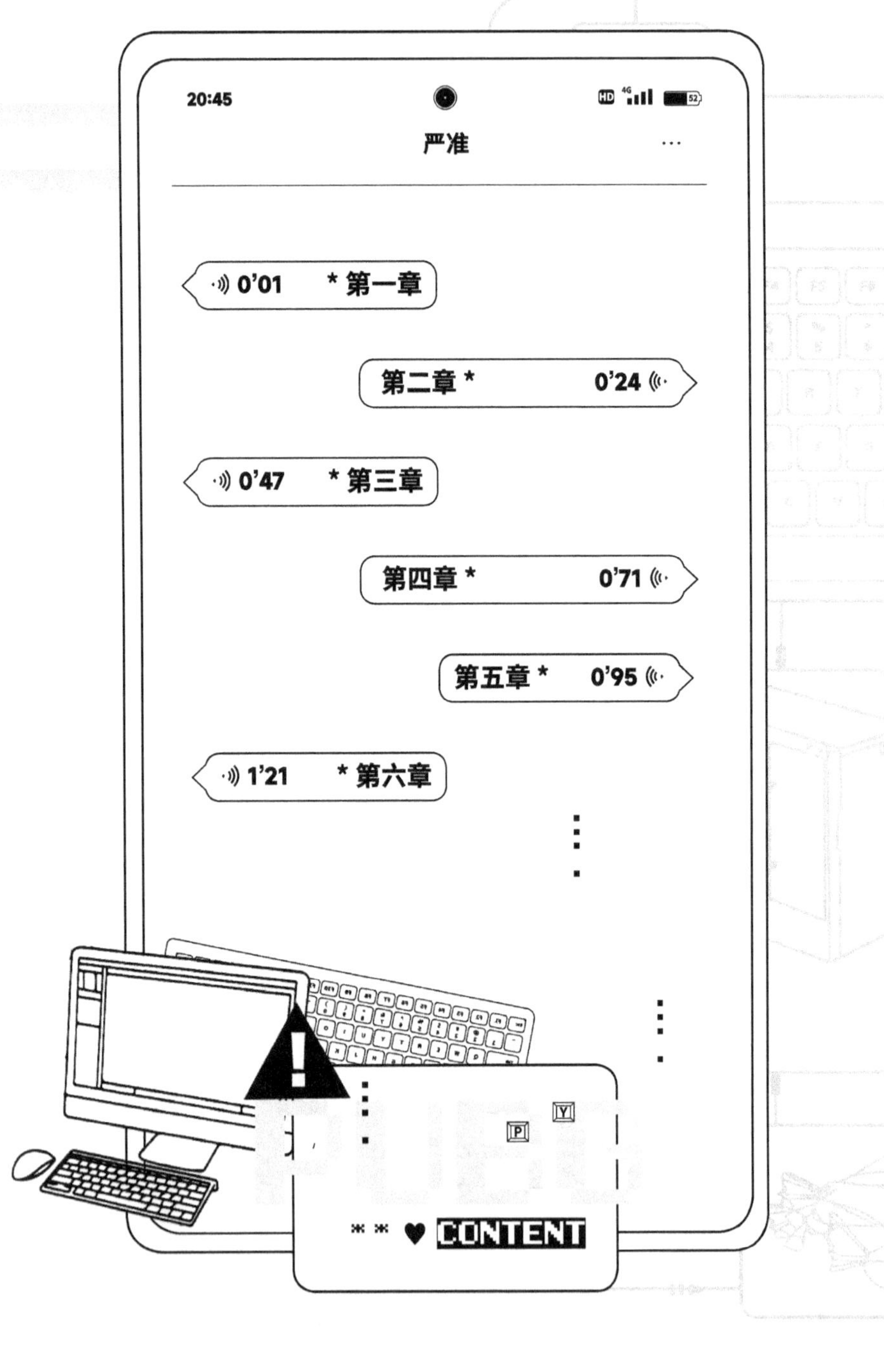
20:45
严准
·)) 0'01　　* 第一章
第二章 *　　0'24 ((·
·)) 0'47　　* 第三章
第四章 *　　0'71 ((·
第五章 *　　0'95 ((·
·)) 1'21　　* 第六章
* * ♥ CONTENT

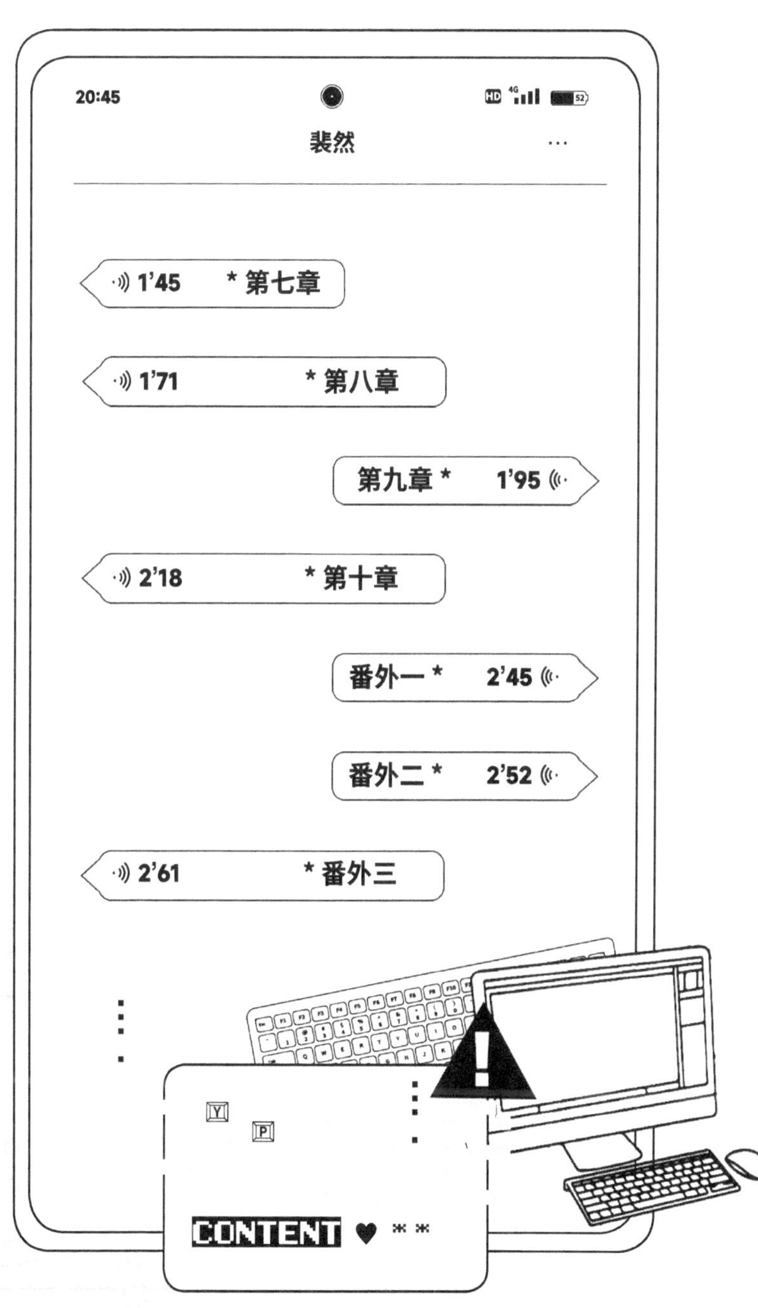
20:45
裴然
·)) 1'45　　* 第七章
·)) 1'71　　　　* 第八章
第九章 *　　1'95 ((·
·)) 2'18　　　　* 第十章
番外一 *　　2'45 ((·
番外二 *　　2'52 ((·
·)) 2'61　　　　* 番外三
CONTENT ♥ ✳✳

  裴然第一次察觉男友不对劲，是在他们打《绝地求生》的时候。

  他男友叫罗青山，他们高二开始谈恋爱，到现在已经快三年，后来考上了同一所大学，但系别不同。

  今天是周末，他回了一趟家，晚饭后，他上线想跟罗青山聊个视频，结果还没聊两句就被他拽来打游戏。

  跟他们一块打游戏的是罗青山的同学，叫什么裴然不记得，只知道那男生个子不高，肤白似雪，经常跟罗青山去图书馆。

  裴然玩 MOBA 游戏还算高手，这种射击类游戏却玩得不好，以前罗青山也经常带他玩吃鸡，为了照顾他，都跳人少的野区。

  这局一开始，三号队友就在机场标了个点。

  "跳机场好不好？想打一把刺激的。"是罗青山同学的声音，很软，还带了点鼻音，听起来有点可怜。

  罗青山说"好"。

  裴然默默不语，他们这局是四排，还有一个人他不认识，可能是罗青山其他朋友，这人跟他一样，从进游戏开始就一直没说话。

  罗青山跟他同学清完一栋楼的人后，才仿佛想起队伍里还有其他人。

罗青山："裴然，你躲好。"

裴然拿着一把手枪，已经在某个房间角落枨了许久："嗯。"

罗青山："苏念，来，这房间有人。"

"来了哥。"

"我先冲，你跟上啊。"

"好，你别死了。"

原来这人叫苏念。

裴然听着枪声，忽然觉得有点无聊，他晃了晃鼠标，视角正好能看见对楼的四号队友。

只见他队友单枪匹马在那头厮杀，一个人干脆漂亮地灭了一个满编队，血量低至红色，最后镇定地站在窗口打药。

从这个角度看过去，他们两人像是在对视。

"死完了，"罗青山说，"宝贝儿，你可以出来了。"

他们的关系没有刻意去藏，几乎身边的人都知道。罗青山这声宝贝儿，从高中叫到现在。

裴然回过神，没开麦，捏着小手枪从窗户跳了下去。

他到的时候苏念正在舔盒子，裴然站着没动，他玩得不好，不会跟队友抢资源。

"哥……"苏念问，"你把 M4 舔走了啊？"

罗青山笑了声："这都被你发现了？"

"给我呗，我今天手感不好，不想打 AK。"

"行啊，"罗青山说，"你晚点帮我带份饭来寝室，这枪给你。"

"又这样……"话里是抱怨的，语气里却带着笑，"好吧，带就带。"

裴然很轻地皱了下眉，打开盒子一看，里面连把枪都没剩下。

他突然就有些烦躁，转身去别的地方搜东西了。谁想才搜不到两个房间，就被对面楼里埋伏着的敌人打了一梭子，人物骤然倒地。

对方毫不留情地在他身上又来了两枪，他顿时只剩下半管红血，裴然连忙往旁边的死角挪了挪。

与此同时，语音里传来一声尖叫："啊——哥，这楼里有人！"

紧跟着，系统弹出苏念被击倒的提示。

"哎呀，这人阴我，他在箱子后面不敢来补我，哥你快来！"苏念气得声音都大了些。

而裴然已经放弃挣扎，敌人离他太近，他估计很快就会被补死。

正好，他现在也没什么心情玩游戏。

然而一声枪响，界面右上角突然弹出一行提示——

【111GOD 以 Kar98k 爆头击倒了 zhiyefudi】

正在朝他跑来的敌人被高塔上的四号一枪崩死了。

裴然愣了愣，忍不住打开地图看了一眼，四号离他非常远，这个距离能用狙爆头一个正在跑动的敌人，能看出这个四号……非神即挂。

不过这人是挂是神并不重要。

裴然目光下移，看向罗青山的图标。罗青山所处的位置很微妙，正好在他和苏念的中间。

罗青山只犹豫了半秒："宝贝儿，你等等啊，我先去苏念那儿，怕他被人补了。"

【111GOD 以 Kar98k 爆头击倒了 luwenz6】

罗青山话音刚落，苏念那边的人也被四号爆了头。

裴然再次看地图，罗青山没有停下脚步，头也没回地跑到了苏念身边。

苏念只是被击倒，敌人没来得及补上伤害就被四号击杀了，罗青山扶他的时候苏念还剩大半管血。

反观裴然，血条已经快要落到底，跟他的情绪一样。

罗青山扶起苏念，看了眼裴然的血条："我操。"

眼看就快来不及，他冲向围栏外的车子，坐上去开了一下，忍不住又爆了句粗口。

车子两个轮胎都被人爆掉了，根本跑不动。

"宝贝儿你等我，我马上来。"罗青山下了车，收起枪奔向裴然所在的楼房。

裴然："算了——"

他话还没说完，耳机里传来一道由远至近的摩托引擎声。

裴然一怔，挪了一下视角，刚好看见四号从还未停稳的摩托车上跳了下来，骤然掉了半管血。

四号翻窗而入，立刻在他身前蹲下，在他血量殆尽的最后一秒，把他扶住了。

裴然眨了下眼，不知道是不是因为"死里逃生"，他觉得自己心跳有那么一两秒的加速。

游戏角色站起来后他还有些蒙，四号往地上丢了个东西，然后转身跑出房间。

裴然捡起地上的医疗包："……谢谢。"

四号脚步一顿，忽然又返了回来。

裴然还以为他反悔了，赶紧取消打药，却见"噔"的一声，地上忽然多出一把 M416。

裴然看了眼他背上仅剩的那把98k，忙道："不用，我不是很会玩。"

四号一言不发地翻窗离开。

裴然觉得这个队友有些怪，最后只能捡起这把枪："谢谢。"

过了好几秒，就在裴然以为对方没麦克风时，四号图标旁的小喇叭忽然闪烁。

"不谢。"

语速很快，调子很沉。

裴然挑挑眉，他莫名觉得这声音有些耳熟。

"牛逼啊小准。"罗青山松了口气，"记下了记下了，下次我和我宝贝请你吃饭。"

裴然想起来了，小准，严准，是罗青山的舍友。

他们学校分成两个校区，裴然和罗青山一在左一在右，因为距离远，裴然很少去罗青山的宿舍，严格来说，他只见过严准两次，一次严准正在玩电脑，他只记得对方肩膀很宽，握着鼠标的手看上去也很有力量。

另一次是在宿舍楼的阳台，严准倚在墙边抽烟，余光扫到他时先是一顿，紧跟着匆忙背过身，低头把烟灭了。

严准给裴然的印象就是，有些冷淡，不爱说话，还很帅。

当然，这些印象除了最后一点之外并不能说明什么，比如苏念，他之前也以为苏念孤僻不爱说话，现在才知道，或许别人只是不爱跟自己说话。

"宝贝儿，你怎么就一把枪？"罗青山跑到他面前，连忙把自己的枪丢到地上，"来，捡我的 AK。"

想起这枪的来处，裴然道："不用了，我用严准的 M4。"

"砰。"

严准的摩托车刚开出几十米，操控者一个失误，车头不偏不倚地撞到了树上。

"严准，你血怎么掉了一半？"罗青山看着左下角问。

严准："撞树。"

罗青山笑了一声："你这种高手也会撞树……不过宝贝儿，你怎么知道小准名字的？"

裴然给 M416 装上子弹："听你喊过。"

罗青山打开道具栏："行吧，AK 比较抖，你可能也用不惯。来，你把地上的枪托捡了，装枪上。"

"不用了。"裴然学着严准刚才的姿势翻窗跳出房子，"严准给我的枪是满配。"

严准把车子停在某棵树下，拿起旁边的矿泉水拧开喝了一口。

毒圈刷得很不友好，罗青山打开地图看了一眼，他们得横跨大半个图才能进安全区。

最气人的是，不止他刚刚坐的那辆，路上其他车子也都被人爆了胎。

"草，到底谁这么缺德，把车胎都爆了？！"罗青山边跑毒边骂，"机场的队伍不都被我们灭了吗？难道有独狼跑了？"

"你平时跑毒的时候，不也总把路边的车胎打爆。"苏念说。

罗青山笑着"靠"了一声，这才发现二号图标还停留在机场里："宝贝儿，你干吗呢？还不跑毒？"

半天没得到回应，罗青山看了眼他的血量："苏念你先进去，他可能掉线了，我回去扶他，路上有车子你再开来接我们……"

裴然挂了电话："不用，回来了，你先跑吧。"

罗青山问："你有药吗？"

"有。"裴然打上一个急救包。

罗青山这才放心，他看了眼地图："严准，你路上没看到四轮车啊？"

"没。"

"那你好歹也接一个走啊，一个人跑进圈叫什么事？"

"来了。"严准的摩托车掉了个头。

离他最近的是苏念，摩托车开过来时苏念特地停下了脚步准备上车，却见摩托车丝毫未减速，直直从他旁边穿了过去。

裴然看着严准的摩托车从山头飞出，刹车时还漂亮地甩了个车尾巴。

"上来。"

裴然忙坐上去："谢谢。"

这是他跟严准说的第三句"谢谢"。

严准的摩托车开得又快又稳，裴然闲着无聊切了第一视角，看上去还挺刺激的。

裴然跟着严准安全抵达安全区，还没找到落脚点，罗青山那边就出了点儿状况。

他和苏念眼见就要跑进圈，结果被在圈边埋伏的队伍几枪带走了，队里存活下来的就只有裴然和严准。

"我就知道……"罗青山烦躁地捋了把头发，"早知道不往那进圈了……你俩躲着吧，苟一会儿，我抽根烟。"

苏念说："别抽了，一会儿我过去又是一屋子烟味。"

"开着窗呢我们寝室。"

"那也臭。"

"你还挺金贵，几点过来啊？我饿得要死。"

"八点半吧。对了哥，你看微信，我刚看到个很好笑的视频，分享给你了。"

裴然把游戏角色挂在房子里趴着，切出去把电脑音量调小。

再切回来时，他被人一枪爆了头，人物猛地倒地。

"等我。"严准开了麦。

说来也奇怪，罗青山和苏念仍在语音里聊天，严准声音几乎是被他俩压着的，可裴然却听得一清二楚。

裴然虽然玩得不好，但也不是萌新，很快看到了狙击他的敌人："别过来了，他们最少两个人，在架着我。"

"在角落躲好。"严准又说，"等我。"

可惜裴然在的位置不好，人物倒地后的移动速度又特别慢，他想躲，敌人却没给他机会，几枪连狙直接把他补死了。

裴然点击观战。

严准晚了一步，此时正站在他的盒子面前。

"这位置对面的人能打到，"裴然提醒他，"我盒子里没什么好舔的，连药都没有。"

严准"嗯"了一声，游戏人物却做了一个舔盒子的动作。

裴然往后一倚，他对这游戏不算太熟悉，看不出严准从他身上拿了什么配件或枪。

"苏念，我把饭钱转你了，你收一下……"罗青山话还没说完，忽然短促地笑了一声，"哎不是，严准，你舔我宝贝儿衣服干吗？贵的衣服穿腻了想试试原始服装的滋味？"

裴然挑了下眉，果然看到严准角色身上的衣服变成了原始的白 T。

严准换了个位置，言简意赅："点错了。"

裴然心情不好，原本打算关游戏的，可他看着严准的视角半天都没按下退出键，干脆继续往后看。

他以为严准会跑，毕竟队伍只剩下他一个人。但严准没有，他换了个房子，开始跟对面的人对狙。

直到严准第四次击倒敌人，敌人才终于决定战略性撤退。可人刚从楼上跳下来，又被严准换枪一梭子扫死了。

连裴然这种小白都能看出来，严准是真的很强，要不是对方跟罗青山住在一块，他都要怀疑这是个职业选手。

但强归强，敌方有队友，倒地能一直扶，想要真正把那几人淘汰，非常难。

"算了小准，你先进圈吧，跟他们耗着不是事啊，这波毒你还吃得起？"罗青山给他支着儿，"你进圈找个好位置，就剩十来个人了。"

罗青山话音刚落，严准便一个右探头，又给了对面一枪子儿。

"不进。"严准说，"就让他们灭在这。"

过了几分钟，右上角唰唰地弹出了三行安全区淘汰提示。

对面那个三人队，就这么被严准活活耗死了。

"厉害，"苏念有些激动，"严准快打药，你还有药吗？"

严准站着没动，也没应他，直到十来秒后被毒死，游戏结束。

裴然有些恍神，他还是第一次用这么刺激的视角观战。

以至于回到游戏大厅，裴然目光仍放在严准的游戏人物上。

"好了不打了，玩儿得头有点晕。"罗青山伸了个懒腰，"宝贝儿，走，视频去。"

严准的游戏人物骤然消失——他离开了队伍。

裴然刚关掉游戏，罗青山就弹了视频过来。

罗青山是痞帅痞帅那一款，他高中就不是个好学生，抽烟喝酒样样不落，后来还为裴然打过人，坏事儿算是干得七七八八了。

跟裴然在一起后才学了乖，他为了跟裴然考上一所学校，没了命地学习。现在没了那点紧张感，又有点回到过去的意思了。

"宝贝儿。"罗青山站在阳台，"你什么时候回学校？我去接你。"

裴然道："明天下午的车。"

"下午啊？"罗青山皱了皱眉。

"怎么？"

"没……"罗青山犹豫了半天，"就是原本约了苏念明天下午打球。"

裴然手机放的位置不端正，闻言瞥了一眼屏幕。

"你不用来接我，又没有行李。"

"那不行，我一会儿把球赛推了。"

"不用，"裴然说，"你去吧，我明天到了，再去找你。"

挂了视频，裴然起身去洗了个澡，出来后他躺在床上，随手刷了一下朋友圈。

【罗青山：当代男大学生贫困现状。[照片]】

图里是罗青山的晚饭，一盒米饭，两盒荤的，旁边还有一份青菜。

朋友圈刚发不久，下面全是一个人的留言。

【sn：有菜有肉，贫困什么呢[发怒]】

【sn：意思我是扶贫的？[笑哭]】

裴然似有所感，再一刷新，果然又刷出一条朋友圈。

【sn：一边嫌弃，一边真香[表情][照片]】

发的是罗青山埋头吃饭的照片。

裴然冷眼看了几秒，点进了"sn"的资料页面，把他的名片端端正正改成了"苏念"。

裴然到校的时候天色已经完全黑了，他站在人影寥寥的球场给罗青山打电话，对方接起来的时候还气喘吁吁的。

"宝贝儿……你到了？"

裴然"嗯"了一声："没看见你。"

"苏念刚刚打球的时候，把脚给崴了，我带他来校医室，现在正上药呢。"罗青山说，"不然你先去我寝室等等？隔壁寝室的在借用我电脑，门开着。"

裴然到宿舍时，宿舍的门就轻轻掩着，没关紧。

因为罗青山事先说过，裴然也就没敲门，径直推门而入。

浴室的塑钢门同一时间被人推开，热气争先恐后地飘了出来，紧跟着走出个人。

严准只松垮地围了件浴袍在下面，他身形出挑，小腹线条流畅，身上还沾着水珠，听见动静，他下意识转过头。

两人怔怔地对视了几秒。

裴然很快垂下眼："抱歉……我看门没关，就直接进来了。"

严准的愣怔一瞬而过，他点点头，极其自然地走到自己床头，拿起T恤直接往自己身上套。

穿好衣服，严准重新看向他："站那干什么？进来。"

裴然被蒸气熏得有些热。

此时空气里都是严准的味道，带点古龙水香，是常见的男款沐浴露味。

恍惚间，裴然甚至有种错觉，觉得自己这一趟，来找的人不是罗青山，而是严准。

罗青山出门没关电脑，裴然坐下时顺势扫了一眼，任务栏里还开着PUBG。

罗青山一直有这种丢三落四的坏习惯，高中两人在一个寝室时，出门不关灯都是常有的事。裴然动动指头点开游戏，想帮他把电脑关了。

打开游戏界面，才发现在匹配大厅里挂着的不止罗青山一人。

苏念玩的是女角色，两人穿着游戏里刚出的小丑装，静静地立在游戏中。

"你要不要喝点水？"

裴然下意识松开鼠标，怔了半秒，才回过头去。

严准背对着他，正在开游戏加速器："你的嘴唇很干。"

裴然抿着嘴巴舔了舔，他上车时忘了买水，确实有些口干。

他看了眼罗青山的杯子。虽然他和罗青山谈了几年恋爱，但他还是不习惯用其他人用过的水杯："不用了……"

"我这有纸杯。"严准说，"一次性的。"

半分钟后，裴然握着纸杯坐到了严准身边。

"坐得有点无聊，能看你打游戏吗？"

严准说："随你。"

严准打游戏时跟他平时一样，冷着脸蛋一声不吭，几局下来，裴然没见他开过游戏里的麦克风，倒是能看见队友的麦克风一直在闪烁。

看到严准在落地中途击杀地面的玩家，裴然忍不住道："你真厉害。"

严准一顿，疑惑地看向他，正好拐角墙边来了个敌人，裴然下意识抓住他衣服提醒："右边有人！"

严准看回屏幕的时候，自己已经变成了盒子。

裴然敛下眉，松手："我是不是打扰到你了？"

"没有。"严准摘下耳机，退回匹配大厅，"我听错脚步，判断错位置了。"

严准直接把耳机拔了，裴然听见了游戏的背景音。

见他重新开了一局游戏，裴然问："不戴耳机，你听得见脚步吗？"

"可以，鱼塘局。"严准说，"戴着听不清你说话。"

裴然愣了一下："听不清也没关系。"

严准静了两秒才问："你刚刚跟我说了什么？"

"也没什么，只是说你很厉害。"裴然说，"之前一起玩的时候也是……你都可以去打职业了。"

裴然说得很认真，他陪罗青山看过两场 PUBG 的国际赛，觉得很多高手的操作都没有严准漂亮。

严准偏过头看了他一眼，不到两秒，便收回目光扬了一下嘴角。

"不够格，打不了。"严准半真半假地说，"也就只能炸炸鱼塘。"

裴然点头："炸我。"

"你不菜。"严准语气认真，"你只是玩得不多，还不熟练，你玩 LOL 不就很好？"

裴然有些意外："嗯……你怎么知道？"

严准沉默了一会儿，说："见你和罗青山玩过。"

在清理自闭城的收尾阶段，队里一个小姐姐被击杀，严准跟平时一样，一言不发地把敌人统统清光，转头把身边的队友扶了起来，还顺手丢了一个急救包和止痛药。

"谢谢小哥哥。"女生跟他道谢，"下局一起吧，我下局还你三个包～"

裴然等了半天，忍不住戳了戳他衣袖，提醒道："队友好像在跟你说话。"

"知道，但我不想和她们排。"严准说。

但队友们似乎并不放弃，裴然觉得她们私底下拉了其他语音，每次开麦都是在对严准说话。

"一起吧，四号一直嗷嗷着要你微信呢。"调侃的语气。

很快，那边就传来一句："你讨厌！别说出去啊……"

严准说："你换个性别，我会考虑。"

那头没明白："啊？"

严准边换子弹边说："我喜欢男的。"

裴然："……"

直到"大吉大利，今晚吃鸡"这行字刷出来的时候，裴然都还有些没回过神来。

严准就这么突如其来地，在他面前出柜了？

开门声打断了裴然的思绪。

罗青山推门而入，他戴着棒球帽，帽檐有些遮住眼睛，他关上门回头，对上裴然的目光时，表情出现了一瞬间的愣怔。

不待裴然细看，他就已经收拾好了表情。

"宝贝儿，"罗青山摘下帽子，"等烦了？"

裴然起身："没有，我在看严准打游戏。"

罗青山扫了一眼自己的室友，严准重新开了一局游戏，没给他任何眼神。

不过严准就这个性格，罗青山也不介意，他顺手揽住裴然的腰，低头想亲他，却被裴然用手掌堵了回去。

"你身上都是汗。"裴然说完，往后退了一步，"你去洗澡，然后我们去吃饭？"

罗青山轻微地撇了下嘴："好，我去，你等我。"

罗青山洗澡期间，在充电的手机忽然响了一下。

裴然下意识低头。

【你收到了一条消息】

罗青山给手机设置了消息不可预览。

他前几天离校的时候有用罗青山的手机玩过俄罗斯方块，他记得当时还没有这个设置。

洗完澡，罗青山重新戴上帽子："走，宝贝儿。"

裴然关门的时候，忍不住看了眼正在打游戏的人。

严准已经重新戴上了耳机。

裴然张了张嘴，就在他犹豫的几秒钟里，手腕被罗青山轻轻握住。

"发什么呆呢？走，一会儿没位置了。"

两人走了，游戏里奔跑着的游戏人物骤然停下，严准偏过头，深深地看了一眼两人离开的方向。

罗青山很晚才回来。

回来的时候，严准还在打游戏，敌人被他乱枪扫死，场面十分残暴。

罗青山正在跟人聊电话："我刚到寝室……晚饭？吃的隔壁新开那家饭店，不好吃，味道很淡，以后不去了……游戏不是我下的，应该是裴然看我电脑开着，顺手帮我关了。"

挂了电话，罗青山爬上床，把被子盖至头顶，脑子里都是下午发生的事情。

下午，苏念跟他告白了。

苏念跟裴然完全是两个类型，苏念告白的时候眼里泛着眼泪，都快哭了，连嘴唇都是红的。

"我还以为你今晚不回来。"

没想到严准会跟他搭话，罗青山先是一愣，然后扯开被子："怎么可能，学校在这破郊区，周围的旅馆裴然都觉得脏，从来不肯住。"

严准走向阳台上的洗漱台，没再说话。

但罗青山现在脑子有点乱，就想跟人聊天，所以待严准关灯上床后，他终于忍不住翻过身。

"严准，今天裴然跟你聊什么了？"

"没聊什么。"

"你没说我坏话吧？"

"什么坏话？"

"啊，就不洗袜子之类的……"罗青山一边手放在后脑勺下，"啧，男生不都有这毛病？主要裴然有点洁癖。"

"没说。"

罗青山问了很多，严准居然也一一答了，虽然回答都很简短。

"那你觉得是裴然好，还是苏念好啊？"

说完这句话，宿舍一瞬间陷入沉默。

罗青山这才反应过来自己说顺嘴了，忙道："我就随便说说……"

"裴然。"

"啊？"

严准在黑暗中闭上眼，重复："裴然。"

烦躁和某些不可言喻的刺激感在罗青山的心中纠缠，严准在他心目中就是个木头，不善言语，也不爱聊天，更不会在外面嘴碎。

所以他说话时也就少了很多分寸。

"是吧，裴然是我这辈子见过长得最好看的男生了。"罗青山喃喃道，"你是没见过他高中的时候，穿着白衬衫，脸好看，手好看，就连脖子都好看。你看到他那双腿没？又长又直，他小时候学过跳舞，所以身形特别漂亮。"

"嗯。"

罗青山沉浸在自己的世界里，没意识到严准应他时，用的是赞同的口吻。

"也很干净，整个人都很干净……所以当我知道他喜欢男生时，我想都没想就追他去了。"

裴然很难追，怎么哄都哄不开心的那种，最后，罗青山去揍了那个到处宣扬裴然性向的男生，去了半条命，才终于把人追到了手。

尖锐的手机铃声打断了罗青山的话。

罗青山骤然回神，接起："喂，苏念？"

他现在满脑子都还是裴然，起初的语气非常冷淡："我刚要睡着，不说了……什么？脚又开始疼了？"

聊了半晌，罗青山掀被起身："我过你寝室看看，你开门。"

罗青山打开寝室门时，听见身后的人凉凉地说了句："大晚上的，去给同学治腿？"

罗青山笑了："得，别调侃我，我去楼上寝室看看，给我留门。"

罗青山走后，严准从床上起来，拿着烟去了阳台。

黑夜中，严准吐出一口烟雾，雾气给月亮抹了一层白纱，使它看上去更加缥缈与遥远。

良久，严准把烟摁灭。

他低下眼，隐去里头涌动着的郁躁与不甘。

"草……"

裴然回到寝室，第一件事就是洗了个澡。

那家餐厅口味清淡，店里的味道却不小，他现在只觉得自己头发丝里都是那盘醋熘土豆的酸味。

洗完澡，他站在床头单手随意擦拭头发，拿着手机再次点开苏念的朋友圈。

他和苏念第一次见面时就加了微信，但从来没聊过天。

他略过第一条朋友圈，接着往下看。

【这家店的辣椒简直绝了。[照片]】

罗青山今天跟他提过，发现一家辣味很够劲儿的店，还说可惜裴然不爱吃辣，不然就带他去尝尝。

【今日运动（1/1）[照片]】

拍的是篮球场，裴然在照片里看到了罗青山的球衣。

【图书馆一日游。】

…………

苏念这两个月内的朋友圈，大部分都和罗青山有关。

裴然很轻地皱了一下眉，很快又松开。

裴然不知道自己为什么会突然来看苏念的朋友圈，这几张图片其实他刷到过，只是他以前从来没在意，甚至连图片都没有点开。

不，又或者裴然是知道的。

只是他的想法太没礼貌，甚至带着一些恶意，他不能光凭一两件事、几张照片就随便揣测。

他视线在照片上停留几秒，然后关掉了微信。

过了一周，裴然的日历弹出了一个推送，提醒他明天是罗青山的生日。

接到罗青山电话的时候，他正在店里挑礼物。

罗青山说："那什么……宝贝儿，我想跟你提交个申请。"

"什么？"

"我这次生日想去 KTV 过，行吗？"

裴然说："你的生日，当然是你做主。"

"关键你得肯来啊。"罗青山说，"你不最讨厌去那些地方了吗……

这次是那群傻逼怂恿我，还说认识人，有优惠套餐，很便宜。但你要不愿意来，我就换地方。"

裴然："你高兴就好。"

于是事情就定下了。

翌日晚上，裴然看着桌上的口罩，有些犹豫。

裴然确实不喜欢去KTV，吵、乱、脏，所有人的味道搅和在一起，闻着反胃。尤其是烟味，偏偏包厢又只有那点地……他光是想想都忍不住皱脸蛋。

戴口罩或许会好一点，就是有点闷。

手机响起，是罗青山的电话。罗青山今天回了趟家，然后从家里直接去的KTV，两人也就一直没机会碰面。

"我订好包厢了，你认不认识路，要不我去接你？"

"不用。"裴然拿起口罩，塞进柜子里。大家在KTV都是敞开了玩，突然来个戴口罩的，恐怕会扫其他人的兴。他说："我用导航。"

"你怎么也来了？"

严准抬头，坐到他身边的是同专业的同学，叫林康。林康和他高中就在一个班，虽然说不上关系亲密，但怎么也算是朋友。

林康脱下薄外套，直接丢在沙发上："罗青山居然能把你喊来。"

"刚好没事。"严准说。

"林康你说啥呢，我和严准可是好哥们，他来给我过个生日有什么稀奇的？"罗青山拿着麦克风，听见他们的谈话，直接对着麦克风道，"我俩还一起四排吃鸡呢。"

"注意用词啊，是严准带你吃鸡！"林康立刻反驳。

"放屁。"

两人你一句我一句吵了起来，严准只听了两句，就把注意力放回手机上。

苏念从点歌台里抬头，笑着说："是，我俩就躺鸡的。"

罗青山：“就你躺，我可没有。”

“得了吧你……”林康问，“你不是说四排吗，你们仨，还有个谁？”

罗青山笑了声：“还能有谁？我老婆。”

林康：“裴然也会玩吃鸡啊？”

罗青山：“没玩几次，就是专门来陪我玩的。夫唱夫随懂不懂？”

严准手一顿，一手好牌点了个“不抢地主”。

他直接把游戏退了。

罗青山订的大包厢，没半小时就坐满了人。

罗青山也算是学校里一个出了名的富二代，桌上摆了不少好酒。

“罗青山可真舍得。”林康坐到严准身边，从兜里掏出一盒烟，递了一根给严准，“来。”

严准道：“不抽，谢了。”

林康微讶，烟在他手上转了个圈，被他放进自己嘴里：“干吗？戒了？”

“没，”严准淡淡道，“今天不抽。”

林康叼着烟走到点歌台前，碰了碰罗青山的腿，示意他让位：“不点歌让开啊，我点，哪有占着点歌台跟人划拳的？”

罗青山笑着骂了一句：“对寿星好点不行啊？行行行，你坐。”

林康坐下后问：“你老婆人呢？你怎么不去接他啊？”

“一个大男生有什么好接的，”苏念笑着插进话，“裴然哥应该不会迷路吧？”

“马上来了。”罗青山拿出手机，“我说去接他，他不肯，我发消息问问……”

包厢门推开，罗青山看清来人，直接把骰盅丢开，快步走过去。

裴然穿着与平时无异，深色牛仔裤把他一双腿衬得修长。罗青山揽着他的腰，在他嘴角边亲了一下：“怎么这么慢，我都打算去接你了。”

罗青山嘴里有香烟的味道，裴然想躲，但想到今天是罗青山的生日，便生生忍住了。

他不习惯在这么多人面前亲热，抿了抿唇说："我看离得近，没坐车，走过来的。"

"不至于这么省吧裴然哥，"苏念嘴边挂着笑，"走过来好像要十多分钟呢，你可以叫青山给你报销车费啊。"

苏念还想说什么，裴然忽然瞥了过来。

裴然睫毛浓密，眼形狭长，使他看上去温和又柔软，但这一眼里并没有任何情绪，看得苏念下意识闭了嘴。

待裴然在沙发上落座，他才回过神来。

"生日快乐。"裴然没再看坐在他右边的苏念，他把礼物递给罗青山，"我看你手机的屏幕坏了，换一个用吧。"

罗青山一顿，然后从他手上接过礼物，忍不住又亲了他一下："宝贝儿真好。"

"我草，你们都这么有钱的吗？"旁边的林康看见了，纳闷道，"一个个都送手机？青山你用得过来不，要不哥们帮你分担点？"

裴然疑惑地看着罗青山。

"啊，对，我也送的手机。"苏念无所谓地笑，KTV 光线不亮，偶尔一两道光打在他脸上，映出他漆黑的眸子，"型号也一样，哈哈，这不是巧了吗？"

裴然还没做出反应，罗青山的脸色就轻微变了变。

"一会儿还你吧，苏念。"罗青山说，"我用裴然送的就好了，两个手机拿着太重了，我也用不过来。"

苏念拿起桌上的酒瓶，对着嘴咕噜咕噜灌了一大口，然后耸耸肩："随你。"

"宝贝儿，唱什么歌？我让林康帮你点。"罗青山低着头问。

裴然摇头："不唱，你少喝点酒。"

罗青山："放心，我哪舍得让你扛我回去。"

两人聊了几句，就被身边的人打断。

"林康，我们换个位置吧。"苏念说，"我要抽烟，怕裴然哥受不了烟味。”

林康说：“等会儿，我点歌呢……”

“我跟你换。”

苏念下意识回头，严准不知何时走到他身边，垂着眸与他对视。

严准的脸太容易让人心动，苏念心跳快了几拍，很快又恢复平静。

他与被掰弯的罗青山不同，他天生是弯的，在这条路上待的时间也比罗青山要长得多，十分会看眼色分情况。严准这种性格的男生，看看就好了，碰不了，也碰不上。

直到苏念坐到严准原先的位置，他才猛地想起——严准不也抽烟吗？

罗青山好动，坐不住，没跟裴然说两句就坐到前面抓着摇麦唱歌。

裴然低头玩手机，其实没什么好玩的，手机里下载的单机游戏他都通关了，他只是想避开交流。这包厢里的人虽然他都认识，但大多都是因为罗青山才聊两句，并不熟。

直到游戏欢乐豆输完，裴然才慢吞吞抬起头。他有些口干，想找杯水喝，才发现桌上只有酒，没有果汁，更没有白开水。

裴然犹豫片刻，伸手刚想拿倒满的酒杯，衣摆就被人拽了一下。

严准坐在他身边，虽然一直没出声，但存在感很强，裴然甚至能闻到他身上的味道，是淡淡的松木冷香，冲散了一些周围的浑浊气味。

裴然下意识往后靠了靠，偏过头道：“怎么了？”

严准把手伸进衣服下方的口袋，从里面拿出一瓶矿泉水。

裴然：“……”

“路上买的，忘了喝，没开过。”严准问，“喝不喝？”

只是一瓶水，裴然没客气，伸手想接过：“谢谢。”

严准拧开瓶盖才递给他。

裴然灌了一口水，又觉得活过来了。他转头想再道一次谢，却发现严准正一动不动地看着他。

准确来说，是看着他鼻子以下的部位。

裴然眨了眨眼，下意识伸手去擦了一下自己的嘴角："怎么了……有脏东西？"

严准没应，他淡淡地别开眼，转身加入旁边的划拳酒局。

裴然有些莫名，还没来得及细想，脖子就被人搂了过去。

罗青山唱够了，回到了裴然身边，也跟林康他们组了个四人划拳局。

林康摇着骰子："老规矩啊，一次一杯不养金鱼，寿星没有优待！裴然玩不玩？"

"他不玩，他不喝酒。"罗青山说完才想起来，忙问，"宝贝儿，你渴不渴？我给你点杯果汁吧？"

"不用，我有矿泉水。"裴然不动声色地从罗青山的手臂间挣脱出来，这个姿势，他并不舒服。

罗青山是这场聚会的主角，在划拳中就总是被针对，不管他喊的什么其他人都要开他。

"草，老子就叫了一次你都开我，林康你没病吧，想极限一换一？"罗青山气笑了，边说边把酒喝了。

林康："上次我过生日你怎么对我的，我现在是有仇报仇有冤报冤……"

裴然靠在沙发上，眼看着罗青山越喝脸越红。

反观另一边，严准几乎没怎么喝过，他两腿散漫地叉开，手肘抵在膝上，握着骰盅的手干净修长，这让他连晃骰子都比别人多出几分气势。

"要不你让裴然帮你玩吧，你这技术太烂了，根本撑不到午夜场。"林康讥笑他。

罗青山笑着骂了他几句，桌上的手机突然亮了起来，提示他收到了新消息。

罗青山拿起手机解锁，看清上面的内容后，脸上的笑容一僵，不动声色地把手机屏幕往自己脸前挪了几厘米。

几秒后，他放下手机回答林康："没谁……没事，继续玩。"

又玩了一轮，罗青山把骰盅倒着放在桌上。

"先等等，我去个厕所。"

林康："干吗？怕了，想尿遁？"

"滚，老子要去放水，顺便叫服务员上点果汁，"他用脚碰了碰林康，"让个位置我出去。"

罗青山匆匆地离开包厢，林康嗤笑了声："看这急的，步子这么大，肯定不是去放水，他怂了！"

林康刚坐回原位，就又被人拍了拍肩。

裴然："麻烦再让让，我出去打个电话。"

KTV 走廊中，裴然垂着脑袋，走路的步子很慢。

那天在翻完苏念的朋友圈后，裴然反省了一遍自己。

首先，他不应该因为一些小事就怀疑自己的男朋友；其次，他也不应该因为那两人关系好，就去对苏念做任何恶意的揣测。

有玩得来的同性朋友是非常正常的事，女生之间叫闺蜜，男生之间叫兄弟，他不可能因为罗青山喜欢男人，就剥夺他交朋友的权利。

再说，同性恋并不多见。

可罗青山慌忙离开之后，他的第一反应仍是去找苏念，而苏念不知何时也离开了包厢。

当裴然回过神来时，他已经接近厕所门口。

他揉揉太阳穴，忍不住笑了一下自己，最终还是决定回去。可当他一抬起头，嘴边的笑便顿住了。

就在不远处，他看到了罗青山。

罗青山笔直地站在走廊边缘，双手垂在两侧，一动不动。

苏念正在抱着他。

是恋人之间的拥抱，两人紧密相贴，苏念脑袋搭在罗青山的肩上，似乎在说话。

过了十来秒，苏念抬起头，亲上了罗青山的下巴。

裴然愣在原地，还没想好要做什么反应，眼前忽然一片漆黑。

一只大手捂住了裴然的眼睛，松木冷香猖狂地蹿进他的所有感官中。

　　"别看，脏眼睛。"是严准的声音。

官中。

　　"别看，脏眼睛。"是严准的声音。

第二章
CHAPTER.02

裴然心脏跳得很快，但他分不清是因为罗青山在和别人接吻，还是自己眼皮上残留的炽热温度。

"想怎么办？"严准把他拉到墙边，也是罗青山他们的视野盲区，问。

微暗灯光下，裴然的脸蛋红得厉害，他皮肤白，一热或者紧张就会有明显变化。

裴然怔怔道："什么？"

"捉奸，"严准说，"还是走？"

裴然从来没想过，自己有朝一日会跟"捉奸"这两个字扯上关系。

他终于回过神来，僵硬地张了张嘴，好半天才说："算了……我们走吧。"

今天是罗青山生日，又有这么多朋友在场，裴然不想闹得太难看。

严准一顿："好。"

回到包厢门口，裴然低着头刚想进去，严准忽然回过头来："你在这等我，我进去跟林康说一声。"

裴然茫然地看他。

严准非常自然地问："不是要走吗？"

于是裴然在门外静静地等了一会儿，他甚至思考了下如果迎面撞上了罗青山和苏念，自己该说什么。

但直到严准从包厢出来，罗青山都没回来。

严准走出来，手里拿着他的大衣："走吧。"

走出 KTV，被深夜的冷风一吹，裴然才彻彻底底回过神来。

裴然垂下头抓了抓自己的头发，长吁一口气。

严准余光扫过他的表情，嘴唇抿了好几遍，才问："你想哭吗？"

裴然说："不想。"

"你看起来要哭了。"

裴然没想哭，但他心里的确有些乱。

他说："我没事，谢谢你陪我出来，我请你喝杯奶茶吧。"

他们身边刚好有一家奶茶店，裴然想的是买完奶茶，他们就可以各自离开了。今晚的事给他的冲击不小，他得花上一点时间消化。

严准说："太甜，不喝。"

裴然点点头："那我就先——"

"换成咖啡吧，"严准说，"对街那家，手磨现做。"

…………

严准和咖啡店的老板似乎是朋友，两人已经在吧台聊了许久了。

裴然独自一人坐在位置上，视线漫无目的地飘向窗外。

杯子碰触桌面发出的轻响拽回他的注意。

"没让他做太苦。"严准坐下来。

"谢谢。"裴然说完，发现自己这段时间似乎一直在跟严准说谢谢，"你和老板认识？"

"嗯，朋友，大我们几届。"严准说，"打游戏认识的。"

裴然也不知道有没有仔细听，只是点了点头。

他尝了一口咖啡，苦中带甜，的确比那些甜腻的奶茶要好喝许多。

片刻，他放下杯子："你知道这事很久了？"

严准搅动着咖啡："没，我和他们不熟。"

不熟却来参加生日会？

裴然只当是兄弟之间的掩饰，他扯了下嘴角："嗯。"

裴然瞥见手边的纸巾，是严准刚刚拿来的，随着咖啡一起推向他。

裴然忍不住开口道："我真的没有要哭。"

"嗯。"严准问，"咖啡苦不苦？"

话题转太快，裴然顿了一下才应："有点，不过很好喝。"

严准从口袋里拿出一颗糖，放到裴然面前。

大白兔奶糖，裴然最喜欢吃的奶糖，他电脑旁都得备着几颗。

"你的口袋怎么什么都能变出来。"裴然剥开糖放进嘴里，没再说谢谢，奶糖接触味蕾的那一刻，裴然的心情都跟着舒缓了许多。

可惜他还没放松多久，手机就响了起来，是罗青山打来的。

裴然低眼看了几秒，然后挂断。但罗青山并没放弃，接着又打了两个，裴然仍是没有接，终于，在第五通电话被掐掉后，罗青山没再打过来。

裴然刚想松口气，手机又亮了，这次是林康打来的。

裴然犹豫一会儿，还是接了起来。

"裴然，你在哪？"林康那边人声嘈杂，应该是还在包厢里，"喂！先把音乐关了啊，我在跟裴然打电话呢！"

裴然没答反问："有事吗？"

林康愣了一下："啊，有……罗青山喝醉了，一直在找你呢。"

另一头，罗青山靠在沙发上昏昏欲睡，猛地一激灵挺直背脊，扑到林康身上："裴然？我宝贝儿？裴然在哪？裴然……为什么不接我电话？"

林康笑着骂了句脏话："这呢，这呢，电话给你，你自己说。"

裴然猝不及防跟罗青山通起了电话。

"宝贝儿？宝贝儿？"罗青山叫了两声，然后抬起手机眯着眼看，确定是通话中，"裴然，你理理我。"

罗青山酒量向来不好，听他这语气，似乎醉得不轻。

跟醉鬼没什么好谈的，裴然很轻地叹了声气：“你喝醉了。”

“我知道……”罗青山含糊不清地说，“我知道，我喝醉了，你不高兴，我下次不喝了……宝贝儿，你来带我回去。”

背景音里，裴然听见罗青山身边的人在起哄，林康还嚷嚷着要把罗青山这副醉态录下来。

裴然耐着性子：“我不回去了，你让林康听电话。”

“为什么？”罗青山醉话连篇，“不行，你不回来，我就要死了。”

背景音越来越喧闹，听得裴然头疼。

他不想再让其他人看笑话，只能放软语气：“你听不听话？”

严准双手放在兜里，靠在椅子上看着他。

罗青山想了一会儿：“听。”

“那你把电话给林康。”裴然说，“乖。”

终于，林康拿回了电话，裴然跟他说明自己今晚不会回去，希望林康能帮忙把他带回寝室。

挂电话时，他还听见罗青山在喊他的名字。

“乖？”严准讥讽地挑了下嘴角，“你在哄小孩？”

裴然说：“醉鬼跟小孩子没什么区别。”

“差别很大，”严准凉凉地说，“小孩子不会出轨。”

裴然很轻地皱了下眉，不知道是不是他的错觉，他感觉自己打完一通电话后，严准的语气就变了。

虽然严准说得没错，但此时说这种话，无异是在撕扯裴然的伤口。

裴然扯扯嘴角：“也是。”

搁在桌上的手机忽然振了一下，是罗青山发来的语音。

裴然点开语音，因为来不及放到耳边，大半的话都公放出来，都是些毫无逻辑的胡言乱语。

关键是罗青山的声音背后，还隐隐掺杂着苏念的声音，一句句“哥”叫得亲密又黏腻，听起来两人靠得很近。

“现在又是什么？”严准说，“找不到玩具的孩子？”

许多被出轨的人都喜欢找身边的朋友倾诉自己的经历，并渴望听见朋友吐槽以及帮自己鸣不平。

但裴然不是，他不喜欢把自己的伤口摆给其他人看，他习惯了一个人消化疏解。

而且在严准的比喻里，他是一个玩具。虽然可能是严准一时嘴快，放在平时也不是什么大事情，但在这种情况下，裴然还是有些抗拒。

他这才忽然想起，自己和严准并不熟，甚至连普通朋友都算不上。

"或许吧。"裴然收起手机，起身，"很晚了，那我就先回去了，以后聊，谢谢你今晚帮我。"

裴然去前台付了账，老板把发票递给他，裴然随手塞进了口袋。

他推开咖啡厅的门，才走了两步，就听见咖啡厅门上的风铃又响了，紧跟着，他的手臂被人拽住。

严准的手掌心很热，裴然被他拽得一愣。

"对不起。"严准依旧冷着脸，说的却是认错的话，"我说错话了。"

裴然眨了眨眼，被他这一下弄得有些茫然："没事，不用道歉……"

严准从口袋里抓出所有的大白兔奶糖，全部放进了裴然的掌心里。

"这些都给你，"他说，"你别生气。"

裴然回到宿舍，把口袋里的奶糖全部倒在了电脑旁边。

舍友听见声响，回头一看，笑了："大白兔堕落了，都随地可捡了？"

"不是，别人送的。"

舍友长长地"哦"了一声："罗青山怎么这么抠，就给你买了几颗？"

裴然不热衷于秀恩爱，平时舍友提到罗青山，担心话题无限延伸，他都会"嗯嗯""啊啊"地敷衍过去。

他拿着睡衣走向浴室，解释："不是他，是另一个朋友给的。"

"这样。对了，我今晚要出去过夜。"舍友嘴角都快咧到耳根子了，"今天罗青山生日，我还以为你也不回来了呢。"

裴然笑了笑，没说话。

洗好澡出来，舍友已经离开了，裴然躺到床上，才发现手机被消息刷了屏。

罗青山给他发了无数条语音，有长有短，还有好几个表情包。

罗青山喝醉后跟别人不一样，别人是倒头就睡，他反而越来越精神。

裴然随意滑了一下屏幕，一条语音都不想点开。

不想听罗青山的声音，也不想听苏念的声音，他今晚还想心平气和地睡个觉。

裴然退出聊天框，刚想把微信关了，就见通讯录图标那有个大大的"1"。

【准了请求添加你为朋友，附加消息：严准】

周围都是互相认识的朋友，裴然没有深究他哪来的微信号，直接点了通过验证，顺手把他的备注改了。

【严准：[语音]】

手机光亮下，裴然抿了抿唇，点开这段两秒的语音。

"对不起，别生气，早点睡。"

严准声音又低又沉，还掺杂着一些水声，应该是在洗澡。

裴然突然觉得好笑，明明是罗青山出的轨，怎么是严准一直在认错。

再说……严准其实也没做错什么。

【裴然：我没生气，你也早点睡。】

另一边，严准站在淋浴头下，把这条信息反复看了好几遍。

罗青山睡醒时，天刚蒙蒙亮。

他眯着眼睛放空了许久，撑着床榻挣扎着坐起来，脑袋里仿佛被木棍狠狠搅动过，疼得他龇牙咧嘴。

罗青山环视一圈，发现自己正躺在酒店房间里，他裸着上身，下面只简单穿了条内裤，身上没宿醉的黏腻感，应该是有人帮忙清洗过了。

浴室传来东西落地的轻微声响，罗青山艰难地扯出一个笑："宝贝儿，你干吗呢？我头好疼……妈的，那破 KTV 卖的肯定是他妈假酒。"

罗青山随便抓了一把头发，刚掀开被子，就听见浴室里传来脚步声。

"哥你醒了？难不难受，我给你倒杯水？"

罗青山动作一顿，愣愣地回过头："怎么是你？"

苏念手里握着刚洗好的杯子："不然是谁？"

"我宝……裴然呢？"

"他昨晚就走了啊。"苏念笑了下，"我先去倒水，你赶紧起来吧，今天下午还有课。"

罗青山屈起腿坐着，额头在膝盖上磕了好半天，才依稀想起昨晚的事。

他从厕所回来后，裴然已经不在包厢里了，他怎么哄都哄不回来。

关键是……

罗青山忍不住又看了眼浴室的方向，抬手狠狠地搓了两下脸。

草，他好像跟苏念接了个吻。

假酒害人。

这件事在罗青山眼里就是一起意外，他烦了一会儿也就忘了。充了半天电的手机终于亮起，他赶紧拿起来看。

一打开微信，他就忍不住笑了——他昨晚给裴然发了三十多条语音，短的两三秒，长的足足四五十秒。

裴然肯定被他烦死了。

罗青山盘起腿打字。

【罗青山：哈哈哈，宝贝儿你是不是被我消息吵得睡不着？】

【罗青山：昨晚为什么没送我回酒店啊？［拍肚皮哭泣］】

【罗青山：你好无情，这么多条消息，你一条都没回我。】

苏念端了杯水来，罗青山拿起灌了一口："谢了，你腿怎么样？昨天扛我没伤着吧？"

"没事，早好得差不多了。"苏念笑起来，嘴边还有个酒窝。

罗青山洗漱完毕后又看了眼手机，仍然没收到回复，他忍不住皱了皱眉。

罗青山打开浴室门时，苏念就站在旁边，正对着镜子拨弄刘海。

罗青山问："你一晚上没走？睡的哪——"

后面的话被他硬生生咽了回去，因为苏念忽然凑了过来，抬起头靠近他。

罗青山连忙后退几步："你干什么？"

苏念想了一下："早安吻？"

罗青山微微睁大眼，表情从愣怔转为震惊，好半天才说："苏念，你还醉着呢吧？"

手机铃声在房间里响了近二十秒，被窝里的人才有了动静。

裴然睁开眼，花了几秒钟才从刚才的梦境里抽出身来。

他赶在挂断前两秒接起电话，因为困倦，他只发出一个音节："嗯。"

"宝贝儿，是我……你还在睡？哦你今天没课是吧。"罗青山声音听起来很有精神，"我下午才有课，你想吃什么？我送过去给你。"

裴然说："不用。"

"要的，我就要给你送，想吃什么？"罗青山看着周围的铺子，"你看我信息了吗？怎么不回我啊，昨晚也没回，你真够狠心的，一点都不疼你男朋友——"

"罗青山。"裴然打断他。

"嗯？"

裴然停顿了两秒，才说："给我带一份云吞吧，谢谢。"

"谢什么？"罗青山失笑，"我给你带饭不是天经地义吗——"

裴然直接把电话挂了。

他揉了揉脸，忍不住去回想昨晚的梦。

是个非常莫名其妙的梦。梦里，他和罗青山正在爬山，遇见了山崩，他藏进了洞穴里，一回头，罗青山变成了严准。

梦里的严准跟现实中一样冷着脸，跟他说不用怕，然后他们撑到了天明。

或许还说了些别的，只是他想不起来了。

裴然洗完脸时，寝室的门刚好被敲响。

他刚拉开门，罗青山就抬起手里的塑料袋子："鲜虾云吞，微辣加芝麻油，满不满意？"

裴然擦脸的动作一顿，转身回到盥洗台旁："进来坐，我洗一下毛巾就来。"

一切收拾好后，罗青山拉了另一位室友的椅子到裴然身边坐着，撑着下巴看他吃饭。

罗青山很喜欢看裴然吃饭，裴然家教极好，以前就算是打了一下午球，饿得前胸贴后背，他的吃相依旧干净优雅，让人看得舒心。

所以当裴然放下勺子，提出分手时，罗青山还笑眯眯地"嗯"了一声。

几秒后，罗青山笑容僵在脸上，不可置信地问："什么？"

"我说，"裴然又说了一遍，"我们分手吧。"

"为什么？"罗青山已经完全笑不出来了，他渐渐挺直背脊，有些慌乱，"宝贝儿，你开玩笑呢？"

裴然说："我不会拿这个开玩笑。"

罗青山喉结滚了滚，好久才找回声音："为什么？我哪里做错了？我惹你不高兴了吗……因为我昨晚没听你的，喝太多？还是我发太多消息吵着你了……"

罗青山余光瞥到桌上："或者这家云吞不好吃？"

裴然疑惑地皱了下眉："我不会因为这些事情生气。"

"我知道，我知道。"罗青山舔了下唇，"所以啊，我根本找不到你生气的理由……"

"我看到了。"

"什么？"

"我看到了，"裴然短暂地沉默了下，才继续说，"你和苏念，在厕所门口。"

罗青山刚想问在厕所门口怎么了，忽然间犹如被惊雷迎面劈上天灵盖，无法动弹。

裴然收拾着云吞的包装盒，接着往下说："在一起三年里，你给我送了一块表，几款书包，还有七双球鞋……我都记着，等我过几天回家了清点一下，再折现转账给你。哦，还有这碗云吞，多少钱？我现在转给你吧。"

直到裴然打开微信的转账界面，罗青山才意识到事情的严重性。

他下意识伸手，紧紧攥住裴然的手腕。

"不是……"罗青山努力地组织语言，语无伦次，"不是你看到的那样，你听我说，宝贝儿……你是说昨晚，昨晚，你也在的……我喝了很多，头有点晕……"

"所以就跟别人接吻了。"裴然帮他说完。

"是……不，不是。"罗青山连忙说，"是他主动亲的我，跟我没关系，我跟他没有一丁点事——"

裴然说："我问了林康，你昨晚回包厢后的一段时间里，还在跟他们玩骰子。"

罗青山被生生打断，只能茫然无措地看着他。

"你中途还灌醉了一个，醉到胡言乱语撒酒疯，是之后的事了。"裴然平静地陈述，"所以你跟苏念接吻时，并没到烂醉如泥的程度，你完全有力气推开他。"

罗青山要疯了："那真的是个意外，我没想到他会亲我，我都没来得及反应，就结束了！"

裴然抿了抿唇："苏念的朋友圈里都是你的照片。"

"那是他自作多情，我根本没接受他的告白！"

听见"告白"二字，裴然垂下眼睛。

所以在苏念告白之后，罗青山不仅没有和对方拉开距离，甚至还邀请他参加自己的生日会，并且单独和他相处。

不知道是不是因为昨晚的冲击太大，现在他心里反倒平静多了。

"罗青山。"裴然叹了声气，"罗青山，分手吧。"

罗青山的眼睛倏地就红了。

他咬着牙，安静了好久，才说："不行，裴然。"

"你不能因为这点小事就跟我分手。"罗青山喃喃，"我是因为你才变弯的，是你让我变得喜欢男人的，你不能跟我分手。"

裴然背脊一僵。

"为了你，为了跟你上一个大学，我拼了命地学习，我拒绝了那么多女生，我还为你断了根手指。"

裴然脑中浮现当初罗青山满手鲜血的情景，脸色瞬间苍白。

后面罗青山再说什么，裴然都没再仔细听，他花了好大工夫才从那鲜血淋漓的场景中抽身。

"裴然……我是真的喜欢你。"罗青山说，"我知道，昨晚是我做错了，我喝醉了，你别跟我计较……我以后不会这样了，我回去就拉黑苏念，以后也都不碰酒了，你原谅我，行吗？"

裴然一言不发地望着他。

就在罗青山以为他要心软时，裴然蓦地收回目光，给面前的塑料袋牢牢地系上一个结。

"你当初帮我赶走那些人，我真的很感激你。"裴然吐字清晰，缓慢地说，"我还你五倍医药费，好吗？"

"或者你以后有什么需要帮忙的，都可以找我，我能帮的都会帮，找我借钱也可以。"裴然语气很温和，"我们分手吧，罗青山。"

罗青山买了一打酒回寝室。

在他打开第三罐时，他的舍友终于给了他一个眼神。

严准关上吃鸡界面，起身把礼物放到罗青山桌上，淡声说："生日快乐，补给你的。"

"谢了。"罗青山闷着声应，余光扫了眼包装盒，某果新款耳机，不便宜。

他有些意外，毕竟自己和严准关系也不是特别好，没想到这人居然会送他这么贵的礼物。

罗青山又灌了口酒，他擦擦嘴角，忽然问："听林康说，昨晚你和裴然一起出去的？他……情绪很差吗？有没有跟你说什么？"

严准停下脚步："为什么这么问？"

罗青山觉得自己脑袋都不清醒了，严准和裴然几乎算得上陌生人，以裴然的性格，不可能跟他说什么。

"算了，没事。"罗青山往后一靠，长长地叹了口气。

严准："怎么了？"

罗青山压根没发觉舍友关心语句里的异常。

"裴然跟我吵架了。"罗青山皱着脸，"还跟我提分手……靠！都怪苏念！"

严准微不可见地挑了一下眉，良久才说："没事，下一个更好。"

"没有下一个，"罗青山烦躁道，"等裴然消气，我再去跟他认错吧。"

严准没再说话，他回到电脑前，点开刚收到的微信消息。

【卜众药：爸爸，真不打了啊？行吧，那下次一起玩，带我爬分啊。】

【卜众药：不！下次你一上线就叫我！我随叫随到！爸爸！】

【准了：拉我，号没下。】

【卜众药：？？？】

【卜众药：不是说不玩了吗爸爸？我马上拉。】

【准了：高兴，多带你两把。】

临近下课，裴然合上课本，从兜里拿出口罩戴上。

"你又提前走？"舍友问他。

裴然点点头。

舍友："你都早退几天了，不知道的还以为放学有人堵你呢……"

裴然笑了笑没说话，待老师回头的一瞬间，抱着书从后门离开。

直到走出教学楼一段距离，裴然才松懈下来。

他很轻地吐出口气，拿出手机看了一眼，果然有几条消息，都是罗青山发来的。

裴然快速翻了一下他们这几天的聊天记录，恍惚间有种回到高中的错觉。

【罗青山：裴然，一起吃午饭吧？】

【裴然：不了，我订了外卖。】

【罗青山：好，你订哪家？我跟你点一样的。】

【罗青山：[视频通话，未接通]】

【罗青山：宝贝儿，想你了。】

【罗青山：一整天都没能好好听课。】

【罗青山：我把苏念删掉了，你随时可以检查。】

【罗青山：一起吃晚饭？我去教室找你。】

高中时，罗青山也是这么追裴然的。主动找老师要求换到裴然身边，宿舍床位换到了裴然上铺，就连吃午饭晚饭都要黏着裴然……怎么说都赶不走。

裴然关上对话框，并顺手取消了之前罗青山拿他手机设置的消息栏置顶。

晚上，罗青山推开宿舍门时，严准正在看 PUBG 国际赛的重播。

他只戴了一边耳机，两腿散漫地叉开，看起来有些心不在焉，开门声丝毫没有影响到他。

"啪"的一声，罗青山把一打啤酒放在他桌上，问他："一起喝？"

啤酒罐上湿漉漉的，看起来刚从冰箱取出来。严准看着被打湿的桌面，很轻地皱了一下眉，然后摇头："不喝。"

于是罗青山只能独自买醉。

喝到半途，他拿起手机下意识想叫个人来陪他，电话拨出去后才发觉不对，连忙挂断。

深夜两点，严准被舍友吵醒。

他缓缓睁开眼，漆黑眸子里尽是困倦和烦躁。

罗青山："裴然，你真就这么狠……"

严准一下就精神了。

寝室早就熄了灯，罗青山的手机屏幕成了唯一的光源。

罗青山语调很沮丧："三年……在一起三年，你得容忍我犯错，裴然。"

罗青山喃喃自语了几分钟，严准实在听烦了，从枕头底下拿出耳塞刚想戴上，就听见沙沙两声。

"罗青山，现在很晚了。"

罗青山竟然开的是免提。

裴然声音沙哑，带着浓浓的疲惫："有什么事，明天再说好吗？"

"明天你就不理我了。"罗青山说。

裴然揉了揉头发，好半天才终于清醒过来。

罗青山说话断断续续的，还有些磕巴，应该是又喝酒了。

觉得嗓子干哑，裴然喝了口水，才继续说："罗青山，我跟你分手……不全是这个问题。"

电话那边静悄悄的，没有回音。

裴然："我们之前说好的，试一试。"

当时罗青山躺在病床上，手上、胳膊上缠满了绷带，两人都才十七八岁的年纪，眼底都不平静。

罗青山疼得龇牙咧嘴，还笑着哄他，逗他，问他感不感动，要不要以身相许。

裴然沉默了好久，然后说："那我们试试，罗青山。"

裴然用三年时间，明白了日久生情这件事并不会在每个人身上发生。

至少，他目前对罗青山的感情，还没伟大到能包容所有的地步。

罗青山依旧没说话，裴然低下眉眼："抱歉……"

"他睡着了。"那头低低地传来一声。

裴然一怔："啊。"

严准把桌上的空酒罐丢进垃圾桶："他喝了点酒，现在睡着了，我是严准。"

裴然："……"

意思是自己刚才说的话，和罗青山对他说的话，全被严准听见了？

一股莫名的尴尬感从脚底向上蔓延，裴然咽了咽口水，好久才道："吵到你睡觉了？"

"没。"严准面不改色，"我熬夜。"

裴然很轻地"哦"了一声。

空气陷入短暂的沉默。

"睡吧。"严准说，"下次睡觉时，记得把静音开了。"

裴然："……好。"

在裴然撂电话的前一秒，严准匆忙地丢下一句："晚安。"

微信通话挂断后，严准垂下眼，不经意地看见了罗青山的聊天列表。

第一条是裴然，第二条就是苏念。

【苏念：你给我打电话了？你方便吗，我回拨……】

再往后的就看不见了。

严准想起刚才罗青山的碎碎念里，就有一句"我已经把他拉黑了你还要我怎么样"。

这时，罗青山搁在桌上的脸蛋忽然翻了个面儿，嘴里模糊地喊着："宝贝儿……"

严准随便抓来一件罗青山的外套给他披上："别乱叫。"

罗青山闭着眼，下意识嘟囔："啊？"

"你们分手了。"严准难得地有耐心，提醒他，"他不是你宝贝了。"

裴然坐在床上，定定地看着手机屏幕。

他电话是不是挂得太快了？严准好像还没说完话。

经过这么一闹，裴然早就没了睡意，好在这几天他舍友都在外面住，寝室里只有他一人，不然接电话还得跑去阳台上。

他坐到电脑前，看着面前的半成稿，犹豫要不要把它画完。

最终还是懒惰获胜，裴然拿着手机重新爬回床铺。

裴然侧着身子玩手机，随手刷了一下，刷出一条一分钟前的朋友圈。

【严准：接陪玩，什么游戏都会，随时上线。】

裴然顺手点进严准的朋友圈，却发现这条内容被删了。

准确来说，是严准又重新发了一条——

【严准：接陪玩，什么游戏都会，随时上线，会哄人，什么都能做，需要的老板私聊。快没钱吃饭了［网页链接］】

裴然花十分钟逛完了今天的朋友圈，最后忍不住还是点开了那条网页链接。

是个非常正规的陪玩网站，严准的号像是新号，接单数是0，二十块一个小时，是网站最低的价格。

裴然反复看了几遍，最后下了十个小时的单子，付了钱后直接关上了网页。

他正准备开静音睡觉，一条微信消息弹了过来。

【严准：老板。】

【严准：什么时候玩？】

裴然睁大眼睛，反应了好几秒才敲字。

【裴然：你在说什么】

【严准：你下了我的陪玩单，十小时。】

【裴然：……你怎么知道是我？】

【严准：上面是你的微信头像。】

裴然捂了下眼睛，他把这茬给忘了。

那么问题来了，如果坦白自己只是为了支援严准一点饭钱，是不是有些不尊重人？

【严准：？】

【裴然：啊，今天很晚了，就先不玩了。】

【严准：那明天？】

【裴然：这几天……有个兼职要忙。】

【严准：下周，学校七天假，那时候陪你玩吧。】

【严准：欠着不舒服。】

话都说到这份上了。

【裴然：好的。】

【裴然：我刚刚挂电话太快了，没听清你最后说了什么，抱歉。】

【严准：没事，没说什么。】

【裴然：好。对了，能麻烦你倒杯水放在罗青山旁边吗？】

【严准：你现在是我老板。】

【裴然：？】

【严准：你就是让我掰开他的嘴往里灌水都可以。】

【裴然：……】

两人分手的事，过了一段时间才被身边的人知晓。

不是裴然说出去的，裴然一向不喜欢跟别人说自己的感情问题。更不是罗青山，在他眼里，这只是他们感情路上的一道坎，不是跨不过去。

这天，裴然在学校的小路上遇见了林康。

"最近聚餐，罗青山都不带你过来了，这明显有问题啊，我们早都看出来了。"林康说，"昨晚有人说了一嘴，也就是开开玩笑，结果罗青山当场就甩脸子了，要不是我们拦着估计都得吵起来。"

裴然不知该做出什么表情，硬邦邦地应："是吗……"

林康好奇地看着他："不过你俩到底为什么分的？"

裴然丢出早就想好的说辞："不合适。"

"在一起三年了，现在说不合适？"林康笑了，"行，不想说我就不问了呗。对了，你下午怎么回家？一起坐车？"

明天开始学校放七天小长假。林康和裴然住得近，坐巴士能在一个地方下车。

"家里人来接。"裴然道，"顺路送你吧？"

林康求之不得，巴士开得太抖，他每回坐都想吐："咱几点走？我一定准时出来……我翘课出来吧，我好像比你晚十分钟下课。"

"就正常放学时间，没关系，你慢慢来，我等你。"

林康道了声谢，感觉到口袋里的手机嗡嗡在振，他下意识拿出来看，是微信群里在吵，一直在艾特他。

"这群疯子，放假不回家，还在组局。"林康喃喃，"一天天闲的，苏念还说要去玩，就七天，够玩个屁的……你去吗？"

裴然疑惑地看他："去哪里？"

"旅游啊，你没看群里说的？"

裴然说："我没在群里。"

林康愣了一下，下意识打开群成员去确认。

裴然确实不在群里。

这小群是苏念上星期拉的，苏念一向喜欢搞这种事情，群里三十多个人，当时林康还不知道这两人分了手，下意识就把裴然也算了进去。

他和裴然有很多个共同群，裴然很少说话，一般冒泡都是被艾特出来的，所以这几天没看见裴然，他也没觉得有哪里不对。

"我还以为你在……就，苏念说要去大理玩。"林康尴尬道。

这苏念办事也太不周到了吧，裴然都跟大家伙一块玩这么久了，这种群都能漏人？

现在这个情况，林康也不好邀请他进群，毕竟罗青山平时在群里还挺活跃的。

"没事。"裴然笑了一下。

林康想赶紧找个话题，把这茬跳过去，还没想好说什么，迎面又遇见一个熟人。

严准穿着简单的黑色 T 恤，用手腕把篮球夹在胯边，手指懒懒在半空垂着，正边走边和身边的人聊天。

林康连忙叫他："严准！"

严准淡淡地瞥过来一眼。他胸膛轻微起伏，下巴还渗着汗。

林康只是想打破尴尬，他笑笑两声，问了句废话："刚打完球啊？"

严准没应，回头继续跟身边的人说话，林康更他妈尴尬了。

他干笑两声，刚想骂严准一句，就见严准朝好友点了点头，然后转过身朝他们走来。

"你，"严准顿了下，"你们怎么在这？"

"刚上完课啊。"林康说，"难不成我来这散步来了？"

严准看向裴然，林康愣了一下，也跟着看过去。

裴然语气如常："我过来帮老师搬画具。"

林康松了口气，好歹那破话题是过去了："严准，你看群聊没？他们要组队去大理，你去吗？"

严准："没开群，不去。"

林康点点头，他早猜到了："你站这么远干吗？"

严准："刚打完球，身上臭。"

林康笑了："这么讲究？"

裴然没认真听他们的对话，他垂下眼睛，正好看见严准的手。

严准手指修长，指甲剪得很干净，肌肤上有打球时沾上的脏污，他想起严准握鼠标的时候，手背上凸出的骨节非常漂亮。

"今晚你来吗？"

裴然眼睛一眨不眨地看着，心想严准甚至可以去当手模。

然后他就看见严准屈起食指，很轻地在篮球上敲了两下。

"今晚你来吗？"严准说，"裴然。"

听见自己的名字，裴然怔怔地抬起头，好一会儿才反应过来严准话里的意思。

严准是在问他，自己今晚能不能开始"上班"。

想起严准说过欠着不舒服，裴然没怎么犹豫："好。"

严准点头，额间因汗水凝聚在一起的头发跟着抖了抖："那我等你。"

严准跟好友离开后，林康盯着他的背影看了几秒，又转头看了看自己身边的人："？"

"今晚你来吗"？

这特么不是他经常对女朋友说的话吗？

林康在心里抽了自己一嘴巴子，光天化日的，自己脑子里都在想什么……

"看不出来，"林康收回那些乱七八糟的联想，"你和严准这么熟。"

裴然说："也不是特别熟。"

"不熟能让他晚上等你啊？"林康笑了一声，"不过你俩要干啥去？"

"打游戏。"

"……"林康无语，"行吧。不过能和他一块打游戏，也够爽的了。我知道个事，你别说出去啊，他高中的时候被 TZG 战队重金邀请过。那战队这几年可是承包国内地区赛冠军的，去年还拿了全国冠军，但他当时没去。"

"所以你看，罗青山跟他一块住了这么久，才好不容易跟他打上一回游戏，哈哈。"

裴然有些意外："他这么厉害吗？"

那他……钱是不是给少了？

他后来研究了一下，二十块钱一小时，那些初出茅庐的中高分段陪玩都比这要价高。

裴然突然有种自己占了小便宜的感觉。

"开玩笑开玩笑，是很厉害，不过也没那么夸张啦。"林康拍拍他的肩，笑道，"也可能他就是嫌罗青山吵，不爱跟他玩。"

下午，林康还是早退了，跟裴然一块站在学校大门等车。

一辆双色迈巴赫停稳在他们面前，林康眼睛都看直了。

他偏过头，比了个数字嘀咕："我草，我草，这车绝了，最少这个数！"

驾驶座打开，一位白衬衫黑裤的中年男人下了车："小然，叔没来晚吧？行李在哪，我帮你放后备箱。"

裴然说："不用了，只有几天假，我没带什么行李。"

林康："……"

林康表情复杂，也不尴尬了："怪不得我当初说要学画画还被我爸揍，说没这条件。"

裴然听笑了："没那么夸张。"

林康刚准备坐上车，衣服忽然被人狠狠拽了一下，他差点没摔到地上去。

林康吓了一跳，回头就骂："你妈的——"

罗青山抿着唇，手上还紧紧攥着林康的外套，眼睛在林康和裴然之间转来转去。

见到是他，林康更莫名其妙了，把他的手给拍开："你有病啊？这样打招呼的？"

罗青山视线最后落在了裴然身上。

裴然目光平静，无波无澜地跟他对视了几秒，然后转开视线。

"伤着没？"裴然问。

"没，就撞了一下，"林康紧张地看着车身，"没擦到你车吧我？"

"擦着也没事。"裴然说，"上车吧，这里不能久停。"

话音刚落，林康的衣服又被人拽住了。

林康纳闷道："有事说事，你老拽我干什么？"

罗青山咬着牙，好久才憋出一句："你们要去做什么？"

林康说："回家啊。"

"一起回家？"

林康刚想应，突然品出一丝不对劲儿来。

"哎不是……"林康皱起脸，"罗青山，你什么意思啊？"

罗青山说："那你们上午走在一块干什么？你把手搭在他肩上干什么？哦，一起吃饭是吧？"

林康简直气笑了，压低声音说："罗青山你是不是有病？老子有女朋友！"

"有女朋友还跟他走这么近？"

"草，你真行，你以为全世界都是 gay？再说我和裴然怎么了？我俩就一块走了一段路，一起回个家，"林康毫不知情，顺嘴便道，"都没你和苏念来得亲近，你在这发什么疯？"

罗青山脸色瞬间灰白，方才的气势也垮了一半。

他中午都在楼上看见了，裴然没回他消息，没接他电话，却跟林康肩并着肩说笑了一路，林康最后还搂了一下裴然的肩膀。

"罗青山，"裴然终于开了口，"松手。"

裴然回到家时天色已暗，一排的小别墅都亮着灯，唯独他家黑漆漆的。

跟司机道别，他转身进了屋，房子里干干净净，能看出每天都有人专门打扫，可惜平时都没什么人住。

他洗了澡，换了件丝绸睡衣，灯光打在他身上，整个人被衬托得十分柔和。

但裴然现在跟柔和这词压根不沾边。

他甚至有些生气。

拿起手机，上面几乎都是罗青山的消息。

【罗青山：对不起。】

【罗青山：宝贝儿对不起，你别生我气】

【罗青山：我脑子抽了，不是真怀疑你】

⋯⋯⋯⋯⋯

裴然不想再看，直接清屏。

他把头发吹干后，径直走到衣帽间，开始清点罗青山曾经送给他的东西。

鞋子和背包他基本都用过，退是不好再退，于是他上网查价，全部折算成了现金，有些球鞋由于时日已久，都成了绝版，价格翻了不少，所以他查得有些费劲。

整理出一个数字时，时间已经走到了凌晨。

他把钱转到了罗青山的支付宝，然后打开微信，发去一条"钱已转"。

退出对话框时，他不经意地瞥到某个头像。

这头像之所以能吸引他的注意，是因为图片上是只兔子。

大白兔商标上的兔子。

兔子旁边静静躺着两个大字——严准。

裴然脑袋短路似的看了这图片几秒，然后猛地回过神来。

【裴然：不好意思！】

【裴然：我临时有点事，忘记了……】

【裴然：抱歉】

【严准：没事。】

【裴然：你睡吧，不打扰你了】

【严准：没睡】

【严准：还在等你】

裴然登录上游戏，严准的邀请消息马上弹了过来。

裴然连忙进队，然后开麦："我刚刚在收拾东西，忙忘了，对不起。"

严准说："没事，不用道歉。"

裴然刚松了口气，就见"111GOD"ID 前的小喇叭又亮了起来。

那头沉默了两秒。严准的声音很轻，低低地说："我还以为你不来了。"

第三章
CHAPTER.03

裴然没点过陪玩，但他的舍友点过。

舍友当时找的是女陪玩，声音甜美，一口一个哥哥，裴然通过独立音箱听得一清二楚。

那位女陪玩似乎只打辅助位，一局游戏从头到尾，都跟在舍友身后，不断说着"哥哥救我""哥哥别死"和"哥哥好厉害"，听得裴然那一整晚脑中都盘旋着哥哥二字。

想到这时，严准刚好从他旁边翻窗而入，紧跟着"噔"的一声，地上出现一把枪和两个急救包。

"捡。"

裴然问："那你用什么？"

"你的，随便给我一把。"

然后严准提着裴然刚卸下的 Vector 冲锋枪，又翻窗出去了。

严准带裴然跳的野区，严准用的大号，分高，这局排到的队友都很厉害，在等待大厅时就一直嚷嚷着飞集装箱干架。

严准岿然不动，飞机快飞到终点时才慢悠悠在地图上标了个点，说，跳。

由于人不齐，队友落地没几分钟就凉了，晚上人们的心态大多都不怎么好，这两人凉了也没退游戏，一直在队伍麦里说风凉话。

"我开的是大号吧？为什么还有这种伞都不跟队友跳的人啊。"

"野区王者呗，苟到最后偷个人头吃鸡。"

"真烦，兄弟下把一起不？"

"行，我先看这两人成盒再出去。"

剧本跟他俩想的差不多，他们队友确实是野区王者，也确实零杀苟到了半决赛圈。

但也不完全一样。

因为他们有位 ID 为"111GOD"的队友，在半决赛圈像特么个战神，扛着把 Vector 大杀四方。先是摸屁股干脆利落干掉了一支满编队，完了还一个手榴弹精准收掉了隔壁独狼的人头。

俗人没文化，手榴弹击杀跳出来后，野人队友就只会"卧槽"这个词了。

"哥，哥，这人包里有 M416，你把 Vector 换了吧。"队友语气都亲切了许多。

裴然小心翼翼地趴着前进，打开了敌人的盒子，里面确实有把 M4，还是满配："要换枪吗？"

"不。"严准说，"就用 Vector。"

一号队友说："好，高手都是这么玩的。"

二号队友说："你说得对，哥加油。"

这一局天命圈，鸡吃得没什么难度。只剩最后一个敌人时，两个队友问严准要不要一起玩。

严准说："你们问三号。"

裴然看了眼左下角……他是三号没错。

"你们双排的？"队友道，"三号，一起？"

裴然说："不了。"

击杀掉场内最后一名玩家后，严准暂时停留在吃鸡界面，垂下眼拿起键盘旁的烟盒。

"四号是陪玩，"裴然继续说，"要想他带你们玩，得付钱。"

严准捏着烟盒，忍不住很轻地笑了一声。

裴然语气未变，是正儿八经地在给他拉生意："在 XX app 里，不贵，开业大酬宾，再晚一点就涨价了，名字是……"

队友听得一愣一愣的，应了几声好。

严准刚返回游戏大厅，手机屏幕就亮了起来，他解锁看了一眼，有人下单了，估计就是刚刚的队友。

他把烟放回原位，点了拒单。

裴然冲了杯咖啡回来，咖啡里加了奶，颜色随着他的搅拌逐渐变淡。

"他们有下单吗？"

严准遗憾道："没有。"

又进入一局游戏，裴然还没成功切进地图，就听见耳机里传来一个陌生的男声——

"111，好巧啊。"

"111你们不认识？就前段时间亚服排名上蹿很猛的一个兄弟。"

"111，在不在？记得我不？我们有好友的。"

严准看了眼他的 ID，xktv197，看名字应该是个主播。

只是他加的主播太多了，具体是谁记不清。

严准"嗯"了一声，算是回应。

这位197明显还在开直播，一直在跟观众互动。上了飞机，197问："111，跳哪里？我跟你。"

话音刚落，地图最右侧的某个小野区出现了一个黄澄澄的标记。

197："？"

197："你手滑？"

严准说："我双排。"

197看了眼队友 ID，明白了："这个三号？ranbaobei？哦……带女朋友呢？"

裴然的号是罗青山给他建的，ID 也是罗青山取的，跟罗青山是情侣 ID。

裴然一开始也觉得这 ID 太女性化了，但换号又特别麻烦，就一直没管，直到现在被人念出来，他才觉得有那么一点儿羞耻。

"没关系，不用管我。"裴然开麦，"你玩自己的就好。"

听见是男声，那个197愣了一下，然后道："新手吗？好吧，那就跳野区，反正这图就这么点大，很快就能遇着人。"

严准挑的是随机模式，这局他们打的是雨林小地图。

没过多久，严准又提着满配 M4 来找他。

裴然看了眼地上的枪，说："不用了，这个图很多枪，我身上也有把 M4。"

严准没吭声，站着半天没走，枪也一直放在地上。

最后裴然还是蹲下来，把自己那把无配件的 M4 丢到了地上，严准迅速捡起来，开门离开。

裴然："……"

这一幕被197看了个全，他打趣道："111，你干吗呢？然宝贝的枪有 buff？"

严准"嗯"了一声："带我老板的枪，战斗力翻倍。"

197恍然大悟："你也下海当陪玩了？"

严准说："算是。"

197说得没错，这小地图遍地都是人，他们才刚搜完两个小型野区，附近就传来了枪声。

"E 方向，"197瞥着地图，"我靠，111你去哪？"

裴然看了眼紧跟在自己身后的人："……我们现在过去。"

他们赶到时，队友已经跟那帮人打起来了，四打二，吃了不少亏，另一个野人队友已经成了盒子，197丝血躲在石头后面不断蹲起打药，慌得一批。

裴然余光瞥见一个敌人正背对着自己在瞄人，他下意识就开了枪，好在枪稳，成功将敌人击倒在地。

裴然玩这游戏很少能杀人，一局能杀一个都是多的，直到对方倒下，他才意识到自己的心脏跳得有多快。

"真棒。"严准的声音夹杂在弹雨声中。

像是小学时被老师夸赞一般，裴然脸颊莫名开始发热，在树后把自己的子弹重新装填满。

197打上血包，迅速报出敌人的位置，严准喝了瓶止痛药："我灌雷，你从左边摸，我打正面。"

两人提枪冲脸，严准两梭子子弹掀倒两人，197在那头顺利偷了一个。

"都死了，我这直死的，可以舔包了。"197趴在草地上，"强啊兄弟。"

严准没说话，远处传来一道模糊的消音狙声，他摸到右边开镜看了一眼。

谁知还没找到人，身后就传来了数道枪声。

197："我操！有人摸我们屁股！妈的又来了一队……"

话音刚落，右上角弹出两条击杀，197和裴然都被击倒了。

严准反应极快，回头直接开镜扫死一个，敌人倒下之前朝他开了两枪，严准的血条瞬间变成红色。

严准在的位置很好，197心脏都提到了喉咙眼："还有一个，别急别急，先打药，那人好像补然宝贝去了……"

他话还没说完，就见严准取消了打药的动作，提着枪就往前冲。

197："？？？"

裴然那句"别"刚到嘴边，严准就已经冲进了他的视野。

严准跟敌人对枪的那几秒里，裴然觉得自己的胸腔都要爆炸了。

严准丝血完成击杀时，裴然重重松了口气，忍不住往后一靠，他松开鼠标，才发现自己掌心里都是汗。

……太刺激了。

"我草！我草草草！兄弟，别人是玩游戏，你是玩儿心跳。"197艰难地爬到严准身边，他倒下后还吃了敌人两枪，现在血条都快见底了，"兄弟，快扶我。"

话音刚落，197便眼睁睁看着严准离他而去，直奔坡后还剩大半血的然宝贝。

"有药吗？"严准问。

裴然回神："有。"

"好，去舔包，上面都是。"

197哀号："完了完了完了，我没了我没了我没了……"

好在严准也不是完全没良心，在197只剩下最后一丝红血时，把人扶住了。

"兄弟，我真吓死了。"197很委屈，"我都爬到你旁边了，你不扶我，你在想什么兄弟？"

严准说："想我老板。"

裴然："……"

197："你老板还大半血呢！"

"这人还有队友，万一把他补了怎么办？"严准给98k装上弹，"如果你死了，我还能努努力带你躺把鸡。"

197："？"

"如果他死了，我就只能自雷了。"

197沉默片刻后说："行……知道的说你是个顶级陪玩，不知道的，还以为你俩搞基呢。"

严准看着面前的人生生停在了原地。

几秒后，ranbaobei继续向前跑，ID前面的麦克风也闪了闪："嗯，这么好的陪玩一小时只要二十块，在XX平台……"

严准失笑，控制不住地按了下鼠标，奔跑的游戏人物对着空气重重地挥了一拳。

两人一直玩到凌晨四点。

裴然玩得忘我，根本没注意时间，直到严准提出休息，他才发现已经这么晚了。

裴然刚躺上床，手机就响了。

【严准：我服务得好吗？】

【裴然：很好】

觉得敷衍，裴然又添一句。

【裴然：真的】

【严准：嗯，第一次当这个，没经验】

【裴然：有接到新的单子吗？】

裴然这句话发过来时，严准刚打开陪玩 app 的后台。

一晚上，他收到了四十多个陪玩订单。

想到裴然帮他打广告时的认真语气，严准伸手捂着脸，忍不住笑了一下。

【严准：没有，我行情好像不太好】

裴然捧着手机想了一会儿，干巴巴地打出一句"加油"。

还没发出去，又收到了一条消息。

【严准：真觉得我玩得好？】

【裴然：真的。】

【严准：那要不要多买我一会儿？】

裴然愣了愣。

【严准：开业大酬宾，你多拍一点，整个假期我都是你的】

【严准：行吗】

【严准：裴老板】

翌日，裴然被一束正正好打开眼皮上的阳光吵醒。

他太久没熬夜，昨晚关了电脑后，困意一下就翻涌上来，躺床上没一会儿便睡着了，连窗帘都没拉紧。

裴然下意识抬手挡住眼，从床边摸索出手机想看时间，刚解锁就怔住了。

他的手机还停留在昨晚的界面，上面是一行黑体大字——

【亲爱的 pr123，你已成功下单！点击查看订单详情。】

裴然脑袋出现一瞬间的空白，点进订单一看，他给"准了"下了五十个小时的陪玩单。

裴然：“……”

果然，人一到深夜就容易冲动消费。

切到微信，上面仍停留在他和严准的对话框上。

【严准：谢谢裴老板。】

【严准：睡了？晚安】

裴然心想，陪玩业似乎也不是那么景气，连严准这么厉害的人都拉不到单子，还要来挽留他这位菜鸡顾客。

不过经过昨晚，他忽然明白为什么这么多人喜欢点陪玩了。就连严准都会说那些好听的话，其他陪玩岂不是更会哄客户？

【裴然：睡着了……】

那头没了回音，裴然看了眼时间，还不到十点，严准应该还没醒。

他返回微信主界面，开始翻今早收到的消息。

裴然一眼就看到了苏念的名字。

【苏念：在吗？】

【苏念：看到了回我一下】

裴然无意识地拧了一下眉，他犹豫几秒，还是礼貌地回了一句。

【裴然：嗯】

【苏念：你家就在满城吧？】

【裴然：嗯】

【苏念：后天要不要一起去大理玩？［猫咪歪头］】

裴然一下不知该怎么回。

连林康都知道他和罗青山分手的事，苏念没道理不知道。

【苏念：人呢？】

【苏念：哦对了，我们拉了个小群，里面都是熟人，我忘记把你也

拉进去了，不好意思，我现在拉你？】

【裴然：不用，也不去大理，你们玩得愉快。】

发完这条，裴然起身去洗漱，再回来时手机已经被微信提示刷了屏。

【苏念：为什么啊？】

【苏念：因为和青山哥吵架了？】

【苏念：昨晚哥都跟我说了，裴哥你别气，我那晚就是喝醉了，把哥认成我前男友了，而且我俩就亲了几次，没干别的】

【苏念：真的】

【苏念：如果惹你不高兴了，我给你道歉，你俩别因为我吵架……】

苏念发完消息后一直没等到回复，他想了下，又挑了个跪地求饶的表情包发了过去，然后就收到了被拉黑的提示。

裴然吃早餐时，刀叉碰撞数次，频频发出响声。

家里阿姨担忧地看着他，问是不是蛋煎得太熟了。

裴然摇了摇头，戳起剩余的蛋一口吃完。

打扫阿姨离开后，裴然把整理出来的箱子搬到了仓库。

箱子里都是罗青山送他的东西，他以后都不会用了。

等回了房间，裴然才想起还有一些东西需要清理。

林康的消息发过来时，裴然正在翻相册。

裴然手机里有一个相册，里面是他和罗青山的照片，不多，三年下来十多张。

裴然不习惯拍照，这些都是罗青山拍的，再一张张发到他手机上。裴然每次换手机都会先把这些照片存到新手机上，一张没丢。

上面有他们穿校服的模样，还有在大学门口的合照，最后一张是他在睡觉，罗青山偷拍他，自己也笑着入了镜。

裴然深吸一口气，最后把亲密的照片删了，只留下那张学校大门的合照。

做完这些，他才切回去听林康的语音。

"裴然，干吗呢？有空没？"

【裴然：有空，什么事？】

"哦，是苏念，他让我来问你是不是生气了，怎么话也不说就把他删了……什么情况啊你们？我问他他也不肯说，就让我给你传句话。"

林康是真好奇。

裴然平时给人的印象就是淡淡的，绝不会先开口跟你交流，但只要你丢出个话头，他都会温温和和不冷不淡地应你。总而言之，就是没什么脾气。

但这世上哪有人是真没脾气的，裴然只是觉得没必要，没必要跟罗青山算劈腿的账，算不清也不想算，更轮不上苏念。

可他不想跟别人计较，别人却上赶着来恶心他。

裴然满眼平静地敲字。

【裴然：辛苦你再帮我回他一句】

"什么？"

【裴然：让他滚】

严准下午才被电话吵醒，他按下接通放到耳边，没说话。

电话那头不断传来敲击鼠标键盘的声音："你还没醒啊？"

听声音就猜到是谁，严准闭着眼道："有事说事。"

"嘁，也是，毕竟你昨晚玩到凌晨四点才睡。"男生喷道，"比我这职业选手练得还晚。"

严准说："林许焕，你很闲？大早上在我这阴阳怪气什么毛病。"

"大早上？这都特么下午两点了。"

严准睁开眼，转过头看了眼时间。

林许焕刚说完话就被人一枪爆了头，他骂了句脏话，顺手送了敌人一波四连举报，然后拿起手机继续说："我听说了，你当陪玩去了。哎你怎么想的啊！风风光光的职业选手你不当，你特么下海当陪玩！"

严准缩小通话界面，去回复老板的消息：醒这么早？

"你怎么知道？"

　　"你遇到的是我们战队签的平台旗下的主播，"林许焕说，"还挺火的，昨晚跟你排的那把游戏，被他录屏发短视频 app 去了，现在也就二三十万赞吧……哎哟，你说这便宜你怎么不给我占啊？"

　　严准说："我怎么知道会遇见他。"

　　"不过真有你的，干啥像啥，哄老板一套套的，现在那抖音评论里都在找你的陪玩 ID。"林许焕靠在椅子上，"行了，说正事，你家里破产了？"

　　严准拨了下前额的乱发："让你失望了，还没。"

　　"那你当什么陪玩？"林许焕无语，"我还以为终于能把你骗来 TZG 了。"

　　严准嗤笑一声，刚想说什么，手机忽然振了几下。

　　【裴然：嗯，你起床了吗？】

　　【裴然：我想打游戏】

　　【裴然：没起也没关系，我自己玩一会儿。】

　　林许焕："对了，你放假了吧？来我们基地，我们二队有个人请假了，凑不齐人，那些青训生都不太行，来跟我们凑场自定义训练赛。"

　　"不去。"

　　"靠，付钱的！"林许焕咬咬牙，"给你陪玩费的三倍……等等，你陪玩费一小时没超两百吧？"

　　严准起身："不去，你们自己打，我挂了。"

　　"哎再聊聊啊，急什么？"

　　"急，有事。"

　　"什么事？"

　　严准套上衣服，懒声说："伺候我老板。"

　　"……"

　　严准叼着块面包上线，看到裴然正在游戏中，就顺手查了一下他的战绩。

　　0伤害。

0伤害。

0伤害……

挺惨烈的。

严准发了条微信，让他这局结束了等自己。然后才开始慢悠悠地看未读消息。

严准深交的朋友不多，因为以前差点踏入电竞职业的大门，所以他有许多电竞圈的好友，这会儿都在转发那条短视频调侃他。

再往下翻，翻到了一个他许久未打开的群聊。

看到某个字眼，严准皱了皱眉，打开群聊往上滑了两页聊天记录。

【林康：@苏念 你跟裴然到底怎么了，他发这么大火？】

【苏念：不知道啊】

【苏念：可能就是看不上我吧】

【苏念：裴然不一直这样吗？你们谁能真正跟他玩到一块的？】

【苏念：大少爷都这种脾气，高攀不起】

…………

【苏念：@所有人 大理行，后天出发！想去的快找我报名！！】

【苏念：@准了 准哥去不去？】

一般这种消息，严准都是直接无视的。

他咽下面包，垂下眼面无表情地打字。

【准了：跟你不熟，别乱认哥】

【准了：谁拉的我？删好友了，以后这种傻逼群别随便拽人】

严准手速快，在群里人目瞪口呆之时，他已经完成了骂人—删苏念—退群这几个步骤。

裴然这局游戏依旧没坚持到第五分钟，他看着敌人趴下吸溜吸溜舔他的包，忍不住皱了下眉。

这游戏原本就这么难吗？

他解锁手机，扫了眼消息列表，其中林康发的消息最多，是苏念在群里嚼舌根的截图。

【林康：[聊天记录]妈的，平时也就觉得这人有点矫情麻烦吧，结果还是个碎嘴的。】

【林康：你到底怎么招惹他了？要不要我把你拉进群里来？放心，我一定帮你说话。】

【林康：你要是不好意思，兄弟帮你教训他两句，都是朋友，他说这些话就没意思了】

【裴然：别了，谢谢你】

【裴然：不用截图给我，下次请你吃饭】

裴然点开聊天记录又看了一遍，脸上没什么情绪。

其实苏念说的话也不全错，自己确实看不上他。

严准的组队邀请发送过来，裴然把手机丢到一边，同意了邀请。

"老板。"严准声音有些哑，像是刚睡醒。

裴然下意识应了一声："嗯？"

然后又说："你不用这样叫我……"

严准把自己游戏人物身上的衣服脱掉，变成了跟裴然一样的原始套装。

他想了想，又去把人物形象改成了女性。

"今天带你玩些别的？"严准问。

裴然："玩什么？"

"双排雨林，"严准说，"带你杀人。"

裴然牵了下嘴角，昨天虽然他们吃了好几把鸡，可他经常一局结束一个击杀也没有。

虽然是躺鸡，但也很快乐。他应："好。"

很快他就明白严准说的杀人是什么意思了。

一进游戏，严准就在训练基地上面标了个点。

训练基地，俗称自闭城，一个物资还没盒子多的地方，下来不是我死就是你亡。

"跳。"严准提醒他。

裴然连忙按"F"，依着严准昨天教他的跳伞技巧往下落。

快到基地时，裴然回头看了眼身后，乌泱泱一群人："……"

"跳三仓，跟紧我。"

一落地，裴然耳机里只剩下此起彼伏的枪声，让他想起前段时间去听的那场交响演奏会。

他慌乱地捡枪，当他装好子弹时，严准已经杀了两个人。

裴然正准备跟上他，就听见身后传来开门声，紧跟着，他被人击倒在地，对方毫不留情地把他补死然后迅速跑路。

这人是从远处跑来的，严准跳伞时没看见，他清掉两队人，问："杀你的人穿什么衣服？"

裴然怔了怔："好像是……原始衣服。算了。"

"观战等我一下，"严准舔完包，"很快。"

十分钟后，严准一个人扛着枪，清光了训练基地里穿原始衣服的人。

直到剩下最后一个队伍，严准击倒其中一人，然后开麦问："你队友穿什么衣服？"

那人一脸懵逼，乖乖回答："黑色大衣，就很贵那个，你要吗？我让他脱了给你。"

然后严准就在对方的热烈注视下，自雷了。

裴然愣住了："你不用自雷，我看你玩也可以的。"

"你不在不玩，"严准说，"按准备，下一局。"

连着跳了三次伞后，裴然终于杀到了人。

"严准，我杀人了！"裴然觉得自己手掌心都是炽热的，脱口道，"而且……杀了两个！"

说完他才觉得不好意思——三局俩人头，严准随便排个野人都比他厉害。

"我看见了，"严准很自然地接过他的话，"真厉害。"

裴然心脏跳得很快，觉得自己现在比考试时还要紧张。

因为有了手感，裴然又杀了一个，几分钟后，自闭城安静了。

"严准，"裴然小声确定，"好像没人了？"

严准被他逗笑："嗯，都被你杀完了……你不用压低声音，只有我能听见。"

裴然也觉得自己这样有些傻。他蹲在房子里舔包，严准忽然翻窗进来，经过昨晚，裴然对他这个举动已经有了条件反射，下意识就把自己的枪脱掉，丢在了地上。

严准的游戏人物明显停顿了一下，片刻，他带着笑意说："我只是想看看这盒子里有没有多余的倍镜。"

裴然："……"

裴然立刻把枪收回，他觉得自己落地捡枪都没这么快过。

严准："但我还是想用你的枪。"

严准蹲在他旁边，把自己的枪丢出来："不逗你了……再给个加buff 的机会。"

裴然扭头就走："算了，不换了。"

严准起身便追，追了一整个训练基地，然后在裴然停下来捡东西的时候，在他面前用游戏人物动作跪下来行了个大礼。

裴然回了个大礼。

严准又拜了拜。

两人跟个傻子似的拜了半天，裴然还是把枪给了他。

严准："不拜了？就差一次了。"

裴然没听懂："差一次什么？"

"没什么。"

严准挂着自动跑步，闭上麦给自己点了根烟，心想再拜一次都能直接送入洞房了。

又打了两局，裴然刚有些上头，就听见严准说："这局跳其他地方吧，我这雨很大，听不见脚步。"

裴然这才听见雨滴砸在窗上的声音。

"我这边也下雨了。"

严准"嗯"了一声："我们在一个地方，我住满中附近。"

裴然脱口道："我高中就在满中读的。"

"我知道，"严准说，"我们是校友。"

裴然愣了愣，他并不记得自己在高中时见过严准。

见他不说话，严准说："别想了，你跟我一个楼上一个楼下，碰不着。"

裴然随便应了一声，觉得他这句话里有点怪，还没来得及细想，就被严准打断了。

"跳。这局我认真打，带你吃把鸡。"

两人打了一晚上双排，关游戏的时候，裴然忽然记起自己放假前制订的假期计划。

"明天还找我啊，"严准懒洋洋地说，"老板。"

裴然想，计划就是拿来打破的。

睡前，裴然按惯例打开微信看消息。直到看到罗青山发来的二十三条未读消息，他才想起自己今天遭遇了一件非常恶心的事。

这一晚上在自闭城过得太刺激，他竟然都把这件事忘得差不多了。

罗青山的消息无非就是解释，说自己刚刚没看群，不知道他和苏念之间发生了什么，还说自己真的跟苏念撇清了关系，让他不要误会。

裴然看完后照例清屏，闭眼睡去。

这个假期过得很快，在接到母亲电话时，裴然才猛地反应过来，这是他最后一天假。

母亲在电话那头嘘寒问暖，对自己没办法回国陪他感到自责，还关心他这个假期都做了什么。

裴然很快地眨了几下眼，不是很熟练地撒谎："随便画了点东西。"

实则沉迷游戏，甚至已经慢慢开始掌握压枪技巧了。

挂了电话，裴然犹豫了一会儿，还是决定把今天的游戏邀约推了。

他刚打开微信，对面就发了条语音来。

"裴老板，出了新载具，直升机，坐副驾还能开枪。"严准问，"什么时候上线？带你坐飞机。"

裴然咬了下嘴唇，低头打字。

"今天不玩。"

删除。

"晚一点吧。"

删除。

严准尝着嘴里大白兔的奶香，饶有兴致地看着自己老板的对话框头上的"正在输入"。

也不知过了多久。

【裴然：好的】

严准嘴角不自觉勾了下，一口把奶糖吞下。

裴然怀着罪恶感打开电脑，刚登录上 PUBG，右边就弹出了一个组队邀请，他顺手点了同意。

进入队伍，他看见自己身边的人穿着花哨，全身上下都是绝版时装。

裴然还没反应过来，房主就进入了游戏，对方开的双排，队伍里只有他们两个人。

"裴然……"耳机里传来了罗青山的声音，低低的，很是委屈，他小声喃喃，"你终于肯理我了。"

严准上线想拉人，看到"ranbaobei"的状态竟然是游戏中。

他往下看，"airanbaobei"也在游戏中。

严准垂着眼皮，半晌才拿起手机发消息。

【严准：？】

【裴然：我不小心开了一局……】

【裴然：你先自己玩一会儿吧】

于是严准靠在椅子上，一边抽烟，一边盯着裴然的 ID。

手机"叮"的一声，他又被人拉进一个新的群聊，不过这次不是苏念拉的了。

【林康：以后就在这个群里说吧。】

【林康：我要不要把裴然拉进来啊？ @罗青山 】

【林康：@罗青山 人呢】

【罗青山：先不拉】

【罗青山：别吵我，我在和我老婆双排】

【林康：？？和好了？ 】

【罗青山：好不容易才理我……行了不说了】

严准关了群聊，抬手把烟给摁灭，指尖不小心蹭到烟灰，脏了一块。

他无视那块脏污，直接给林许焕弹了个微信语音。

对方很快接起："干吗？我这直播呢。"

"车队缺不缺人？拉我。"

林许焕愣了一下："怎么，强行消费？"

"不收你钱。"严准低声说，"你队伍分高，杀起来爽。"

林许焕笑了笑："这么暴躁？行，马上拉你……今天不陪你那位老板了？"

严准也笑了一声，没什么滋味。他说："嗯，老板今天用不着我。"

听见罗青山的声音，裴然第一反应就是退出游戏。

几秒后，他退出界面，打开地图自己随便标了一个点。

罗青山很激动，他许久才组织好语言："我这几天……都在家里，哪也没去。我妈说附近开了一家很好吃的日料，要不要——"

裴然平静地问他："我发给你的，你看了吗？"

罗青山一顿，这几天裴然只给他发了一样东西，一份清单，上面记着他们在一起以来自己送给裴然的礼物。

"没看，"罗青山声音很低，"很多东西我看了就想买给你，这么久了，我怎么会全记得。"

裴然落在了野区，开始慢吞吞地搜东西："应该没落下什么，还有两双鞋子，都绝版了，我搜不出价格。"

"宝贝儿，"罗青山哽了一下，默默改口，"裴然，你非要这样吗？"

裴然说："不是我要这样的。"

"我知道，我知道，我说了是我错了。"罗青山说，"可我和苏念真的没什么，至少我对他完全没那个意思，你还不知道我吗？我一直把他当兄弟看的，只是我没想到……"

裴然在房间里静静地站了几秒，才弯腰捡东西："你别说了。"

"你连个辩白的机会都不给我？"罗青山涩声说，"裴然，我这几天一直在想，我在想，你到底在不在乎这件事？为什么你一点都不生气？你只是沉默，跟我冷战，像高中我追你那会儿，无视我，忽略我。"

怎么辩白？又怎么样才算生气？裴然想。

难道要他逼问，问他和苏念到底接了几次吻，又或者他到底有没有把苏念删掉？

还是要他当着所有人的面跟苏念大吵一架，搅得一地鸡毛？

裴然沉默了很久很久，久到罗青山都以为他闭了麦或者退了游戏。

"我只是不想结束得太难看。"裴然很轻地说了一句。

这是罗青山在事情发生后，第一次听到裴然这么落寞的语气。

裴然没说几个字，但罗青山仿佛都听懂了。

裴然父母都是艺术家，裴然生来就带着艺术家的傲骨，追求完美，追求浪漫。这也是罗青山最喜欢的地方。

罗青山鼻子一酸："对不起。"

他揉了下眼睛，觉得自己更想见裴然了。许久后，他说："那之后，我们还能做朋友吗？"

裴然："……"

"你别说不行，我求你。"罗青山说，"至少你给我一点时间。"

裴然本能是抗拒的，如果不是因为没算清账，他或许早就拉黑罗青山了。

罗青山咬咬唇，扯出一声笑，决定丢出王牌："对了……最近都在降温下雨，我手指总是痛，难道手指也能得风湿吗？你多穿一点，你容易感冒。"

裴然最吃这一套，罗青山觉得自己卑劣的同时，又十分庆幸。

果然，裴然安静了一会儿后问："去医院看过了吗？"

"没，也不是很疼。"知道他心软了，罗青山暗自松了口气，忙转移话题，"捡到枪没？来，别动，我丢你把 M24，上面有六倍镜。"

裴然脚步未停，从罗青山身边经过："谢谢，我不玩狙。"

"N 方向有人，谢谢饼干老板的火箭，亲亲——"林许焕正在和直播间老板激情互动，看清队友的走向后立马坐直了身子，"我草，二号你冷静点，二号等我一起上，二号……哥你他妈别冲了，那边四个人！！！"

严准开的是摩托车，林许焕给自己这小破皮卡车再加四个轮子都追不上，只能眼睁睁看着严准头也不回地奔向敌人。

"靠啊，双人四排本来就难打，你还这样白给！"林许焕气得要死，"怪不得我说你今儿怎么突然跟我玩了，原来想带我反向冲分……"

【111GOD 以 AKM 击倒了 TIKERX】

【111GOD 以 AKM 击倒了 HUMI2B】

【111GOD 以破片手榴弹击倒了 JEONG】

【111GOD 以破片手榴弹淘汰了 MRxu】

严准："死完。"

"哈哈，我就说嘛，我哥肯定是心里有数才冲过去的。"林许焕微笑，"大家看我哥这波操作秀不秀？喜欢他的直接给我刷礼物就行。"

林许焕边舔包边说："哥你怎么了，我瞧着你心情好像不太好？"

严准问："心情好能跟你打游戏？"

"靠。"林许焕气笑了，"行，那你说说什么事，让我帮你排忧解难。"

"你排不了。"严准快速舔走自己需要的配件，跳上楼顶瞄人去了，"你安静点就行，我都听不见脚步声。"

林许焕都习惯了。他看着弹幕说："没没没，他没开外挂……我怎么知道？我俩现实都不知道一块打过多少局游戏了，一会儿有机会给你们看看他的视角，一看就看得出是真操作。"

"不是我们队伍的青训生，这操作是青训生，那我直接退役算了。"

"我一直都很有自知之明。主要他确实很强啊，不信你们去其他PUBG战队主播的直播间问问，问他们谁不认识111GOD。"

严准面无表情地听他吹自己，心想应该单排的。

一局游戏结束，严准21杀成功吃鸡。

"日，你真是绝世猛男。"林许焕感慨。

严准被他的用词雷到了，点了支烟没理他。

他垂下眼，看着被放在键盘前的手机，反复打开置顶对话框。

"哥，我直播间里都在问你的陪玩平台，你说一下呗，我给你打打广告。"林许焕说，"保准让你爆单，你先去把价格调高一点。"

严准吐出一口烟："不用，不干了。"

"……"林许焕表情复杂，"你这放弃得也太快了吧，年轻人一点毅力都没有。"

严准说："嗯，干一行恨一行。"

林许焕打开直播间的麦："你们别刷了，人家不接单了，为什么？没有为什么，高手都这么任性。哥你等一等啊，队里那群猪醒了，说一起打四排。"

严准没应他，抬手想抖烟灰，桌上的手机忽然振了下，他敛下眼，差点把整根烟都抖进烟灰缸里。

【裴然：我好了，你还玩吗？】

没两分钟队伍就齐活了，林许焕刚想点开始，系统就提示他有队友尚未准备。

一看，111GOD面前的钩钩消失了。

"我走了，你们打。"严准说。

"啊？"一个男人的声音传了出来，是战队的突击手，"为了跟你玩，我从被窝爬出来的，你跟我说你要走了？干啥去？"

严准丢下一句："还能干什么？陪我老板。"

严准走了，留下直播间一堆问号，粉丝质问道"你特么不是说他不接单，逗我呢"。

林许焕一脸坦然："说了，高手都这么任性。"

裴然刚发出消息，又想起严准刚刚的状态还是游戏中，赶紧又添一句。

【裴然：如果你在玩就算了】

【严准：拉我】

裴然没当过队长，不太熟练地给他发邀请，111GOD 很快出现在队伍里。

"打什么图？"

"就你一个人？"

两人同时开口。

裴然愣了愣："嗯，就我一个，你要拉其他人吗？"

"没，"严准顿了下，"看你刚刚在双排。"

裴然说："刚刚进错队伍了，没仔细看 ID，还以为是你发的邀请。"

严准挑了挑眉梢："哦，以为是我。"

裴然没察觉他话里微妙的笑意，"嗯"了一声，又问："打什么图？"

"海岛吧。"严准说，"说好了，带你坐直升机。"

玩游戏的过程中，裴然的手机一直在响。

他看着罗青山发来的语音，不是很想听，又担心是他的手出了什么问题，最后还是选择点开了最短的那一条。

"明天你什么时候去学校，一起吧？我去接你——"

裴然点下停止，没让语音放完，抽空低头回了一句"不用了"。

严准看了眼日期，刚散去的那股烦闷又原路返回，憋得他想点一支烟。

然后他就听见耳机里传来一点小动静，像是撕开糖纸的声音。

他忍了忍，打开抽屉拿出大白兔，含了一颗解馋。

跟裴然玩游戏，有点儿费糖。

打完游戏已经是深夜，裴然看着黑漆漆的电脑屏幕，忽然想到什么，打开陪玩软件给严准结了账。

这款陪玩软件的规矩是，客人先下单，待陪玩时长到了后得去后台点结账，陪玩才能收到钱。

陪玩时长最高只能购买五十个小时，规定陪玩们一个月内解决订单，否则订单作废。

【严准：？】

【裴然：去学校后可能没什么时间打游戏，先给你结账。】

【裴然：以后有机会我再来。】

裴然不知道自己最后一句话看起来有多么客套，"有机会再来"在平时甚至可以理解为"我不会来了"。

严准最后还是没忍住，去阳台点了支烟，没抽，目光一直落在这句话上。

许久，他才有了动作。

【严准：向你转账1200元。】

裴然怔了怔，下意识敲出一个问号。

对面很快回了一条语音，裴然拿起手机来凑到耳边听。

"真以为我是陪玩啊？"

裴然又想回一个问号，但他觉得这样似乎不太礼貌，于是他点开语音键，傻乎乎地应："是啊。"

下一条语音里，严准的笑声很低，像是没忍住。

"陪玩里，像我这样的，一小时打底都得两百块。"

"我暂时不缺钱。"

"哄你下单，就是想骗你来跟我打游戏。"

裴然连听了三条，耳朵都被手机贴热了。

他沉默半晌，问："……你很喜欢和菜鸟打游戏吗？"

严准实在不行了，他把烟摁灭，低头笑了好久，才认认真真地回过去。

"不是，我是喜欢和你打游戏。"

"准确来说，和你干什么我都挺喜欢的。"

"就是我喜欢你的意思，你听得明白吗？跟你菜不菜鸟没关系。"

裴然保持着接电话的姿势，整个人像被按下了暂停键。

他甚至停了几秒呼吸，脑中只剩下心脏跳动的声音，连带着他的太阳穴都打鼓似的突突突。

放下手机时，他不小心又点到了语音，严准的声音再次响起——

"就是我喜欢你的意思——"

裴然手忙脚乱地关了，他快速地眨了两下眼睛，飞快起身站到窗前，"砰"地一下关上了窗。

是雨太吵了。他想。

裴然在窗边站了很久，窗户关了，他还是能听见那些声音。

直到打开浴室灯看向镜子，他才发现自己脸蛋和耳朵都是红的。

他洗了把脸，把手背抵在脸上离开浴室，重新拿起手机。

裴然收到过很多告白。他第一封情书是小学时收到的，五年级女生绑着马尾辫，连笑容都是清爽的柠檬味，红着脸把情书塞在他手里，叮嘱他回家再看。

他当时眼睛都没多眨一下，礼貌地把信推回去，说，抱歉，谢谢。

罗青山也同样收到过他的抱歉。

他喝下一口水，心想自己会这样，应该是被吓到了。

严准为什么会喜欢自己？他们在这个假期之前没有太多交集，没有亲密接触，甚至连多余的话都没有怎么说过。

裴然解锁手机，界面还停留在他和严准的对话上。

黑暗中，手机又发出一道振动声，振得裴然掌心微微发麻。

【严准：我只是解释一下，不是在告白，不用急着回答】

"……"裴然愣了一下。

原来这样不算告白吗？

他的拒绝仿佛被卡在喉间，上不去下不来。

【严准：不过以后，就不叫你老板了。】

雨势渐小，严准倚在阳台上吹风，发完这条，才退回去看早被塞满的信息栏。

是之前那帮人，嚷嚷着让他赶紧上线继续杀人。

严准还没回过去，那边就迫不及待地弹了个语音过来。严准挂了一次，他们接着打，他最后只好皱着眉接起。

"哥，你干吗呢？怎么还挂我电话啊。"林许焕问。

"忙。"

"大晚上的能忙啥？"

"等消息。"

林许焕愣了下："啊？"

严准懒得跟他解释："打来什么事？"

"上线继续玩啊，老何他们都起来了，就差你呢。"那头背景里还能听见有个粗犷男声在念叨严准的名字。

严准说："我是学生，明天上学。"

"嗐，老何让你翘课，来基地玩两天。"

"不翘，挂了。"

林许焕叫住他："哎，再聊聊，我直播间的人都想听你声音，你别急着挂啊。"

"很急。"严准道。

"急什么？"

严准握着手机，声音混在风里："急着给你找嫂子。"

电话那头安静了几秒。

"？"林许焕说，"我草！真的假的？！你还会喜欢女人啊？"

严准声调平平："喜欢男的。"

"哈哈哈，"以为严准在跟他逗乐，林许焕笑喷了，"开玩笑开玩笑，我没别的意思，我还以为你这辈子都得单身……哪个女的这么牛逼，能入您老法眼。"

"他是很牛逼。"严准问，"还有没有事？"

林许焕总算有点眼力见了："你等着给嫂子打电话呢？"

"还没成，别乱叫。"严准望着月亮，说，"等他回我消息。"

可惜直到电话挂断，他都没收到新的消息。

严准觉得今晚可能是收不到回复了，他关上阳台的窗，把手机丢到枕头边准备入睡。

不知盯了天花板多久，手机屏幕忽然亮起。

【裴然：好的】

距离上一条消息，已经过去四十分钟。

严准牵了下嘴角，忍着困意打开键盘，随便敲了几个字。

【严准：睡了，裴然】

翌日，裴然拒绝司机的接送，自己坐巴士回了学校。

裴然到寝室时，舍友一局游戏刚结束，他摘下耳机问裴然："你没看班级群啊？"

裴然低头整理行李："没，怎么了？"

"运动会的事，我们班里男生人数少，辅导员让我们全报名，现在在登记。"舍友问，"你想报什么啊？我看你就报个一百米吧，名次不重要，咱能跑完就行。"

裴然想了想："三千米吧。"

舍友"哦"了一声，淡定地回复女朋友消息。几秒后，他震惊地转过头："啊？"

不怪舍友反应大，裴然虽然个子高，但整体给人的印象挺瘦弱的，舍友一度怀疑他比班里那些女生都瘦。

不过裴然没在他面前脱过衣服，就连洗澡都要带衣物进去换，所以他只能看个大概。

裴然在舍友质疑的眼神中报了名，他抬头对上舍友的目光，失笑道："我真能跑完，你别担心。"

刚收拾好行李，就收到了林康的消息，问他要不要一起吃午饭。

想起自己曾说过要请客，裴然答应得很痛快，两人约在了学校附近的西餐厅。

"我今天还想约你一块回学校呢，结果打完球才发现时间晚了。"林康喝了口柠檬水，小声问，"这家店会不会太贵了？不然我们去吃麻辣烫吧，我不挑嘴的。"

裴然："没事，我有会员，能打折。"

原来坐迈巴赫的人也会使用打折功能。

太亲民了。林康觉得自己和裴然的距离又拉近了一点。

正聊着，林康忽然接到了罗青山的电话，他尴尬地看了一眼裴然，对方垂着眼睫在看菜单，丝毫没受影响。

挂了电话后，林康轻咳了声："他问我篮球放哪儿了。"

裴然点点头，从菜单里抬起眼："我们点套餐吧？"

林康连忙说行。

坐了一阵后，林康终于忍不住了："那什么，裴然，我不是八卦哈，我只是比较好奇……你和罗青山，真的是因为不合适才分的？"

裴然反问他："你觉得呢？"

"这我怎么好乱猜啊。"林康说是这么说，后面接道，"该不会是因为苏念吧？"

裴然翻菜单的动作一顿，不说话了。

林康是个大直男，女朋友生气了都得等几小时后才能反应过来的那种。要不是昨晚朋友跟他提了一下，他根本没想到这方面去。

关键是他后来一想，那两人……是挺他妈古怪的。

"还真是啊？唉我草，怪不得苏念那天在群里阴阳怪气的……"林康说，"你有没有哪里需要帮忙的？只管开口，我这人最看不来这些事了。"

"没有，我们都已经分手了。"裴然不太想继续这个话题。

林康却没领会他的意思："你别跟我客气，我虽然跟罗青山比较熟，但我帮理不帮亲。要不我帮你骂他一顿？"

再这样说下去就没完没了了。裴然想了一下，斟酌着开口："真不用，不过我有件事想问你。"

林康忙问："什么事？"

"严准以前也是满中的吗？"

"对啊……啊？"林康蒙了。

裴然说："我以前好像没怎么见过他。"

"不会吧？"林康马上被带偏了，"他高中挺有名的，跟我一个班的，不过我们教室在一楼，跟你们隔好几层呢。哦对，他还拿过网吧吃鸡比赛的冠军，这你也没听说过？"

那会儿吃鸡游戏正盛行，高中生打游戏得冠军，比考试拿全市第一还引人注目。

裴然一边手无意识地捏着杯子，摇摇头。

"那你还真是……专注学习呢。"林康说，"当时别说学校里，还有人把他比赛的照片拍了放网上，就一侧脸，两万多的转发，特牛。"

这么一说，裴然记起来了。

不是记起严准，而是记起这条微博。

他刷到的时候被"满城"这个关键词吸引了目光，还点开过大图，可连人都没看清楚就被罗青山捂住了手机，他还笑着开玩笑，说不让他看别的男生。

裴然含糊道："好像……有点印象了。"

"想起我什么了？"一道熟悉的声音从身后传来。

两人都一怔，尤其是裴然，他倏地睁大眼，满脸都是被抓包的惊慌和尴尬。

他僵硬地转过头，透过身后的假绿植，对上了严准的视线。

裴然很少有这样的表情，严准看了几秒，才瞥向旁边的林康，解释道："不是偷听，我坐这很久了。"

餐厅的每桌座位间都立了隔板，不注意看很难发现。林康回过神来：“我还真没看见……你一个人出来吃饭？”

“被人鸽了。”严准看了眼在餐厅外排着队的客人，说，“不然拼个桌？外面很多人在等。”

严准一坐下，裴然就觉得这四人餐桌变得有些拥挤。

他从没在背地里议论过别人，没想到第一次……就被抓包了。

裴然攥着手机，垂着眼睛不吭声，想尽量减弱自己的存在感。

“说什么了？”他听见严准懒懒地问。

“说你高中拿冠军的事呗。”林康说，“裴然竟然不知道你跟他一个学校的。”

严准也不谦虚：“学霸，不关注游戏很正常。”

林康低头看了眼手机，抱怨：“这班群怎么这么吵，不就是个运动会吗，每人报个项目凑数不就行了。你们报什么了？”

严准说：“还没报。”

感觉到两人的目光，裴然乖乖道：“报了三千米。”

“牛逼，算了，我划划水得了。”林康说完，拿起手机起身，“我去趟厕所，顺便给辅导员打个电话。”

林康一走，桌上便沉默了。

裴然无意识地抿着唇，在心里找借口离开。

缓解不了尴尬，那就逃避尴尬。

他好不容易找出一个由头，严准忽然开口，又问了一遍：“刚刚想起我什么了，裴然？”

裴然像个想逃课却被老师点名的学生，认命地应：“……想起了林康说的那条微博。”

严准回忆了一下，那张侧脸照拍得很模糊，好在不算丑。

“就是瞎夸，没他们说的这么厉害。”

裴然“嗯”了一声。

餐厅的桌子不大，他低下头能看见严准随意叉开的腿，穿的球鞋也是某牌当季限量款。

……所以当时严准说缺钱要当陪玩的时候，自己是怎么上的当？

他正出神想着，就见严准的鞋忽然转了个方向，很轻地抵到了自己的鞋边。

严准垂着眸子对比了一会儿，总结："你脚挺小。"

裴然想反驳，可他看了眼，跟严准比起来，确实有那么一点点小。

他没说话，默默把脚收回来。

严准笑了一下，没再继续逗他，拿出手机看消息。

【林许焕：呜呜呜呜哥你等等，我换个衣服就出门！靠，直播时长差太多了，刚刚被教练抓回去念叨了半天……今天吃饭我请！】

【严准：等等，你先别换】

【林许焕：？】

【严准：你直播平台一个火箭多少钱？】

【林许焕：2000啊，咋了？】

【严准：向对方转账2000元。】

【林许焕：？】

【严准：我临时有事，你自己玩去吧。】

林康很快就回来了，他吃饭不安分，吃两口就要张次嘴。

"这七天假一直在下雨，哪也没去，在家都要发霉了。"林康擦了擦嘴，"你假期都去哪玩了？"

他问的是严准，裴然低头吃饭的模样太认真了，他都不好意思打断。

"没去哪。"严准说，"忙着赚钱。"

林康问："赚钱？你去兼职了？"

"算是吧，"严准轻描淡写，"当了几天陪玩。"

林康光顾着震惊了，没注意到身边另一个人动作一顿，紧跟着连咀嚼动作都慢了很多。

"你……当陪玩？"林康说，"比心那种？"

严准说："差不多，在其他平台。"

林康表情复杂，他和朋友们每次开黑都找陪玩，可以说是深谙陪玩之道。你可以菜，你可以苟，但你声音得好听，还得会哄人。

毕竟打游戏而已，就是图开心，要真想上分还不如直接找代打，省时省力。

但严准……别说哄人了，理不理人都不一定。

于是林康斟酌着问："那，顺利吗？"

"还行。"严准有意无意地瞥了裴然一眼，"我只接一个人的单。"

裴然："……"

他原本都想好了，如果林康一会儿问到自己，他就如实地说自己打了一个假期的游戏——两个男生一起打游戏是很平常的事。

但严准寥寥几句，这件事好像又没那么正经了。

果然，林康怔了几秒，然后问："就一个老板？那她买了多少小时啊？"

"六十。"严准说。

林康深吸一口气，开始算账："六十个小时……你一小时最低都得一百吧？那得六千块，就七天假期，她都舍得给你下六十个小时……你这是被老板包养了啊！"

裴然呛到了，忍不住咳了几声，身边两人不约而同地看了过来。

在两道目光中，裴然面无表情地挤出一句："交易而已……我觉得还算不上包养吧。"

严准靠在椅子上，懒懒地笑了一下。

林康没注意到两人之间微妙的气氛，他认真地向裴然科普："你没找过陪玩，你不懂。我们找陪玩，一般都是现打现结。但那些大老板不一样，大老板们都直接把钱存在陪玩那，陪玩自己算着扣，有时候算多了，老板也不会说什么。"

说完，他又问严准："你们打够六十小时没？"

"没，老板担心我拿不到钱，给我提前结账了。"严准饶有兴致地反问，"你觉得他怎么想的？不怕我跑了？"

"这说明，她已经成为你的固定老板了，以后一定还会继续点你单的。"林康信心满满地答，"她对你有意思！"

餐桌安静下来。

良久，严准短促地笑了一声："是吗，但我老板是个男的。"

林康："……"

严准的"固定老板"拿起咖啡镇定地抿一口，结束了他的用餐。

结账的时候，严准最先打开付款码，语气自然："兼职赚了点钱，我请。"

吃完饭，三人一起离开餐厅，走出一段路，林康拐进旁边超市买烟。

裴然犹豫了很久，才开口说："我那不是要包养你的意思，只是担心上学没时间玩游戏，影响你结账。如果冒犯到你……很抱歉。"

严准本想说"你多冒犯一点"，想想还是不逗他了："没事。"

裴然松一口气，拿出手机问："晚餐多少钱？我转给你。"

那家西餐厅挺贵的，一份套餐都要两三百。

严准两手插兜："不用。"

"你又没赚钱。"裴然坚持，"转你微信可以吗？"

裴然才刚打开微信界面，舍友的电话就打了进来，说是自己马上要搬出去跟女朋友租房子住了，今晚就走，要跟裴然算一下之前合买电器的钱，让他回寝室一趟。

这时，林康从超市出来了，见他在打电话也就没打扰他，指指他们的校区说："那我和严准先走了，你从这条小路回去吧，近点。"

他们虽然是一个学校的，但校区不同，中间隔着一条街道，走一趟要十分钟。

裴然想叫住他们，偏偏舍友又在电话里反复问："听得见吗？你现在方便回来吗？"

裴然只好应："方便，我马上回去……"

严准忽然走近两步，从口袋里拿出什么东西，轻轻地塞进了裴然的卫衣口袋。

直到严准的背影融进夜色，舍友终于挂了电话。

裴然关上手机，转身走了几步，才把手伸进口袋。

他掏出了几颗糖。

运动会当天的中午，严准被班长电话吵醒，提醒他别忘了下午的一千米项目。

严准敷衍两句挂了，又在被窝里躺了一会儿，才懒散地坐起身。

罗青山穿着球鞋说："我刚准备叫你，要不要一块去跑步，热个身？"

严准应了句不去，过了一会儿问："你报了什么项目？"

"三千米。"罗青山说到这个还有点兴奋，"我托人问了，裴然也报的三千米，祝我成功，兄弟。"

严准皱了下眉，很快又松开，从枕头下拿出手机，没应他。

自从那天放了林许焕鸽子后，林许焕就像尝到了甜头，天天给他发消息约饭。

【林许焕：哥，今晚约饭不？我请客，你要是没空，放我鸽子也行。】

严准嗤笑一声。

不去坑粉丝礼物，坑朋友的，真不是人。

正想着，对面又弹出一条消息。

这条消息很长，内容一看就知道是群发的搞怪句子。

严准扫了一眼，刚想关掉，忽然想到什么，翘着嘴角长按消息，点了个转发。

裴然此刻正坐在食堂，面前的餐盘里只有两个素菜。

他下午有长跑，吃太饱了胃会不舒服。

手机轻轻地响了一声。

【严准：欧尼酱，赛季末了，人家还没有上六千分 qaq 虽然人家不太厉害，但是我会永远紧跟着哥哥哒 o(＂\'∨\'＂)o 刚枪冲楼什么的 www 太口怕惹，人家不想杀人嘛，人家就想带着急救包医疗箱跟着你！】

裴然："……？"

他微微睁大眼，反复确认对方的备注。

【裴然：发错人了吗？】

【裴然：我是裴然。】

【严准：嗯，发错了】

【严准：三千米什么时候跑？】

【裴然：下午三点。】

【严准：跑不完就停下，你们艺术系对运动会没那么讲究】

【裴然：……】

【裴然：我会跑完的。】

下午，裴然和舍友一块去操场。

舍友报了一千米，就想随便混混。比赛时间还没到，两人坐在看台上等登记。

舍友正在手机聊天，聊着聊着忽然笑了："我女朋友一会儿要跑接力，我要去给她喊加油。"

裴然点点头："挺好的。"

"你呢？"舍友顺口问，"罗青山不来给你打打气？"

裴然说："我们分手了。"

"啊？"舍友打字动作一顿，惊讶地转过头，"什么时候的事？可是放假那天我遇见他，他还说你们放假没计划，就待在家里玩儿呢……"

裴然不知道这件事，他扯了一下嘴角："之前就分了。"

舍友没林康那么八卦，惊讶两句就终止了这个话题。他拍拍裴然的肩："不说这个了，我比赛时间到了，走，去终点等着给我加油。"

在起跑线上看见严准时，裴然怔了一下。

严准个子很高，起跑的姿势跟旁边两位体育生一样标准，体育生虽然身材很健美，但严准肩宽腿长，轻松就把观众的视线吸引了去。

裴然甚至听见身边两个女生在商量一会儿要给严准送水的事。

枪声一响，严准就似离弦之箭般冲出了起跑线。

一千米对于男生来说不难，两名体育生跑得飞快，再往后就是严准，而他的舍友……正和计算机系的在末尾小鸡互啄。

裴然眼看着严准离自己越来越近，越来越近，最后以第三名的成绩越过终点，然后——直直朝他而来。

冲刺过后，都需要一段小跑以缓冲，裴然甚至怀疑严准要撞到自己身上，下意识地想后退。

严准稳稳地停了下来。

他胸膛不断起伏，喘了一会儿气，然后说："放心，撞不着你。"

裴然飞快地眨了下眼，干巴巴道："恭喜，第三名。"

"第三名有什么好恭喜的。"严准垂下眼，看着他手里两瓶矿泉水，"给我的？"

裴然想了想，下意识抬起右手那瓶："这瓶……"

他话音刚落，严准便抽了过去，拧开猛灌了一口。

冰凉凉的水滚入喉间，沁人心脾。

他一口气喝了大半瓶，喝完一看，面前的人正震惊失措地看着他。

裴然想说的是，这瓶是我喝过的，另一瓶是要给舍友的。

严准挑了下眉，刚想问，就有人上来提醒他去登记成绩。

"我去登记了。"他离裴然很近，裴然甚至能感觉到他的气息。他说："别小气，实在不行，一会儿赔你一瓶。"

舍友冲过终点线时喘得像头牛，裴然连忙把水递了过去。

舍友撑着膝盖缓了大半天，才抬头哈哈大笑："我赢了！我把计算机系的超了！"

裴然"嗯"一声："好厉害。"

舍友自己乐了一阵，才想起问："我第几名啊？"

裴然说："倒数第二。"

"……"舍友皱了下脸，很快又想开了，"算了，没输给计算机系就行。"

舍友登记完成绩，才想起道："你跟严准挺熟啊？刚刚在终点前看见你们聊天来着。"

"他是罗青山的舍友。"裴然说。

舍友恍然："懂了，来劝和的。"

"……"

裴然想了想，还是不反驳了。

舍友很快跟裴然道别，去给女朋友打气。裴然自己找了个角落，热身准备一会儿的三千米。

三千米其实不难，但他们班的男生有些懒于锻炼，有些直接拒绝参加运动会，一个个都抗拒着不愿意去，裴然报名的时候，甚至还有几个人来劝他。

他做了几次腿部拉伸，盯着地面出神。

这半个月因为父亲不在家，他没怎么去晨跑锻炼，昨天试跑了一次，跑是跑完了，不过有些慢。

今天争取快一些吧。

罗青山找到裴然时，他正在做原地高抬腿。

他做得很认真，屈起腿时绷直的线条流畅又漂亮。

罗青山看了好久，才舍得开口叫他："裴然。"

裴然动作一滞，回过头看他，然后缓慢地放下腿："有事吗？"

"你也参加运动会吗？"罗青山被他客气的语气刺了一下，努力控制语气，"报了什么项目？"

"三千米。"

"好巧，我也是。"罗青山紧张地舔唇，"一起热身？我帮你揉腿。"

裴然摇头："不用，我已经差不多好了。"

裴然低下眼，看向罗青山垂在身侧的右手。

感觉到他的目光，罗青山连忙抬起手来，张开五指让他看："我给你发的消息你看到了吗？手指这几天恢复了，不疼了。"

罗青山右手无名指跟其他手指不一样，虽然正常的活动已经不受影响了，但仔细看，还是能看见一条细长略微扭曲的线。

裴然以前经常捏着他的手指出神，摩挲的力道非常温柔，每每都像摸在罗青山的心上。他一边说着，一边下意识把自己的手伸到了裴然面前。

裴然没有碰他。

"那就好。"裴然收回目光，抬头望他，"以后如果出现任何后遗症，或者你觉得不舒服，一定电话联系我，我会负全责。"

罗青山忽然觉得喉间干得厉害，他收回手，苦笑了一声："好。"

直到裴然转身离开，罗青山才发觉对方连一句加油都没对他说。

他挫败地捋了两把头发，坐到旁边的石椅玩手机，热身什么的早在他找到裴然之前就做完了，刚才只不过是想找个借口搭话。

聊了这么几句，罗青山更加肯定了自己的想法——他得追回裴然。

这事比他预想的还要有难度，罗青山犹豫着打开了微信聊天栏里第一位好友的对话框，苏念连着给他发了好几条消息，问他几点比赛，说是要来给他加油。

罗青山点开苏念的资料卡，手指反反复复在拉黑选项上飘。

可他转念又想，拉不拉黑的又有什么所谓呢，他不喜欢苏念，就算加着好友自己也不会劈腿。

而且苏念……其实对他挺好的，他单方面把人拉黑，好像也不太厚道。

【罗青山：你别来，让裴然看见，又要误会我俩了。】

【苏念：……】

【苏念：好，那你比赛加油，如果跟裴然碰到面，帮我跟他道个歉】

【苏念：你有事随时找我，我都有空 :D】

手机又振了振，罗青山退出去一看，竟然是裴然的消息。

他一下就振奋起来了，猛地从石椅上起身——

【宝贝儿：我的电话没变，134xxxxxxxx，有事随时联系】

罗青山激动得甚至敲错了几个字：怎么了？你号码我一直没忘过。

他反复看了两遍，才点击发送。

【对方已开启好友验证，你还不是他（她）朋友……】

罗青山一下被这红色感叹号砸蒙了。

他震惊得瞪大眼，不相信似的连续发了几个标点符号，终于确认了这个事实——

裴然把他拉黑了。

裴然是最后一个来登记班级的，登记完时，其他人都已经在起跑线上准备了。

罗青山站在五号跑道，一脸焦急地看着他。见裴然朝这边过来，他下意识就想走过去，却被旁边人拽住了衣服。

"同学，马上要开始了，别乱走。"

裴然蹲下身，把鞋带重新系了一遍。

跑道旁边围满了人，大多都在偷偷看裴然。

学校许多人都认识他，一是他专业成绩出彩，经常被导师拿去当正面教材，二是大家都知道他有个男朋友。

这年头，同性恋已经被大部分年轻人接受，他们看向裴然的眼神里没有厌恶或反感，更多是探究和好奇。

就算如此，裴然还是觉得不自在。

枪声打断了裴然的思绪，他冲出起跑线，迎面刮来的凉风终于让他轻松许多。

三千米将近八圈，裴然一边跑一边数，第五圈跑到一半，他气息仍旧很稳，只是排名稍微有些落后。

裴然忍不住往后看了一眼，还好，他不是垫底。

再回头时，他听见身边的人惊呼出声："小心——"

裴然还没反应过来，就被人狠狠地撞了一下。

他在最左侧的跑道，旁边围观的同学不知怎的闯进了跑道，结结实实跟裴然碰到了一起。裴然跑步是使了力气的，直接被撞到了地上，眼冒金星，手臂上也是火辣辣地疼。

裴然拧着眉，很快撑着坐了起来。

"对不起对不起对不起对不起！！！"那位同学因为被好友扶了一下，摔得反而不重，她连声道歉，"我被人挤了一下，对不起对不起！你摔伤了吗？哪里疼？"

"没事，"裴然屈起手看了看自己的手臂，被擦破了皮，渗了血，看起来应该是皮外伤。

他看了眼面前这位身形娇小的女同学："我没撞疼你吧？"

女生慌得要死，摇头，又点头："我不疼，你，你没事吧？怎么办？你伤到哪了吗？"

看她慌得厉害，裴然很想安慰她两句。

可他发现自己似乎不止手臂受了伤——他脚扭了一下，小腿上还有点隐隐发疼。

他深吸一口气，撑着地面艰难地想站起来。

"别动。"

裴然抬起头，对上了严准的眼睛。

严准蹲下来，握住他的手臂仔细看了看，然后问他："伤到腰没？"

裴然说："应该没有。"

"能走吗？"严准说，"我扶你。"

裴然觉得自己是被严准"提"起来的。

他一边手搂着严准的肩，严准托着他的腰，轻松地把他架了起来。

他们挨得很近，他甚至能感觉到严准单薄衣服里的温度。

裴然起身后第一件事就想松手，然后就听见严准淡淡问："你自己能走去校医室？"

裴然沉默两秒后说："……麻烦你了。"

运动会，校医室塞满了人。校医粗略检查了一遍裴然的伤口，给了络合碘和冰袋让他们先去隔壁的休息室做一些简单处理。

裴然坐在休息室的床上，小心翼翼地把裤子卷到了膝盖。他小腿也擦伤了一道，红了一片。

严准拿着药进来，目光在他的伤口上停留片刻，转身又要出去。

"要去哪？"看见严准拿着的消毒水，裴然下意识问。

"去让她多开点药。"严准说。

"别，"裴然一急，顺手拽住了他的衣服，"只是皮外伤，消毒就可以了。"

严准皱起眉。

裴然："……真的。"

半分钟后，严准随便拖了把椅子来，在他面前坐下了。

裴然松了一口气，正打算再感谢对方一次，就听见严准说："腿架上来。"

裴然有些茫然："架在哪里？"

他看着严准打开络合碘，忽然明白过来："不用，我自己来。"

严准没应他，径直弯下腰握着他的脚腕，将脚架到了自己的大腿上。

裴然还穿着鞋，他怔了几秒，立刻想把腿收回来，可没能成功。

"我鞋很脏。"裴然说。

"所以别乱动。"严准捏着被药水染红的棉签，他眼睫垂着，目光放在裴然小腿的伤口上。

裴然还想拒绝，棉签就已经摁了上去。

裴然的腿形很直，皮肤比一般男生要白一点，碘伏在上面蔓延开来，像干净的画布不小心沾上了颜料。

严准今天穿了短袖，他的手臂偶尔会蹭到裴然的小腿，裴然不自觉地皱着眉，碰一次，就皱得越深。

他们这个姿势太奇怪了。

"疼不疼？"严准问。

裴然应得很快："不疼了。"

其实还是有点刺痛，但完全在他接受范围内。

严准安静地看了一会儿，忽然又低了低头。

裴然感觉到一阵凉意拂在他伤口上，带起一阵阵的痒，从小腿一路蔓延到全身——严准对着他的伤口吹了吹气。

裴然屏息，然后很轻地做了一个深呼吸，他甚至能感觉到自己心跳带来的震颤感。

就在他要把脚收回来时，休息室的门忽然开了。

罗青山站在外面，还不断地在喘气。看清屋内的情况，他动作一顿，眼睛慢慢睁大。

休息室陷入短暂的静谧。

罗青山视线在两人之间来回转了一遍，过了片刻，他才找回声音，惊讶又疑惑："……严准？"

罗青山是跑完步后才知道裴然摔倒的。

罗青山运动细胞好，跑步时把裴然甩了一大截。等他跑过终点再回头看，裴然早就不见了。

在围观同学那问到情况后，他连成绩都没来得及登记就跑来了。

没想到他会来，裴然动作顿了顿，然后被脚腕上突如其来的冰凉拽回神。

严准扫了罗青山一眼，淡淡地"嗯"了声，然后把冰袋放到了裴然扭伤的脚腕上："是不是这里？"

裴然下意识应："差不多。"

罗青山缓过劲儿，快步走进休息室："裴然，裴然，你伤到哪了？骨头疼不疼？"

看到裴然腿上的伤，他深吸一口气，拿起手机："我打辆车，带你去医院。"

"不用。"裴然说，"没那么夸张，消毒就好了。"

"不行，还是得拍片，伤到骨头怎么办？"罗青山坚持。

"没伤着，只是扭了。"见他真打开了叫车软件，裴然只好说，"你叫了，我也不会上车的。"

"……"罗青山指尖一顿，悻悻地关上软件。

他尴尬地看了严准一眼，严准在帮裴然敷冰袋，连头都没抬。

"严准，你怎么在这？"他岔开话题，扯了下嘴角，"一千米跑完了？"

严准说："嗯。"

"跑得怎么样？"

"随便跑跑。"

"没事，名次不重要，也没指望能拿奖。"罗青山随口说，"你们这些爱打游戏的都不怎么锻炼。"

裴然安静了两秒，见严准默认似的不说话，忍不住在罗青山说下一句前开了口："他拿了第三，前两名都是体育生。"

严准的表情有了点变化，他扯了下嘴角，拿起冰袋，用手掌把裴然脚腕上的水抹掉，再重新敷上去。

裴然觉得自己被他掌心烫了一下。

罗青山愣了愣："啊？这样……恭喜。"

他心里还有许多疑惑，都体现在他紧皱的眉头上。他拿起纸巾擦了汗，然后朝严准伸出手："谢谢你把裴然送过来，冰袋给我，剩下的我来吧。"

严准终于抬头，除此之外没有别的动作。他看着罗青山，语气诧异："你们不是分手了？"

这话一出，气氛再次冷下来。

罗青山表情变化非常丰富，半晌，他笑了一下，故作轻松："所以才需要一个好好表现的机会。"

严准反问："我凭什么给你这个机会？"

罗青山："？"

裴然听不下去了，他把脚抽回来："不麻烦你们了，一点小伤而已，我自己可以处理的。"

罗青山仍旧看着严准，眼神略微复杂。他正想开口询问，手机忽然响了起来。

是他们班长，让他赶紧回操场签名，不签名就等于白跑，成绩直接取消。

罗青山又问了几句才走，离开的时候一步三回头，满脸顾虑。

冰袋冻手，裴然象征性地随便捂了捂，诚恳地对身边的人说："今天谢谢你。"

严准"嗯"了一声，忽然道："过来的时候，你踩了我好几脚。"

单脚走路很难，尤其刚摔那会儿，裴然双腿都疼，走得很不利索。

裴然跟他对视两秒，又低头看了下严准的鞋。

白色限量款上有鞋印，铁证。

"抱歉。"裴然说，"我帮你洗吧。"

严准难得怔了下，挑眉："你帮我洗？"

裴然补充："送去洗衣店，那里也能洗鞋的。"

严准兴致消散："不要。"

他看向裴然的手，非常漂亮的一双手，适合画画，适合弹钢琴，适合裴然。

严准心想，就算裴然真要亲手给他洗鞋，他也不舍得糟蹋。

裴然说："那我用湿纸巾帮你擦一下？"

"别了，"严准收回视线，"当你欠我个人情吧。"

裴然很轻地皱了下眉，口吻坚决道："我赔你一双，你这是什么型号？"

感觉到裴然态度的微妙变化，严准跟他对视良久，然后轻叹一声气。

他转身从旁边的桌子上抽出纸巾，握住裴然的手腕，把纸巾在冰袋上蹭了蹭，然后随便在鞋上抹了一下。

"干净了，你不欠了。"

话音刚落，严准口袋里的手机连续响了好几声。

看到消息内容，严准才想起自己答应林许焕今天去基地陪他们打几场训练赛。

严准起身："走吧。"

裴然抬头望他："去哪？"

"送你回去。"严准说完，也不管裴然答不答应，抓着他的手就搭到了自己脖子上，"搂紧。"

裴然的宿舍很干净，舍友搬走后，他做了个大扫除，空气中还带着淡淡的水果香。

严准把他放下就走了，宿舍门都没关。

裴然也不着急，他打开桌上的黑色袋子，心想刚刚应该问严准吃不吃水果的。

裴然艰难地走到洗手池边，仔仔细细地削去桃子皮，刚要咬下第一口，门口又传来了动静。

严准去而复返，手里拎着一个黑色袋子："拿着。"

裴然问："是什么？"

"冰淇淋。"严准说，"你拿来敷脚。"

裴然笑了。

严准也不知道自己哪里戳到了他的笑点，他盯着裴然看了良久："笑什么？"

裴然笑着摇头，把袋子接过来："谢谢，你要吃水果吗？"

"要。"严准看了眼他手上，"桃子？"

裴然"嗯"了一声，犹豫片刻，把桃子递了过去："我洗过手了，干净的。"

裴然刚说完，严准忽然凑上来，低头咬着接过他的桃子。

他在裴然震惊的目光中咽下一大口果肉："甜。"

几场训练赛结束，TZG 的教练微信直接被爆破。

"全是问我是不是把你骗来战队了，还说我阴险，藏着掖着不告诉他们。"教练冷笑，"真逗，我要真把你搞来了，我不得拿个扩音器去他们基地播报十遍八遍？"

严准靠在电竞椅上，正在跟别人对狙。三秒后，对方被他一枪爆头。

"漂亮！"教练靠在他电竞椅后头，"所以你怎么看？给不给我这个播报的机会？"

严准嗤笑一声，怎么今天谁都找他要机会。

"不给。"严准说，"你再叨叨，我回去了。"

"别，屋子都给你准备好了，今晚睡这。"教练早都习惯了，"那你以后能不能经常过来给他们练练手？"

林许焕哀号："别啊，一会儿给我打自闭了。"

教练说："就是要把你打自闭，你才傲不起来。天天在直播间放骚话，我看你是嫌工资太高。"

"有什么关系……"林许焕嘟囔，"哥，那楼里几个人？"

打完训练赛，其他人都撸串儿去了，林许焕上火吃不了，只能留下来求着严准陪他打双人四排。

"四个，满编，我打倒三个，"严准换上步枪，"冲楼。"

一局游戏结束，他们被开挂的神仙狙击，吃了个鸡屁股。

严准觉得没意思，这游戏神仙越来越多。他刚想关游戏，余光瞥见了某个在线好友。

他立刻点了邀请。

"不打了？哥？"见他没准备，林许焕问。

严准说："不知道。"

林许焕问："……不知道是什么意思？"

严准点了支烟："看他理不理我。"

林许焕还想再问，游戏界面忽然多出一个人，这人穿着白色的原始服装，一看就知道是萌新。

"谁啊这是？"教练警惕地凑上来，"其他战队的人？"

他想不出谁能让严准说出这种话来。

这句话通过林许焕常年开着的麦克风传到了裴然耳中，听起来，严准似乎并不在宿舍。

他也不知道自己为什么大晚上的还要上游戏，看到严准发来的邀请，他下意识就点了接受。

裴然看了眼身边穿得花花绿绿的陌生角色 ID，他问："拉错人了吗？"

"没有没有，没拉错。"林许焕忙说。

他在197的直播回放里见过这人，ranbaobei，严准的老板。

"你准备吧然宝贝，我们马上开车，带你飞。"

进入游戏等待界面，林许焕把麦关了："哥，这是你老板吧？"

严准"嗯"一声，烟没吸两口就按灭了。

林许焕走到裴然的游戏人物面前："可我看他……好像也不是很有钱的样子啊，连时装都没用。"

严准懒得应他，开麦问："脚还疼不疼？"

裴然说："不疼了。"

"嗯，少走路，没用的课就翘了。"

林许焕："哥，你这是教坏老板啊！"

"你以为都是你？"裴然听见严准懒散地应身边的人，"我老板很乖，教不坏。"

电脑屏幕的光打在裴然脸上，他耳根浮现的淡淡粉色都被照得一清二楚。

裴然抿抿唇，忍不住喝了口水。

林许焕他们最早知道严准去当陪玩时，都是震惊的。

他们还在私底下讨论过严准的价钱，他们突击手表示，严准强归强，性格却不敢恭维。不是说他脾气差，就是不爱说话，冷，一百一小时顶天了。

林许焕说的是最高的，他猜两百——不过事后可能会被老板举报拉黑一条龙。

两局游戏结束，林许焕彻底颠覆了之前的想法。

他亲眼看到严准把满配枪丢到 ranbaobei 面前："裴然，加 buff。"

山上枪声响得跟鞭炮似的，平时听见枪声跑得比谁都快的人，这会儿正跟在 ranbaobei 身后搜野区："等他逛完这房子再去。"

最特么绝的是——

ranbaobei 死后，严准把杀他的队伍灭干净，然后掏出了一颗手雷。

自雷了。

自雷了。

自雷了……

林许焕目瞪口呆地看着眼前并排的两个盒子。

良久，他转过头，幽幽地发问："哥，你……到底坑了人家多少钱？"

学校这两天运动会，没课，一到晚上，夜宵摊上坐的全是学生。

罗青山翘着大二郎腿坐长椅上，没参与饭桌里的话题。

他的酒杯被旁边的人碰了碰："发什么呆呢你？"

罗青山抬抬下巴，拿起酒杯喝了口："没事，说到哪了？"

"他最近不都这样，失恋嘛。"好友给他倒上一杯，"来，喝，醉几次就好了。"

"别给他倒了，一会儿醉了谁扶他回去啊？"

"苏念啊。"

苏念就坐在罗青山对面，闻言，他忍不住瞥一眼罗青山。

罗青山看都没看他，只是摇头："不用谁扶，啤酒而已，醉不了。"

过了一会儿，罗青山忽然蹦出一句："严准没来吗？"

桌上的都是同系同学，众人闻言都愣了愣。

"你喝糊涂了？"朋友诧异地看着他，"严准哪次来过？也就你生日那一回。"

"我倒是叫他了。"林康给自己倒酒，"他说有事，来不了。"

"我靠。"朋友拿着手机随便一刷，看到某条微博后惊呼出声，他把手机反过来给众人看，"这是严准不？"

是 TZG 突击手发的微博，内容是"训练结束撸个串"，照片右侧不小心拍进一个人，男生懒洋洋地靠在电竞椅上，侧脸线条非常优越。

热评里有人问他是谁。

突击手回复：我哥，不是青训生，别瞎猜。

TZG 可以说是国内电竞的第一战队，尤其这两年，吃鸡 LOL 两开花，话题度极高，打游戏的男生几乎都关注他们。

"还真是……"林康收回目光，摇头啧啧，"能让 TZG 的人叫他哥，严准真够牛逼的。"

"是啊，我要能有他这样，我还读什么书啊，早打电竞圈钱去了。就他那张脸，就算打得不好，照样能赚女友粉的钱。"好友想起什么，撞撞罗青山的手臂，"欸，你不是和严准打过游戏吗？牛逼不？"

罗青山莫名有些不想应。

他盯着照片看了几眼，喝了口酒，笑了笑："游戏玩得再牛逼有什么用？"

"兄弟，都0202年了，你还说这种话？你知道那些职业选手一年签约费多少钱，一场冠军能拿多少奖金，一个代言能拿多少分成不？"林康乐了，"严准当初要是去打职业，肯定大有作为。"

"怎么，你有预知能力？"罗青山嗤笑，"厉害的人这么多，哪轮得到他。"

"你不明白，当初 TZG 的教练都来我们学校堵他，我看见好几回了……"林康琢磨了一下，"你今儿怎么了？说话怪怪的。"

罗青山低头沉默了片刻，摇头："没事。"

酒席中途，罗青山就觉得没意思提前走了。

他找了个理由拒绝苏念同行，一个人回了寝室，路上，他忍不住拿出手机想给裴然发消息，打完字才想起裴然把他拉黑了。

寝室黑漆漆的没人，罗青山打开灯，看了眼严准的床位。

桌上除了电脑和耳机，没多余的杂物，跟它们主人一样沉闷无趣。

回到自己的座位上，罗青山顺手把电脑开了。

他坐着出神，脑子不断闪过休息室看到的那一幕——裴然坐在床上，因为痛感，他无意识攥着床单，严准单手托着他的腘窝，低下头帮他吹气。

看上去，严准就像在亲吻裴然的腿。

消息提示打断了罗青山的思绪，是打游戏认识的好友，问他玩不玩吃鸡，三等一。

左右现在也睡不着，他登上游戏，顺手开了 Steam 好友列表，一眼看到了游戏中的 ranbaobei。

罗青山皱了下眉。

裴然其实不太喜欢打这游戏，因为结束得太快，没什么游戏体验。以前都是罗青山哄他好久，裴然才肯上一次线。

可最近，裴然似乎经常在玩。

罗青山思忖片刻，忽略掉右侧弹出的队伍邀请，退出去查了一下裴然的战绩。

然后他发现，裴然这段时间确实经常玩这游戏，放假那七天更是每天都上号。

而且战绩都很漂亮，漂亮得有些奇怪。

裴然的击杀数经常是0，偶尔会有那么一两个人头，总伤害也不高。

但是，一行战绩看下来，竟然有不少"前十名""吃鸡"的标志。

罗青山喉结滚了滚，点进他的详细战绩，看到了裴然的队友 ID。

几乎每一局，都有"111GOD"。

111GOD 不在的唯一一次，是他前段时间邀请裴然的那一局——而在那场游戏结束后，111GOD 又出现了。

罗青山不可置信，一局一局点开战绩确定。

直到翻到自己约严准和苏念打四排的那一局。

罗青山一直咬着牙，直到脸颊泛酸才渐渐放松下来。

他静坐片刻，突然拿过桌上的手机，从微信好友里找出舍友的聊天框。

【罗青山：你也在打吃鸡？跟谁玩呢？带我一个。】

不知过了多久，对面才回复。

【严准：不带】

【罗青山：不是吧，这么绝情？】

另一边，林许焕的喊声响彻基地："然宝贝！然宝贝快跑啊！你后面好多人！跳着跑！！快，来我这来我这！我保护你——哎不是，你去我哥那干吗？！"

严准看着朝自己跑过来的人，很轻地笑了一下，灭掉这个队伍后才拿起手机敲字。

【严准：嗯，没你位置】

严准在 TZG 基地连续住了几天。

这群人上了瘾，非要让他多陪打几天训练赛，严准看在他们安排的房间够大，又够安静的分上，勉强点了头。

休息日这天，林许焕拽他出门吃晚饭。

TZG 的基地和严准学校离得很近，过条马路就到——这地段豪宅便宜，周围又没有太多娱乐设施让队员分心，当基地再适合不过。

经过一家电脑店，严准随意往里瞥了眼，脚步紧跟着停了下来。

"修理大概需要多少钱？"裴然看着自己的电脑，问。

老板摸了摸下巴："不贵，也就……三千多四千吧。"

裴然点点头，刚要付定金，就听见身后传来一句："电脑怎么了？"

裴然一回头，看到了严准。

严准戴着帽子，眼睛在帽檐下懒散垂着："坏了？"

裴然"嗯"了声："不小心摔到地上，键盘坏了。"

"然宝贝？！"裴然刚说完话，林许焕就瞪大了眼。

裴然被叫得一顿，怔怔地看向他。

"是我啊！我！就那个……你焕爹！"

林许焕的游戏 ID 就叫"nihuandie"。

裴然的声音太好认了，声调不轻不重，听得人心里舒服，林许焕一听就知道是他。

严准看向老板："你刚刚说，换键盘要多少钱？四千？"

他脸上没什么表情，却看得人心里一怵。

"四千？！"那老板还没说话，林许焕就先炸了，"你要给他安什么键盘啊？黑轴？定制键帽？还是要设计个专属 ID 上去？"

裴然目瞪口呆地看着林许焕骂骂咧咧从老板手上夺过自己的电脑，一边念叨着黑店，一边往外走。

"以后别来这家店。"严准把他叫回神，"坑钱的。"

他们身前的老板："……"

裴然很轻地点头："哦，好。"

"走吧。"严准自然地说，"一起吃个饭。"

到了餐厅，林许焕都还忍不住在骂店家。

"就是你看着太好骗了。"林许焕说，"你刚刚该不会准备付钱了吧？"

裴然说："我不太了解这方面的价格。"

林许焕摇头啧啧。

也是，能请得起严准当陪玩，一看就知道不是计较这点小钱的主。

不过裴然的模样倒是让他非常意外。他原以为他是个挥金如土，爱打游戏，声音好听的普通宅男。

可他看到裴然的第一眼，就觉得这人特别……特别什么呢？

初中便辍学打电竞的林许焕有些词穷。

他看向裴然时，对方正低着头，仔仔细细地把碗筷在热水里浸了一遍。

纤细白皙的手指跟瓷勺上花花绿绿的老土图案格格不入。

林许焕忽然就想到了。裴然身形出众，背脊挺直，像只鹤静静立在那，周身的气质把邋遢凌乱的维修店都衬得高档许多。

林许焕身边没这样的人，他感到稀奇，忍不住挪动椅子往裴然那边靠了靠。

"然宝贝，你真名叫什么？"

裴然报上自己的名字。

"好听！"林许焕又问，"你跟我哥一个大学？既然是同学，我哥接单时有没有给你打折啊？"

裴然想了想："有。"

应该是有的吧？

"打了几折？多少钱？"林许焕问。

"关你什么事？"严准打断他们的对话。

他摘了帽子，发顶有些乱，配上他冷淡的表情，有一种奇怪的可爱。

裴然不自觉盯着他那几根乱发，然后跟恰好望过来的严准对上视线。

"腿好了没？"严准问。

裴然"嗯"一声："前几天就好了。"

严准说："让我看看。"

裴然："……"

见他不说话，严准挑起眉。

裴然先是看了眼林许焕，然后又下意识看向严准的大腿，刚要开口拒绝，就见严准抬起嘴角，笑了。

"我是让你把裤腿撩起来看看，"严准说，"不是让你架上来。"

林许焕两手撑在桌上，闻言探了探身子："你腿怎么了？"

裴然摇头："没事，之前运动会摔了一跤。"

腿上的伤虽然好得差不多了，但为了避免感染，裴然这几天都穿着宽松的七分裤。

严准垂着眼，盯着裴然腿上结痂的伤，几秒后，裴然很不自然地把裤腿放下。

"结痂了。"严准说。

"嗯，"裴然说，"都会这样，过一阵就好。"

严准没说什么，只是收回目光后，眼前还晃着那块痂。

林许焕也算是半个公众人物，他微博粉丝比不少小明星都要多，出个门全副武装，口罩帽子都戴着。出门前教练还损他，让他放心，说跟严准站一块他就像个小破助理。

不过安全起见，教练还是给他订了个包厢。虽然餐厅外面标着禁烟牌子，但在包厢里也没人管。林许焕掏出烟，顺手就给裴然递了一根："然宝贝，来点儿。"

裴然说："谢谢，我不抽烟。"

"也是，烟这东西多俗，配不上你。"林许焕张口就是马屁，一转手递给严准，"哥，来。"

严准娴熟地夹住烟接过，又朝林许焕摊开手掌。

林许焕愣了下，把整个烟盒都给他："哥你不是吧，烟瘾又大了？一来就是一整包？"

严准接过来，把手里的烟塞回去，盖上，丢到一边。

"你教练让我看着你。"严准眼皮都没抬，"别抽了，有害健康。"

林许焕表情很丰富，他们基地有规定，抽烟被抓到得罚款。他没想到自己好不容易溜出来一次，还是碰不着烟。

而且——

"不是，哥，要别的人说我也就算了，你就算了吧。"林许焕说，"你高中那会儿烟灰缸可都是我给你倒的，现在知道它有害健康了？"

"你话怎么这么多。"严准说，"交罚款，给你抽一根。"

"……"林许焕气得抱臂，"不抽了不抽了。"

服务员敲门进来，递来一本菜单。

严准手机在这时候响了，他看了眼来电显示，起身："出去接电话，你们点。"

"你要吃什么？我们帮你点上。"林许焕问。

"随便。"严准瞥了眼裴然的腿，"不要海鲜。"

门关上，林许焕翻开菜单："然宝贝，想吃什么？"

他们连续几个晚上一块打游戏，裴然已经习惯他这么叫自己了。

"都可以。"裴然顺手把严准碗筷的塑料袋拆开，将碗筷放进热水里烫。

"我们这的青椒鸡是招牌菜哦。"服务员说。

林许焕摇头："不行，你有伤，吃不来辛辣的……"

"我没关系，我可以吃其他菜，你们不用顾忌我。"裴然忙道。

"不是，"林许焕抬头笑了下，"我哥也碰不了辣，一点都不行，他胃不好。"

点完菜，服务员退了出去。

裴然来回抿了几次唇，跟林许焕闲聊几句后，偏过头问："严准是有胃病吗？"

林许焕用热毛巾擦了擦手："是啊，老毛病，以前天天跑医院。"

裴然问："为什么，他没好好吃饭？"

林许焕莫名觉得这句话很好笑，转头看到裴然认真的表情后，他就更想笑了。

这事不是什么说不得的秘密，基地大多人都知道。

而且他直觉他哥对裴然不一般，他们一块打了几天的游戏，他就没见严准对谁这么照顾过。

林许焕想了想，又丢出那个问题："我哥陪玩收了你多少钱？"

裴然诚实道："一小时二十。"

林许焕："……"

裴然眨了下眼："是不是少了？"

林许焕喝口茶缓了缓。

他要怎么跟裴然说，他教练去年给严准开的价格，年薪八位数，税后，不包括比赛活动代言等分成。

林许焕心里有底了，他放下茶杯："他是没好好吃饭。我哥以前其实打过一段时间的青训，那会儿是暑假，他跟我一块入的队。

"那段时间他经常一天一顿，说是吃太饱了容易困，影响操作……

这样当然不行，没一个月就出毛病了，他开始吃不下东西，吃了就吐，当时我们都没在意，因为我们这一行，昼夜颠倒天天通宵熬夜的，有点小毛病很正常，让他去医院他也不愿意，就随便吃了点胃药。

"结果有天，他就疼得走不动路了，最后是被120抬出去的。后来他爸妈来了，一顿折腾……总之就是不让他再打电竞了。"

林许焕吁一口气，调节气氛地笑了下："我到现在都还记得他爸对他说的话。"

理智告诉裴然，别打探别人的隐私。

他忍了又忍，然后："……说了什么？"

"说——'这种行业有什么前途，连家里的花园都比你们比赛的场地大'。"林许焕说完自己都乐了，"草。"

裴然："……"

严准接完家里电话回来，一推门就听见这句话。

"嚼什么闲话？"他经过林许焕身后时，用烟盒轻敲了下他脑袋。

"我哪有！"林许焕立刻装模作样捂住头，"是然宝贝，问我你胃怎么搞坏的。"

严准一顿，拉开椅子坐下。

裴然第二次议论别人被当场抓获。

还都是同一个人。

"没他说的那么夸张。"严准道。

裴然下意识看向他："嗯？"

"只是胃病，死不了，花园也没比场地大。"严准没什么表情，问他，"洗好了？"

裴然愣了下："什么？"

"我的筷子。"严准提醒他，"你浸三遍了。"

裴然把筷子递给他，一脸镇定地解释："餐厅里的筷子挺脏的。"

"嗯。"严准瞥了眼他绯红的耳根，随意应和他，"洁癖，理解。"

吃完饭，林许焕抱着裴然的电脑走出餐厅。

"我拿回去让修理师帮你换个键盘，修好了再给你还回去。"

裴然一怔："不用，我可以去别的修理店看看。"

"别的修理店能有我们那的好？"林许焕说，"放心，一定给你换个好的。"

裴然犹豫了下："谢谢，那修理价格你再通过微信告诉我吧？"

林许焕摆摆手："都是小钱，我们有赞助商的。"

"不行。"裴然坚持，"钱还是要付。"

林许焕还想再跟他掰扯掰扯，严准就接过了话头："嗯，到时候把价格发给你。"

裴然说："好。"

严准把帽子戴上，露出一双眼睛："要回宿舍？"

"对。"裴然想起什么，"我电脑密码是 feiyi。"

林许焕记在备忘录里："你这密码是什么意思？女朋友名字啊？"

"不是，我没女朋友。"裴然看了眼表，"那我先回去了？今晚还有作业要赶。"

"行，有空我们微信聊。"林许焕笑眯眯的。

裴然刚转过身，衣服就被人扯了一下。

"等等。"严准扫了眼周围，然后对他说，"站这等我。"

几分钟后，严准拎着袋子从药店出来。

他把袋子塞进裴然怀里："一天三次，痒也别挠。"

裴然打开袋子，里面足足有五管同一牌子的药膏。

裴然愣了下，看看药膏，又抬头看看严准。

他这模样莫名有些呆，严准同样看着他，半天没说话。良久才说："男孩子留疤不好看。"

直到回了寝室，裴然才觉得这话有点不对。

男人身上留点疤不是很正常吗？女孩子才应该担心这些吧？

他边想边皱眉，慢吞吞地把衣服换了，洗了个苹果当饭后水果，然后坐在椅子上屈起腿，涂严准刚给他买的药膏。

严准没跟林许焕回基地，他有点东西要回寝室拿，时间太晚也懒得再去，干脆在学校住一晚。

寝室门开的时候，严准刚把键盘从电脑上卸了。基地里的设备他用得不顺手，下个月有比赛，严准答应了这几天要帮他们打训练赛，当然要保持最好的状态。

罗青山见到他在，先是怔了一下，很快又回过神来，把篮球随手丢到角落。

两人谁也没开口，宿舍是一贯的沉默，严准话少，罗青山以前也不怎么凑上去找他聊天，这种安静是常态。

但今天隐隐约约有些不同。

"严准。"不知过了多久，身后传来舍友的声音，"你知不知道学校附近哪有洗衣店？我想洗洗鞋，这段时间一直在练跑步，鞋面都黑了。"

严准头也没回："不知道。"

"啧，够脏的。"罗青山翘着二郎腿，看了眼严准，又低头看自己的鞋，"这要是让裴然看见了，还以为我不珍惜他送的东西。够呛。"

严准熟练地把连接线缠在键盘身上，塞进包里后，终于回头扫了一眼。

黑白款的鞋子，大方，没什么复杂的纹路，是裴然会挑中的款。

"学校后门右拐有一家。"严准说。

"行，谢了啊。"罗青山笑笑，"这鞋是两年前的限量款，裴然当时正好出国，为我在店外排了一晚上的队才买着。"

严准垂着眼，把背包的拉链拉上，发出一道干脆的响声。

"后来他还吹感冒了，回来病了两天。"罗青山说，"哦，这鞋好像是他给我的一周年的礼物。"

严准把帽子挂进衣柜里，又重新拿出一顶黑色的。

"你说这些艺术家是不是都特别有仪式感？每次周年他都会提前给我准备礼物。"

严准把帽子塞进背包一侧。

桌上的手机就是在这时振了振。

【裴然：早上可以喝一杯牛奶，养胃的】

【裴然：谢谢你的药。】

严准嘴边紧绷的弧瞬间放松下来。

他拿起手机，扯下毛巾朝浴室走去，迈了两步才停下来看身边的人，仿佛现在才意识到对方在说话。

他问："我记得，裴然把以前收的东西都折现还你了？"

这是某次罗青山喝多了，说醉话被他听见的。

罗青山忽然被打断，张着嘴没声儿了。

严准脸上明明没有表情，罗青山却莫名品出几分讥谯来。他飞快地眨了两下眼，刚要说什么——

"既然这样，他送给你的，也该还回去才体面。"严准挑了挑嘴角，给了他一个没什么感情的笑容，"当然，这只是我的建议。"

裴然弄完作业时已经是深夜，他起身把咖啡杯洗了，临睡时，顺手刷了一下微博。

他已经很久没登微博了，上面有几百条未读私信，很多都是找他约稿的。

裴然高中时曾接过几幅商稿，他喜欢尝试不同事物，也在那会儿就领教过甲方的严苛。几个稿子做完，他的粉丝涨到了六万，不过在上大学后就没再接过了。

他粗略扫了一眼私信，正想发条不接稿的声明，就被一条私信预览吸引了目光。

【TZG 赛高：太太接私稿吗？我想画一个林许焕……】

是林许焕的粉丝，消息前面还发了几张林许焕打游戏时的照片，头发很短，看起来年代久远。

【非与衣：有什么要求？】

对面秒回。

【TZG 赛高：！！！啊啊啊啊！】

【TZG 赛高：没有要求！没有要求！！就是……稿费大概需要多少呀 QAQ……】

【非与衣：你平时约是多少？】

【TZG 赛高：我上一幅约的是八百……】

【TZG 赛高：啊啊我不是让太太八百给我画的意思！我知道太太的画很贵！就，我是个学生党 QAQ，实在开不起太高的价格，您说个价格，合适我就约，不合适我就默默当您的小粉丝，我真的真的非常喜欢您的画！】

裴然的画确实贵，他最后一次接商稿时，稿费都上万了。

裴然长按图片，把林许焕这几张照片存进了手机里。

【非与衣：谢谢，那就八百，方便给个邮箱？】

记下对方的邮箱，裴然关了私信，发了个不接稿的微博后，关机睡去。

再接到林许焕电话时是周末。

"然宝贝，你电脑修好了哦。"林许焕问，"什么时候有空过来拿？还是我让人给你送去？"

"我自己去拿就好。"裴然拿出纸笔，用肩夹着手机，"方便说一下地址吗？或者你放在保安室？"

"别，你直接来基地，可以顺便过来找我玩儿啊。"电话那头有点吵，林许焕语气匆忙，"那就这样啊，我要去点外卖了，地址我发你微信上。"

裴然吃完早餐时，林许焕还没把地址发来。

会不会是训练忙忘了？

裴然想了想，刚准备打开微信给对方留个言，消息就来了，是条语音。

"然宝贝你等等啊，我哥一会儿去接你。"

语音结束的那一秒，严准的语音电话打了进来。

裴然点了两下才点到接听。

"吃早餐了？"严准声音有些哑，听起来像是刚起床。

"吃了。"裴然问，"你呢？"

严准说："过去再吃。你上午有事吗？"

"没有，今天周末，我都有时间。"裴然看了眼时间，"不然你再睡会儿？"

街边传来一道短促的鸣笛声，严准说："我快到你校区门口了，收拾好就出来。"

挂了电话，严准单手插兜，垂下眼继续看微信群里的聊天。

TZG 现役队员都是十多二十岁的男生，话多，闹腾，不训练的时候群里轻轻松松99+。

今天群里的话题，是裴然。

他一小时二十块陪玩的事，被林许焕那臭小子知道了，回基地没两小时就人尽皆知。

【你突击手爸爸：@严准 我出五十，人家也想要你的满配 M4。】

【你狙神爸爸：@严准 我出八十，也不用你干啥，你当靶子让我杀几局。】

【一枪击中姐姐心脏：@你林许焕爸爸 你确定他老板不是漂亮妹妹？】

【你林许焕爸爸：不是漂亮妹妹，是漂亮弟弟。】

严准冷嗤一声，敲字。

【严准：@TZG 教练勇哥 他们的烟藏在一楼大厅花瓶里，去缴了。】

【TZG 教练勇哥：。】

群里瞬间被问号刷屏。

【你林许焕爸爸：哥？我这么信任你？你这样对我？哥？？？】

【严准：知道今天什么日子吗？】

【你林许焕爸爸：？】

【严准：一年一度的 TZG 基地禁烟日】

【你林许焕爸爸：我他妈怎么不知道有这节日！】

【严准：今天刚设立的】

【你林许焕爸爸：……】

严准把手机揣兜里，一抬眼就看到了裴然。

裴然走得很急，校区大门离宿舍有一段距离，他稍微有点喘："等很久了吗？"

"刚到。"严准转过身，"走吧，不远。"

裴然跟上去，走了两步，他掏出口袋里的东西递给严准。

"不知道他们基地里有没有牛奶，"裴然说，"我就带了一瓶，一会儿你搭着早餐喝吧。"

TZG 基地刚闹腾了一阵，这会儿都围在客厅吃早餐。

大门打开，众人齐齐抬头，就看见严准慢悠悠走进来，脸上一如往常地冷漠，手上还拎着一瓶没开的奶。

严准身后跟着另一个男生，穿白色 T 恤，神色温和，男生朝他们点了点头："打扰了。"

"草。"坐在沙发右侧的突击手回过神来，用他们几人才听得见的声音说，"还真是漂亮弟弟。"

"然宝贝！"林许焕立刻朝他招手，"来吃早餐！"

裴然忙说："我吃过了。"

林许焕"哦"了一声："那你坐着等等？我吃饱了再把电脑拿给你。"

身为电竞圈里的贵族战队，TZG 的基地非常豪华，客厅的沙发又大又舒服，队员们都喜欢把沙发这一块当作饭桌。

两侧的单个沙发都有人坐了，严准走到林许焕身边："过去一点。"

林许焕挪出点位置，严准坐下来，掀起眼皮跟裴然对视，然后点了点自己身边的空位。

裴然慢吞吞地坐下，手脚规规矩矩放着，没说话。

左侧坐着的男人拿起装着白开水的玻璃杯，给严准做了个干杯的姿势：“我刚缴了他们四包烟，罚了两万，一会儿给你转举报金。”

“稀罕。”严准不咸不淡地笑了下，“省了，没东西能跟你碰。”

“你不是带了瓶奶吗？”教练皱眉，纳闷道，“你今天转性了？你不最讨厌喝这玩意儿吗？”

裴然背脊贴在沙发上，闻言愣了下。

严准用吸管戳开牛奶，跟他碰了碰：“嗯，说是养胃。”

裴然：“……”

他发现在这里，严准姿态十分放松，话也变多了。

严准和战队的人似乎都很熟，队员都叫他哥，聊的时候偶尔还损他两句，严准都随他们去。

“这位就是我哥传说中的老板吧？”

忽然被提到，裴然下意识坐直：“不是，我不是他老板，我们是校友。”

那位队员点点头，指着严准：“给他上那什么奇怪 buff 的不是你？”

裴然说：“是我。”

另一个问：“他陪着逛遍野区小房子的人不是你？”

裴然说：“是我。”

“让他跟着自雷的不是你？”

裴然：“……是我。”

一个人忽然站起来，朝裴然伸出手：“老板，老板，握个手……冒昧问一下你买了他多少个小时？有剩余时间不？我高五倍价格买回来，行吗老板？”

手还没伸到裴然面前，就被严准一掌拍走：“起开。”

那人笑嘻嘻的：“然宝贝，具体的我们微信细聊啊，我晚上拿林许焕的微信找你。”

“那不行，我晚上要跟女粉互动的。”林许焕顿了下，“当然，你给我转点儿租金……”

“嗯，我现在就把你微博小号爆出来，让别人看看世界冠军天天在小号追女爱豆。"

"你妈的……那老子就曝光你手机壁纸是女主播！"

两人你一句我一句地怼起来，最后发展到要去连连看 solo 的地步。

"走！你过来！"林许焕气势汹汹，"老子不把你头打爆，你都不知道什么叫对对星座！"

"谁怕谁？先说好，五局三胜，输的去微博发丑照！"

训练室就在一楼，四周是透明玻璃，直到他们进入第一场激情连连看，裴然才想起自己忘了问林许焕要电脑了。

其他队员也慢悠悠地回到了自己的位置，教练在这时站了起来："严准，跟我上楼一趟，商量件事。"

教练表情严肃，一看就是要谈私事。

严准道："不能在这说？"

"不能。"教练干脆地说。

裴然刚想让严准别顾虑自己，严准就从沙发上起来了。

"去训练室找林许焕，让他给你开台机先玩着。"姿势方便，严准很自然地抬手摸了下裴然的头，很快又挪开，"等我下来。"

裴然走进训练房时，对对星座选手林许焕刚输了一局。

"草，再来。"余光瞥见裴然，林许焕顺手拽了把椅子在自己旁边，"然宝贝，来，坐着看我血虐他。"

裴然依言坐下。

林许焕方块消得没别人快，嗓门倒挺大，裴然默默地看他们玩，最终还是没忍住，抬手揉了一下耳朵。

严准刚刚动作很随意，碰到了他的耳廓，指尖是温的。

这场连连看对决在第三局就结束了，林许焕连着输了三局。

"还对对星座，丢人。"突击手嘲讽一笑，"快点发丑照。"

林许焕气得要死，但还是愿赌服输，他拿起手机："发就发，你等老子拍一个……"

他摁了两下手机，屏幕都没亮，没电了。

"你故意的吧？一会儿教练下来就该打训练赛了，我看你就想拖时间，等夜深人静再发。"

"拖个屁！老子微信微博都登在电脑上，你等着。"林许焕白他一眼，然后道，"然宝贝，你用手机帮我拍个照，然后发我微信上，我手机一时半会儿开不了机。"

裴然打开拍照功能，林许焕娴熟地摆出一个鬼脸："多拍几张，我好挑一挑。"

"好。"裴然说。

拍完照片，裴然把手机递给林许焕挑，就听见身后传来动静，楼梯上下来两个人。

教练还在对严准说什么，模模糊糊听不清，裴然回过头去看，严准很轻地抿着唇，没说话。

这时，林许焕手一快，不小心多滑了一下手机屏幕。

直到靠近休息室，严准才终于开口："暂时还不考虑，以后再——"

"我靠！！！"

林许焕忽然大叫一声，打断了严准的话。

所有人都下意识看向他。

林许焕眨眨眼，激动地拿起裴然的手机，把屏幕翻到裴然面前，震惊又欣喜："然宝贝！你竟然存了我这么多照片！！！你是我粉丝吗？之前怎么不说？这么久远的照片，我自己都找不到了，你竟然还有……你是不是喜欢我很久啦？！"

刚走进训练室的严准脚步一顿。

裴然愣了下，他自己都忘了这茬了。

林许焕努力回想一番，然后深吸一口气，满脸感动："这，这好像是我刚打完青训，还在打替补那会儿……然宝贝，原来你藏得这么深。"

裴然说："不是……"

他话还没说完，肩膀就被人轻轻擦过。

严准走到林许焕跟前，抽出他手里的手机："不要乱翻别人的手机。"

林许焕很冤："我又不是故意的，我不知道他帮我拍了几张，顺手就滑过来了。"

严准没搭理他，把手机递给裴然。

裴然伸手想接，但对方手劲有点大，他竟然一下没能拿过来。

严准垂着眼，又看了照片两眼才松手。

得知裴然是自己的铁粉，林许焕忍不住挺直背脊，抬手就给自己头发抓了个造型："然宝贝，以后你别找我哥陪玩了，你直接来找我，我免费带你玩，我开直播都带着你。"

裴然想了一下该怎么解释。他在网上接商稿的事是秘密，他没跟任何人说过，那微博对他来说算是一个二次元小马甲。

"行了。"教练忽然开口，"先去打训练赛，那边房间已经开好了，快点儿，今天打自定义，我约了几个战队。"

严准淡淡道："约了其他战队，我就不掺和了。"

"没，还算上了我们青训队，特地给你留了个位置。"教练上来搭着他的肩，"那三个小子是我最看好的，你给我把把关。"

严准说："我多久没打训练了，把不了。"

"别说这些虚的，你把不把得了，我心里清楚。走，帮个忙，我跟他们说了你要来，他们昨晚全都多训了两小时……"教练拿起手机一看，"都在催我了，快快快，别让其他战队等你们。"

林许焕赶去比赛房前还给裴然留一句"然宝贝，我一会儿送你一套签名设备"，然后没等裴然回答就被队员推着走了。

严准被教练搭着肩往前走了几步，忽然回过头："能等我吗？"

裴然原本想的是，把电脑带回宿舍，然后去看一场电影，影片他已经提前选好了，一部极富现实意义的电影，上映两天口碑极佳，裴然很心动。

严准沉默两秒，又说："不会太久。"

裴然在脑中取消观影计划，把手机放回口袋："……知道了，训练赛加油。"

教练顶着脑门上的几个大问号，哥俩好地勾着严准的肩，走出一段路后，才问："什么情况，他难道跟你有点亲戚关系？"

"没有。"严准说，"帮我照看下人。"

"知道了，他还能跑了不成。"到了比赛房门口，教练拍拍他的肩，"好好打。"

裴然被带到了休息室，房间里有一个大大的荧幕，可以用来做数据分析，也可以观战。

几瓶不同牌子的饮料和饼干被放到他面前。

教练笑着说："不知道你喜欢吃什么，都拿了一点，这群臭小子就喜欢喝碳酸饮料。"

裴然道一声谢，拿过一瓶矿泉水。

教练拿着遥控器鼓捣了一阵，屏幕亮起来，上面显示出吃鸡的游戏画面。

TZG 战队两个队伍跳伞后，教练拿出了笔记本，随时准备挑队员的毛病。

基地里有两间比赛房，其中一间热火朝天，要不是房子隔音好，声音都能传到隔壁戴着耳机的另一队青训生耳里。

"我哥他们会跳哪？"林许焕叽叽喳喳地问。

"谁知道呢，不过青训队一般都打得保守，可能在零散一点的野区吧。"

平时打游戏，打得好的玩家都喜欢跳刚枪的地方。但比赛不同，圈中间的野区几乎都有战队落，一不留神就会碰面。

林许焕看了眼地图，准备飞向指挥标的小野区，界面上忽然跳出提示。

【TZGmoxie 以 AKM 击倒了 XPP hot】

【TZGmoxie 以 AKM 爆头击倒了 XPP youxiang】

【TZGmoxie 以 AKM 爆头击倒了 secret_happy】

比赛房沉默了一会儿。

落地后，队友问："默写的号是……"

"嗯……是严准在上。"林许焕皱着眉头搜野区，"草，我哥真疯，我还没落地他就跟两个队伍碰上了……他们肯定跳的机场。"

林许焕搜完一个野区时，严准已经淘汰了六个人，机场两个队差不多都是他一个人灭的。

"猛男，大猛男。"林许焕感慨，"不愧是我哥。"

到了半决赛圈，只剩下六个队伍，确切来说，是五个队伍和一个人。

TZG 的青训队三人早已成盒，只剩下严准自己。

他找了一处房区，蹲在墙角卡视野打药。

"哥～哥～是你吗哥～"林许焕开了全体麦，声音传到了严准耳机里。

林许焕是看着严准进这个野区的，只有一个人，身上穿的又是默写的时装，他一眼就能认出来。

林许焕狙了几枪没狙死，干脆带着队友下来堵人。

严准没搭理他，开始寻找他们的方位。

林许焕这边只有两个人，另外两个还在后面的野区。

"要不等他们来了再冲楼吧？"队友道。

"没事儿，"林许焕说，"我们二打一，应该能打过，而且我哥跟我关系好，肯定给我放水。"

两分钟后，二人双双被严准打倒在房外，狼狈地跪着。

严准二话不说把人补死，转身想走。

"哥。"死都死了，林许焕闲着没事，开麦跟他唠嗑，"你就这样无情击倒了喜欢你多年的小粉丝，好残忍，好凶暴，我好喜欢……"

林许焕话还没说完，一颗新鲜的手榴弹在地上弹了两下，不偏不倚地滚到了他还未消失的"尸首"上。

"嘭"的一声，他躺平在地的游戏人物被炸得翻了个身。

林许焕："……"

队友说："关系是挺好，再熟一点都要跟你真人 PK 了。"

第二局，队友想玩刺激的，跳了机场，林许焕刚落地没两分钟就被严准打倒，严准没补他，往他脸上扔了颗雷后转身离开，一眼都没看身后的爆炸。

第三局，林许焕是被其他战队打倒的，他连忙爬到房子后面，眼见就要被队友扶起来，"砰"的一声——严准在远处用98k 一枪收掉了他的人头。

第四局……

第五局……

训练赛结束，林许焕摘了耳机就往隔壁冲。

"哥，你为什么老搞我啊！你还特么的鞭尸……"林许焕说，"我这三个人你都要冲上来搞我！！！"

最气的是，他们三个人在一块都没对过严准，被对方一颗雷收掉两个。

严准摘了耳机，在青训生紧张又崇拜的眼神中起身。

"时装。"他说。

林许焕："？"

"你穿的时装太丑了。"

林许焕："……"

严准没再搭理他，转身离开比赛房，朝休息室走去。

裴然是第一次看《绝地求生》的比赛。

训练赛比正式比赛要随性得多，也更刺激一些，教练大多时间都在看严准的视角。

门被推开，严准满脸平静地走进来。

"今天也是零失误，漂亮。"教练毫不吝啬地称赞。

"你不看自己队员的视角，看我的做什么？"严准在裴然身边坐下。

"我是想看队员的来着，可惜那帮青训生死得太快。"教练嘀咕，"感觉还是差一点儿……"

严准没应，他低下眼，看见裴然正双手捏着一瓶矿泉水。

感觉到他的目光，裴然把水往他那边偏了偏："喝吗？还没开过。"

严准接过来，没急着拧开。他问："看训练赛了？"

"看了。"裴然顿了顿，"你很厉害。"

这句场面式的夸赞显然没让严准满意，他抿抿唇，拧开水喝了一口。

其他队员陆陆续续走进休息室准备复盘，没多久房间就坐满了人。

裴然刚觉得不自在，严准就说话了。

"你们慢慢复，我们在这不方便，回去了。"

"没什么不方便。"教练想留他。

严准道："走了，裴然。"

"哎，等等。"林许焕连忙说，"然宝贝，我还没送你设备呢，你等会儿我去仓库拿。"

裴然赶在林许焕上楼之前把他叫住了。

林许焕说："怎么啦？你别不好意思，设备是赞助商送的，逢年过节都送我们几套，用都用不完。"

裴然不想暴露自己二次元的事，但他更不可能冒领那个粉丝对林许焕的热情与喜爱。

"这照片是别人发给我的。"他解释，"是你的粉丝找我约稿，想让我画你。"

林许焕起先还愣着，再后来就是对裴然的崇拜："你是艺术生？果然，我一看你就知道肯定是学这方面的，你接过很多稿子吗？是不是经常有人找你画我？"

裴然说："只有这一次。"

林许焕："……"

休息室里的队员都笑了，还有人骂他不要脸。

"你们懂个屁，然宝贝一看就画得特别好，一幅画贵着呢！再说，喜欢我的都是小妹妹，哪有钱约这玩意儿？"说完，林许焕咳了一声，凑到裴然那问，"然宝贝，我们都这么熟了，你可得给我粉丝打个折……

你多少钱接的稿子啊？"

裴然欲言又止。

林许焕说："你放心说，高了也没事，我值那个价。"

裴然说："八百。"

林许焕："。"

战队助理进来的时候，林许焕正在跟人干架，嘴里还念叨着"你才便宜""你特么看不起八百块""你倒贴粉丝都不要你的画"。

"笑什么呢？"助理把手里的盒子放到桌上，"赞助商送礼物来了。"

林许焕停下动作："是啥？"

"周边。"助理打开盒子，拿了个周边挂件吊在手上。

挂件是一双粉色的球鞋，拇指大小，款式是赞助商新出的鞋子款式，细节做得非常漂亮。

"这么小，还是粉色的。"林许焕皱起脸，"我不想要。"

"什么颜色都有，你们自己过来挑，挂在外设包上很好看的，还可以拿去送给女朋友。"助理回头道，"准哥，要走了？我也给你拿了一个，你要什么颜色的？"

林许焕边挑边笑："得了，我哥对这些不感兴趣——"

"白色。"严准淡声问，"有吗？"

两人离开基地后走出很长一段路，没人开口说话。

裴然是不知道说什么，严准走得很慢，应该是刚打完训练赛，有点累，自己也就索性不开口。

一阵凉意拂过脸颊，裴然怔怔地仰起头。

空中不知何时飘起了毛毛雨，雨滴细碎，飘飘晃晃。

这种雨不影响正常出行，街上的路人面色如常地行走着，最多只是加快了脚步。

裴然正专注地看着空中的雨，突然觉得有什么东西覆到了他头上，眼前也被帽檐挡去了大半风景。

他下意识伸手去摸，摸到了严准的黑色棒球帽。

严准垂着眼睛，只跟他目光相触了两秒，然后伸手帮他调节帽檐的位置。

棒球帽带着严准的气息，像飘着的雨，冰凉却温柔。

裴然回神："不用，雨不大。"

严准说："戴好。"

裴然："……"

他们走在雨间，裴然被帽檐挡了上方视野，为了获得更多视野，他下巴不自觉地微微扬着。

他丝毫没察觉身边的人，一直在垂眼看他。

几场训练赛而已，累不着严准，不说话，是因为他心里不平静。

在裴然手机里看见林许焕照片的一瞬间，他仿佛回到了高中某一个夏天。

那天他从超市出来，袋子里装着两包奶糖，经过某处隐秘的拐角时，他看见裴然靠在墙上，垂着头，安安静静的，任由罗青山牵他的手。

走到该分开的路口，裴然停下来："今天谢谢你送我去基地——"

"裴然。"严准打断他的话。

裴然看向他："嗯？"

严准比裴然高，帽檐的缘故，裴然跟他说话要费力地抬头。

严准抬手，把帽檐稍微向上折了点。

他说："我说喜欢你的事，你还记得吗？"

裴然瞬间噤了声，缓缓睁大的眼睛透露出他的慌乱。

他甚至想自己把帽檐再按回来。

意识到严准在等他回答，裴然安静了很久，才说："记得。"

严准"嗯"一声。

感情不是杂物，不能干脆地收进行李箱然后丢掉，所以他一直想给裴然时间，但他现在忽然又不想等了。

裴然如果因为前任出轨产生阴影，他来清理。

裴然如果对罗青山还有感情，那他就摧毁掉。

"手。"

裴然还有点蒙，下意识把手伸出来。

他掌心里多了一双白色的小球鞋，是助理刚刚说的"可以拿去送给女朋友"的挂件。

严准说："裴然，我在开始追你了。"

第六章

CHAPTER.06

雨雾给两侧的广玉兰覆上薄纱，校园小径人不多，裴然拎着电脑慢吞吞走在路上，右手轻轻握着，里面是他刚收到的小挂件。

手机急促地响了下。

【严准：走快一点。】

裴然一怔，下意识转头去看，只看见两对并肩撑伞的小情侣。

【裴然：你还在吗？】

严准回了一条语音，裴然放到耳边听："猜的，你平时走路很慢。"

裴然抿了抿唇，默默把手机放进了电脑包里。

他心脏跳得很快，走出这么长一段路都没好，再听会变得更奇怪。

裴然没答应严准的告白。他跟以往一样，先说了一句"抱歉"，开了口却发现自己声音有些抖。

严准安安静静地等着他的回答，这种耐心反而让裴然更紧张了，好不容易才说出那句"我暂时还不想谈恋爱"。

一句话说得断断续续，很没底气。

严准平静地点头，说"我知道，但是我还是要追你"。

还问他，给追吗？

裴然没说话，他怕自己一张嘴，又磕磕巴巴的。

最后，严准给他按下帽檐，说"知道了，那我追了"。

"裴然？"

裴然转过头去，看到了苏念。

苏念跟另一个男生比肩而立，看起来很亲昵。

苏念看了他一眼，愣了一下才问："下着雨，你不打伞？还有你的脸……怎么这么红？"

裴然脸是红的，语气却一如既往地镇定："有事？"

"哦，没事，只是打个招呼。"苏念顿了下，"对了，之前惹你不高兴是我的问题，既然遇见了，我再给你道次歉——"

"不用了。"裴然问，"林康没帮我带话给你吗？"

苏念笑了："带了。我知道你当时在气头上，没在意，你不生气就好了。"

裴然皱眉，不想再跟他多说，转身便要走。

"哎，你等等。"苏念叫住他，"我把伞给你吧，别感冒了。"

裴然拒绝："不用，谢谢。"

"不是，"苏念一笑，"这伞是之前青山哥给我的，我一直忘了还，这次刚好，你用完帮我还他就行。"

"我和他已经分手了，你自己借的伞，自己还吧。"裴然迈步离开，剩下的话飘在雨里。

苏念站在原地看着他的背影，迟迟没动。

身边的男生撞了撞他的肩："你听听你自己刚刚说的，是人话吗？我都觉得你婊里婊气的。"

苏念笑了一下，他说："对付裴然就要这样，做得太隐晦，他看不懂的。"

"他们都分手了，你还去恶心裴然干吗？"

苏念笑容未变。

是分手了，但是罗青山心里还装着他。

罗青山那边解决不掉，就只能解决裴然。只要裴然不跟他复合，罗青山也没有办法。

见苏念不吭声，好友忍不住皱着眉看他，好久才问："何必呢？我看罗青山也没什么好的啊，帅哥遍地有，不然我给你介绍几个？"

"不要。"苏念拿出手机扫了一眼，他给罗青山发了十多条消息，还没收到回复。他抬头看着雨雾："走吧。"

裴然回到寝室，把帽子摘了，换身衣服后拿起帽子走向了盥洗台。

他拿了一把新牙刷，垂着眼在帽子上轻轻地刷。

裴然很喜欢洗东西，只需要做重复的动作，能很舒服地放空一会儿。但他现在根本没法放空，满脑子里都是严准的声音。

一会儿在说"我喜欢你"，一会儿在说"我开始追你了"，现在又在问"能追吗"。

分别之前，严准还伸手隔着帽子摸了一下他的头，不过两秒就收起手，让他回去，说雨快下大了。

清脆的碰撞声把裴然拽回神，他一转头，就看见雨滴砸进屋里，窗台下的地面一片水渍。

裴然关上窗，回到桌前才看见手机收到了很多条短信。

【陌生号码：伞是我很久以前借给他的……】

【陌生号码：你今天淋雨了？记得喝点热水驱寒。】

【陌生号码：下次再有这种情况打电话给我，我去接你】

【陌生号码：我很想你，你能不能回我一下】

拉黑微信和电话没用，罗青山依旧无孔不入。

裴然看了眼时间，跟苏念见面不过半小时，罗青山就知道这件事了。

裴然没回，退出去看微信收到的消息。

【严准：。】

【裴然：？】

【严准：看看我还在不在。】

【裴然：在哪里？】

【严准：你好友里。】

裴然深吸一口气，觉得耳朵有点烫。

他捧着手机，许久才打出一串省略号，都还没来得及发出去。

【严准：正在输入五分钟了，在写什么小作文？】

【裴然：……】

【裴然：在忙别的，忘记关聊天框了。】

【严准：忙什么】

【裴然：……一件私事。】

发完这句，裴然把手机反扣在桌上。

然后起身回到盥洗台边，继续给严准洗帽子。

深秋，雨断断续续下了两天。

舍友搬出去后，寝室比以往安静，裴然画起东西来都觉得顺手许多。

才描了两笔，电话就响了。

"然宝贝，你干吗呢？"是林许焕，他那边难得没有敲键盘的声音。

"在画画，"裴然问，"怎么了？"

"画画？画我吗？"林许焕声音都大了一点，"快发我看看！"

"只是描了几笔，模样还没完全出来。"裴然又问，"是有事吗？"

林许焕没有马上回答，他身边似乎还有别人，裴然听见他的声音变得有些远："哥，然宝贝好像在画我呢，这种事得专心才行，要不我们还是别打扰他了吧？"

裴然瞬间知道他身边的人是谁了。

他捏手机的手紧了一点，反应过来时，自己已经放下画笔，把免提关了把手机怼在耳朵上。

林许焕很快又回来了："也没什么事……我们今天商量着要去你们学校篮球场打球，你一块来呗。"

待林许焕挂了电话，坐在沙发边的人问："他怎么说？"

"当然答应了。"林许焕纳闷道，"你为什么不自己问他，非要我打电话？"

还能为什么。

当然是担心约不出来。

林许焕帮过裴然，只要他开口，裴然不会不来。

严准起身，抬手随便地在林许焕肩上拍了拍，懒洋洋地说："养兵千日。"

最近下雨，地面都湿漉漉的，打球的都挪到体育馆里。

今天周六，大多人都玩儿去了，球场没什么人，连位置都不用占。

裴然到体育馆时，正好看见严准轻松跃起丢了个中投，球衣一角掀起来，能看见紧致的腹肌，上面覆着一层薄汗。

"然宝贝。"林许焕打了一会儿就喘得不行，"怎么来这么慢，来，我们玩儿三打三。"

没想到还要比赛，裴然愣了一下，脱外套的动作都顿了顿："我打得不好……"

"没事，大家都菜，你好歹还参加运动会呢，我们平时连走个路都懒，你来凑个数都行。"林许焕说。

裴然犹豫了一下，刚要点头，脱到一半的外套忽然被人扯住向上一拉，又回到了裴然身上。

"他不打。"严准站在他身后，说话有点轻微的喘，声音一如既往地沉，"他腿有伤。"

裴然肩膀一僵，外套有些松垮，他都没伸手去撩。

"哦对。"林许焕蒙了一下，脱口，"你都知道他不能打球，还让我叫他过来干吗？"

严准说："你别管，去打球，别偷懒。"

林许焕丝毫没察觉哪里不对劲儿，他"哦"了声："那你快点过来。"

只剩他们两人。

裴然调整了一下呼吸，才慢吞吞地转身。

他们已经打了一会儿的球了，严准额间的头发因汗水聚集在一起，下面是一双漆黑的眼。

不知道是不是运动过，严准此时看起来比平时都要生动得多，眼睛底下还染着汗。

男生的荷尔蒙充斥在空气中。

裴然从大衣口袋里拿出棒球帽，因为空间小，帽子有点皱，好在帽檐可以露在外面，没怎么变形。

他顺平皱褶，递到严准面前："这个，谢谢你。"

严准闻到淡淡的香味，他问："帮我洗了？"

借的别人的东西淋了雨，肯定要洗了再还，可严准这句话他总听得怪怪的。

裴然说："嗯，应该干净了。"

那边传来其他几个人的催促声，严准随便应了声，然后说："先帮我拿着。"

篮球砸在地面的声音太响，裴然没听清："嗯？"

"帮我拿一会儿。"严准说，"我手上不干净，身上臭，会把它弄脏。"

说的是帽子，看的却一直是裴然。

裴然把帽子放在腿上，坐在观众席看他们打球，身边放着外套水杯各类杂物。

球场里其他人都已经气喘吁吁，叉着腰直喘儿，标准的电竞宅男。

除了严准。

严准跑得很快，没怎么停下过，别人传球基本都是给他。中途林许焕像是跑不动了，站在原地摆摆手示意休息一会儿。

严准把球扔进筐，没急着去捡，站在原地撩起衣角擦汗。

旁边的林许焕脱了上衣，平时看着不胖，脱了衣服却一身软乎乎的白肉，能看出 TZG 基地伙食不差。

两人站在一起，对比有些惨烈。

这时，严准眼尾一扫，瞥了过来。

裴然顿了顿，故作镇定地移开视线。

林许焕累得都想瘫地上了，他忍不住走到严准身边，胳膊肘搭在严准身上。因为不够高，他得抬起手才够得着，姿势有些滑稽。

"哥，你累不？"

严准说："还行。"

林许焕轻咳道："我知道教练让你盯着我们锻炼，但我觉得打了大半小时了，大伙都累了……"

严准"嗯"一声："现在不是在休息？"

"……"

林许焕想说"别用你的标准来要求热血电竞少年"，可他转念一想，严准也算半个电竞少年，还特么的比他强。

他抬头还想说什么，发现严准注意力都放在别的地方。

林许焕顺着看过去，看见了坐在观众席上的裴然，裴然坐姿端正，看上去特别乖，跟周围那些翘腿盘着的大老爷们格格不入。

林许焕"啧"一声："你把然宝贝叫过来，就为了让人帮我们看东西啊？"

"他没有名字？"严准问。

"但是宝贝比较亲切嘛，而且他 ID 本来就叫然宝贝啊。"说到这，林许焕纳闷道，"不过他看起来不像是会取这种 ID 的人欸。"

严准没搭理他，篮球被其他人丢回来，他轻松接住，随意地拍了几下。

林许焕多看了两眼，忽然发现什么："哥，然宝贝抱着的帽子是你的吧？"

那顶帽子的款是限量的，他还求过严准送给他，没得逞。

球撞在地上又反弹回来，严准单手接住，把球丢给他："再打十分钟去吃饭。"

打完球，五个人汗流浃背地往台阶上走。

裴然把纸递给他们，林许焕接过一张："然宝贝，你还随身带纸呢。"

"习惯。"裴然又抽出一张，递到严准面前，"……你要吗？"

"谢谢。"严准接得随意，两人指尖撞到了一起。

刚打完球，严准指尖是热的，裴然觉得自己被烫了一下。

他飞快地眨了几次眼，把纸分给其他几人。

"裴然。"声音从右侧传来。

裴然转过头，看到了立在台阶右侧的罗青山。

罗青山把头发推成了平头，看起来精神很多，穿得清爽干净，装扮一看就知道不是来打球的。

罗青山走到他们身边，有意无意地瞥了严准一眼，然后重新把目光放到裴然身上："我听说你在这，特地过来的。"

裴然默然片刻，才问："有事找我？"

"有。"罗青山顿了顿，忽然笑了一声，"这事儿还是严准提醒我的。"

气氛莫名地有些怪异，其他几个围观群众不明所以地看向严准。

严准低着头在擦脖颈的汗，表情一贯地冷漠。

罗青山接着说："他说我们分手后，你把我送的东西都还给我了，我也应该把你送的还给你。我回去想了想，他说得对，不管你答不答应跟我复合，那些东西是该还。"

这话一出，场面瞬间就僵住了。

几个人擦汗的动作都停了下来，放轻呼吸面面相觑。

林许焕瞪大眼，下意识看向裴然，裴然背脊绷得紧直，一动不动，坦然无畏。

我们，分手，复合？

如果他理解的意思没错，那然宝贝跟这男的……是那种关系？

罗青山这趟的目的当然不是为了还东西，要不然他也不会空手而来，他只是想找个机会单独跟裴然相处。

而且按裴然的性格，当然不会让他还。

见其他人表情惊愕，罗青山心里有些莫名的舒爽。他是故意的，他就是想让这些人知道，他和裴然的关系不简单，他们之间也没那么容易断干净。

"那些东西，我都记不太清了。"裴然平静地划破沉默。

罗青山说："什么？"

"我送你的东西，我记不清了，你还记得吗？"裴然抬头看他，眼底无波无澜。

罗青山并不把他的性向当隐私，裴然早就习惯了。最初裴然还会有些别扭，也跟罗青山谈过，罗青山当时哄他，说自己不想谈地下恋情，想跟"正常人"一样谈恋爱。裴然无话可说，由着他去。

没想到分手之后还是这样。

"我，你送了我这么多，我哪记得清……"没得到预想的答案，罗青山语气有些慌。

裴然点点头："那你记得多少算多少吧，折成现金就行了。"

罗青山心脏一缩，他舔舔唇："我怕我记混了，要不我们去吃顿晚饭，仔细算。"

撞上这种场面，林许焕有点尴尬，他和队友们对视两眼，决定找借口开溜，给人腾腾地。

林许焕轻咳一声："那我们——"

"我们订了餐厅，"严准自然地接过他的话，垂下眼对裴然说，"算上了你的位置。"

林许焕愣住，头顶缓缓冒出一个问号。

不是，这话题咱们掺和什么啊哥？

严准仿佛没看见他的挤眉弄眼，眸光依旧放在裴然身上。

罗青山皱眉："严准，你——"

"啊对，然宝贝，我们确实订了你的位置！"既然他哥都说话了，林许焕当然得帮衬着，插嘴道，"日料，单人一千九百八十八！我们教练报销！不去不退钱，可浪费啦！"

"然宝贝？你为什么叫他宝贝？"罗青山眯起眼，"等等，你们是TZG的？谁允许你们进我们学校打球的？严准带进来的？"

"罗青山。"裴然皱眉，打断他的话，"晚饭就算了，你算好账把钱转我就好，清单不用给我。"

他捏着帽子起身："我们还有事，先走了。"

裴然转身就走，林许焕被罗青山的语气怼得上头，刚想说两句，严准就碰了下他肩膀，示意他跟上。

一行人离开体育馆，只剩罗青山还站在台阶上，表情阴沉得吓人。

林许焕没撒谎，教练的确给他们订了日料，他们在车上换件衣服的工夫就到了餐厅。

只是几人之间气氛还是尴尬。

倒是裴然一脸平静。到了餐厅落座，他道："给你们添麻烦了。"

一路过来林许焕早没气了，其他人更是无所谓。

TZG 队长说："是我们不小心听见了，你不在意就行。"

林许焕忍了又忍，终于还是忍不住："那男的，真是你前任啊？"

话刚说出口，他脑袋就被队长敲了一下。

"哎哟……"林许焕撇嘴，"我就是好奇嘛，我和然宝贝都这么熟了，问一下也没关系啊。"

"是。"裴然承认得很干脆。

桌上一群电竞直男不约而同地点点头，尽量表现得自然。

装着三文鱼的小碟子被放到裴然面前。

严准拿起旁边的芥末管，在他碟边挤了一点："吃。"

两人手臂轻轻碰了一下，裴然低头看着碟子："谢谢。"

林许焕吃了两口，有精神了，又开始胡说八道。

"然宝贝你别多想啊，我们都不介意的，恋爱自由嘛。"他指着自家突击手说，"他之前开个小号去女主播直播间当舔狗，最后给人花了十来万屁没捞着，我们也没看不起他。"

突击手口吐芬芳："你妈的，这事跟裴然他们有个屁的关系！"

"都是感情问题，有差？"

突击手冷笑，开始范围攻击："嗯，你要这么说，队长初中给人递情书被交老师，罚他上台一字一句地念，作为他同学，我也没嫌弃他啊。"

越说越歪，那点子尴尬已经飞得不见影了。

也不知谁冒了一句："这有什么，总比严准好，至尊 VIP 黄金单身贵族。"

当事人一脸漠然，拿起手边的空杯子去接茶。大家聊得热闹，谁也没发现他拿的是裴然的杯子。

"屁个单身贵族。"林许焕说，"我哥马上脱单了。"

众人都愣了愣。裴然也顿了一下，咀嚼的动作悄悄变慢。

"什么脱单？跟谁脱单？"突击手好奇心上来，立马放下筷子不吃了。

倒不是觉得严准找不到女朋友——就是太容易找了，却一直没对象，他们反应才这么大。

"我不知道。"林许焕想了想，"上回他跟我说的，说要给我找嫂子，还说在等她回消息呢。"

严准在大家的热切凝视下，用毛巾擦了擦手，丢出一句："嗯。"

裴然脑袋往下埋了埋。

"我靠……真的？我还以为他胡说八道……"突击手震惊道，"哪的人啊？现实的还是游戏里的？"

"校友。"严准说。

"怎么不带来看看？"队长问，"叫什么名？大几的？照片看看。"

严准放下筷子，靠在椅子上："别问了，还没追上。"

"都过去这么久了，还没追上？"林许焕惊道，"什么姑娘这么难追啊？然宝贝，你见没见过？"

忽然被点名，裴然从餐盘中抬头，脸色如常，耳朵通红："没见过。"

"哇，连你都不知道。"见他这么镇定，林许焕问，"你不好奇？"

裴然说："好奇。"语气一点说服力都没有。

"那你平时多留意留意，肯定就是他身边的女生！发现了第一时间告诉我！"

裴然抿唇："那……我留意一下。"

这个话题对 TZG 众人而言比较劲爆，他们开始疯狂猜测严准正在追求的对象，现在范围已经缩小到了"长发""大眼睛""细腰"。

严准低头玩手机，根本不搭理他们。

裴然喝了口茶，刚暗自松了口气，桌上的手机忽然振了一下。

【严准：实在好奇，可以打开前置摄像头看一眼】

裴然把手机锁屏，放进了口袋里。

餐厅台子不大，灯光足，林许焕聊着聊着目光就挪到了裴然身上，他盯着看了几秒，忽然问："然宝贝，你脸怎么这么红，热？"

裴然捏着筷子说："芥末，太辣了。"

酒足饭饱，教练派车来接他们，裴然顺便搭顺风车回去。

严准不回学校，裴然下车之前把帽子递给他。

严准接过来，说："交换。"

裴然还没反应过来，手指被人轻轻掰开，严准给他塞了两颗奶糖。

车上昏暗，吃饱后大家都犯困，没人看到他们的小动作。

回到基地，林许焕冲了个澡，出来时看见严准坐在大厅沙发上，戴着帽子低头玩手机斗地主。

他用毛巾擦了擦头发，正想上去聊两句，脚步忽然就顿住了。

只见严准输掉游戏后，把手机丢到旁边，往沙发一靠。

然后摘掉帽子，虚掩在鼻子上，闭上眼——像是轻轻地嗅了嗅。

在 TZG 比赛前两天，严准收拾行李准备走人。

教练就坐在他旁边劝他："住着不舒服吗？为什么非要回去？"

严准头也没抬："在这打扰你们训练。"

教练说："别，你在这还能帮我看着他们。"

"我马上要考试，没空给他们当陪练。"严准语气凉薄。

教练骂了他一句没良心，关上门，问："真不打算回来打？"

严准垂着眼，情绪全藏在眼皮下，把拉链一拽："没打算。"

严准单肩挎着包走出房间，看到林许焕躺在沙发上，拿着他的棒球帽左看右看，然后凑到脸边闻了一下。

严准从他手里抽出帽子，皱眉："干什么？"

林许焕睁大眼睛，无辜道："这不是买不着吗，我就想看看。哎你帽子上什么味道？怪好闻的，怪不得你那天捏着闻半天。"

其他躺着休息的人怪异地看向他俩。

突击手闻言放下手中的鸡翅："来来来，给我也闻闻，你用香水了？"

严准懒得搭理他，把帽子扣在头上："回去了。"

"等会儿。"教练叫住他，把手里的东西递过去，是两张内部入场券，"拿这个，座位在前排，你要想的话也能进后台。"

严准看着印在入场券上的 TZG 队标，接过来："谢了。"

回到寝室，严准把背包随手丢在桌上，拿出手机拍了两张入场券，发给裴然。

【裴然：嗯？】

【严准：周六，市里的馆子，打车过去二十分钟。】

【裴然：好，我帮你发在朋友圈】

【严准：？】

【严准：发什么朋友圈？】

【裴然：不是要卖票吗？】

严准盯着"卖票"那两个字看了几秒，直接打了个语音电话过去。

响了好几声对面才接。

"我哪里像倒票的？"严准问。

裴然愣了一下："我刚刚看到林许焕发了朋友圈，在卖两张入场券，这不是他的票吗？"

严准："……"

拿着几百万的年薪卖入场券，林许焕到底什么毛病？

"不是倒票。"严准说，"是约你去看比赛。"

裴然正在给画稿上色，听完笔尖一顿，飞快地眨了几下眼睛。

"周末没课，我去接你，内部券不用排队，看不懂的我给你解说。"严准问，"去吗？"

电话那边很安静，严准也没说话，沉默着等他回答。

良久，严准把票折起来，刚要塞回背包。

"我知道了。"裴然语调很轻，"我不是女生，不用特意来接我。公交站见可以吗？"

这是裴然第一次来比赛现场，他们是从后门入的场，进去的时候现场还没什么人。

知道他们要来，林许焕提前打招呼让他们去后台坐一会儿。

其他选手都严肃得要命，TZG 却一派轻松，他们打惯了国际赛，心态早已经练出来了，裴然进去时，甚至看到他们的突击手拿着手机在玩连连看。

"水自己拿吧，赞助商放的，都免费。"教练看了裴然一眼，笑道，"严准，知道你为什么追不到别人吗？"

这话一出，两人都是一顿，裴然拧瓶盖的动作都停顿下来了。

严准倒镇定："为什么？"

"我给你两张票，是让你把小姑娘约来，两人坐一块促进促进感情，你特么的……把裴然带来了。"教练笑着说，"当然，不是不让他来，你可以多找我拿张票啊。"

严准不咸不淡地说："有这么多票，留给林许焕发家致富吧。"

林许焕"靠"一声："那票是朋友没空来现场，托我帮忙卖的！"

教练骂他："那你也不该用大号卖！都被截图发微博了！平白被骂了个热搜！"

闲聊两句，战队开始讨论一会儿的比赛战术。

战术是早就定好的，现在只是临时再讨论细节。

严准坐在教练身边，被点到名就偶尔说两句，时不时说一两条简洁的意见。他语气散漫，眼神却很认真。

两人在休息室待了一会儿，严准起身："赛方的人马上进来拍视频了，我带他出去了。"

这次比赛一共有十六个队伍，休息室密密麻麻一排，留下一条窄小的过道。

走到半途，裴然问："你之前打过比赛吗？"

"没有。"严准说得随意，"上场前两天退队了。"

裴然抿抿唇，没再继续问下去。

他们的座位在第四排，不用仰头就能看见荧幕，此时周边座位已经坐满了人。

各位选手落座，主持人开始一一介绍，介绍到 TZG 战队的时候呼声最高，镜头给到 TZG 的队员时，林许焕还对镜头眨了眨眼。

比赛刚开始，严准就稍稍侧头，压低声音："他们要占右下野区，想堵桥头。"

裴然顿了下，才反应过来严准是在给他解说："比赛也会堵桥的吗？"

"偶尔，看圈，圈刷得很好会考虑，不行就打野，一样的。"严准看着即将和林许焕碰面的其他队伍选手，道，"TZG 要拿头了。"

不过十秒，屏幕跳出了林许焕击杀对手的公告。

裴然说："你对他很有信心。"

"这个地形他练了几个晚上，就前几天的事。"严准道，"是猪也该变强了。"

裴然："……"

他甚至听见严准身边坐着的女生都笑了一下。

严准也听见了，声音压得更低。

这局 TZG 打得还行，右下方野区被他们拿下，可惜后期圈不友好，排名第三。

在严准的解说下，裴然神奇地全看懂了。他惋惜地皱了下眉，刚要开口。

"那个……"温柔的女声轻轻响起，"我听你解说好厉害呀，你是解说预备役吗？要不要加个微信，以后……可以一起玩游戏。"

是严准身边的女生在跟严准搭讪。

裴然默默闭嘴，往后靠在座位上。

严准说："加不了。"

女生："啊？为什么？"

"我喜欢的人在现场，被他看见不合适。"严准轻飘飘丢出一句。

裴然："……"

女生："……打扰了。"

第三局比赛，镜头给了一个其他战队选手主视角，解说们围着他整整说了一分钟，都是夸的，夸他是少见的全能选手，还说他马上要追赶上 TZG 的林许焕了。

对方也不负众望，在解说热切的注视下一打二，丝血获胜。

"反应很快，"严准淡淡地评价，"是不错，不过比林许焕还差点。"

裴然"嗯"一声："也没你厉害。"

严准难得一愣，几秒后，他问："我厉害还是林许焕厉害？"

裴然正在认真看比赛，想什么便说什么："你。"

"为什么？"

裴然顿了下："不知道，就觉得……是你。"

严准"嗯"一声，手肘撑在扶手上，挡着嘴，眼睛在昏暗环境里弯了一下。

比赛结束，TZG 总分暂时排第二。

裴然看得意犹未尽，跟着场内其他人一块起身，准备离开场地。

才走了几步，就听见身边传来一声惊呼，有个女生惊讶地喊出了一个名字。

裴然一怔，他听过这个名字，好像是一个男明星。

裴然不关注明星动态，能让他知道名字的都挺火的。

譬如这一位，刚被人发现，场内就掀起了一阵不小的轰动，后排的人全往这挤不说，就连已经出了场地的都原路折返，场面瞬间变得无法控制。

裴然被人挤着往前走，他身后的女生居然开启了直播，这会儿正在尖叫："啊啊啊！！！是他！是他！他来看比赛了啊啊！！"

裴然叫了两声"让一让"，被掩盖在尖叫声中，人们喊得他脑袋里都嗡嗡地响。

一只手在人群中稳稳地抓住他。

先是握住他的手腕，然后下移，牵住他的手，感觉到对方的力量，裴然下意识回握，抬头去找手的主人——

是严准。

严准头也没回地牵着他走，裴然只能看见他的后脑勺。

牵着的手忽然就开始发烫，裴然松了一点手，严准反而抓得更紧。

耳边的尖叫都快被心跳声淹没。

一路走到了偏门的检票台，被外面的冷风一吹，裴然连忙想收回手。

没成功。

但这一动，让他意识到了一件非常窘迫的事——他的手心在冒汗。

裴然长期拿画笔，从来没有出汗的情况，现在明明只被牵了几分钟就出了汗。

"严准。"裴然道，"……我们已经出来了。"

"嗯。"严准目光放在检票台上。

裴然还想再说什么，就见严准眉一挑，从桌上的纸盒里抽出一张纸。

然后低下头，捏着裴然的指尖，帮他擦手。

手指相触被摁压的地方仿佛着了火，一路烧到裴然的耳朵，烧得他好半天才想起把手抽回来。

电话铃声响起，是舍友打来的电话，裴然跟见到救兵似的，连忙接起。

"喂。"裴然捏着手机，目光瞥向别处，"……有东西落寝室了？急吗……现在就要？我知道了，你等一下，我回去二十分钟的车程。"

他刚挂电话，严准已经抬手拦下一辆的士。

"走吧。"

回到学校，严准低头回复林许焕的消息，推开了寝室门。

他的舍友坐在椅子上，两手抱臂，一动不动地盯着电脑，上面是微博界面，还有一个视频播放完毕的提示。听见开门声也没有反应。

严准摘了帽子放到桌上。

"严准。"罗青山划破安静，问，"你和裴然是什么关系？"

"我看见了，你们一起去看了 TZG 的比赛。"罗青山压抑着情绪，"有个主播拍明星，把你们拍进去了。"

严准打开游戏更新，没搭理他。

身后传来点火的声音，烟味缓缓弥漫整个寝室。罗青山问："你们是不是在一起了？……什么时候的事，最近……还是他跟我分手之前？"

"没在一起。"严准声音淡淡。

罗青山攥紧的拳头刚轻轻松了一点。

严准说："我单方面追他。"

罗青山舌头顶了顶腮，把抽了一半的烟按灭在纸上，烫出泛着黑边的洞。

"严准，兄弟他妈不是你这样当的。"罗青山咬牙切齿地说。

严准挑了下眉："我跟你，我们什么时候是兄弟了？"

罗青山骂了声"草"，回过头紧紧盯着严准的后脑勺："你以为你是谁？你觉得你能追到裴然？真以为带他打几局游戏他就会喜欢上你了啊？"

"我告诉你严准，我和裴然偶尔吵吵架那是我和他之间的情趣，我陪他闹一闹可以，别人想掺和进来，不可能。"

罗青山句句刺人，声音也大，只有他自己知道，他现在有多心慌。

他说的话半真半假，裴然确实有很多人追，男女都有，对此罗青山一直都很放心——裴然从来没给过谁希望，拒绝从来都直截了当，不留余地。

可是这一次不一样。

裴然对严准，跟对其他人都不一样。

这也是罗青山恼怒的原因。

严准道："说完了？能闭上嘴？"

罗青山现在在气头上，严准话里的冷淡和轻蔑让他理智全消。

似是想到什么，罗青山冷笑道："你真有意思，只是牵个手就好意思跟我叫板，他特么躺我床上的时候——"

椅脚划过地面，发出的刺耳摩擦声。

罗青山话还没说完，衣领就猛地被人拽了过去，力道大得他不受控制地倾去身子，差点就要往下摔。

严准居高临下地看着他，垂下的眸子一如既往地冷，透出一股狠戾。

换作平时罗青山是不怕他的，可这会儿不知怎么的，他身体仿佛不受自己控制，动弹不得。

"这话再让我听到一次，"严准近乎是咬牙切齿地警告他，声音好似夹着冰，"你这张嘴别要了。"

直到宿舍门被狠狠砸上，发出"咚"的闷响，罗青山才恍如灵魂归位，又惊又怒地喘气。

十一月，天已经冷下来。严准下楼后拐弯走进超市，买了包烟，坐到了空无一人的长椅上。

打火机的火光在黑夜中闪了一瞬，严准把打火机丢到一旁，手随意搭着，牙齿不轻不重地咬着嘴里的烟。

半晌，他找出手机打电话。

电话接通，裴然很轻地"喂"了一声。

严准把手机贴在耳朵上，听他细微的呼吸声，没说话。

良久，裴然放下笔："严准，怎么了？"

严准说："今天走得太急，忘了领比赛周边。"

他克制着声音，不让自己流露半点情绪。

裴然愣了一下，问："有周边吗？"

"嗯。"严准说，"键盘、模型、队标挂件之类的。想要吗？我找林许焕拿一套。"

裴然摇摇头："不用，我不缺键盘，挂件……我也有。"

严准轻吐一口气。

裴然顿了顿："你在抽烟？"

"偶尔一根。"严准顺口道，"以后不抽了。"

话刚说完，严准就闭了闭眼。

他们又不是什么关系，裴然并不想管他抽不抽烟。

果然，电话那头陷入沉默。

严准把嫉妒连同这根烟一起按灭。

"好。"

严准动作轻顿，垂着的眼睫颤了一下："什么？"

裴然打开身侧的窗，伸手去感受了下室外的温度："抽烟对身体不好，少抽点……你还在外面？"

严准"嗯"道："晚上舍管管得严，出来抽。"

"那……你早点回去？"

"好。"

挂了电话，裴然盯着屏幕看了半天，关了窗打算继续画稿。

他心不在焉地描了一会儿线稿，鼻子忽然有些发痒，忍不住偏过头连着打了两个喷嚏。

再回头，看清自己的画稿后，裴然笔尖一顿，眼睛微微睁大，看起来有些不知所措。

他只是画了一个粗略的草稿，想着如果甲方满意，再继续细化下去。

草稿里画的是电竞椅、电脑、TZG队服没错。

可是寥寥几笔画出来的五官和轮廓……是严准的。

戴着耳机，穿着 TZG 队服，坐在赛场上的严准。

翌日，裴然戴着口罩去上课。

一下课，老师就叫住他问："怎么了？感冒了？"

"有一点。"被口罩闷着，声音有点重。

老师一向喜欢他，盯着他眼底的乌青问："年轻人，熬夜了吧。"

裴然"嗯"一声："赶个稿子。"

大学生干点兼职太正常不过，老师没想到裴然这种家庭也会接商稿。

"没必要为了那点小钱损害身体，好好休息才是正事。"老师道。

裴然点头："好，谢谢老师。"

一天的课结束，裴然回到宿舍，给自己塞了两粒感冒药。

刚把药吞下，找他约稿的那个小姑娘发了消息来。

【TZG 赛高：大大！戳一下进度 QAQ（小心翼翼】

【非与衣：抱歉，还没开始画。】

【TZG 赛高：太好了！！大大我是想让您帮我把这个奖杯也画进去，可以吗？我可以加钱！！［图片］】

【非与衣：可以，不用加钱了。】

小姑娘激动得连发了无数可爱表情过来。

裴然看着这些表情，想起自己那幅画偏了的画，总觉得有点不好意思。

画了两个小时，裴然起身休息，刚泡好一杯咖啡，电脑就响起微信提示。

是林康，给他发了一段视频，预览画面有些模糊，看不清内容。

一点开视频，就是吵耳杂乱的音乐。场面昏暗暧昧，只能模模糊糊看清人影。

一阵骚乱后，裴然终于看清林康拍的人。

是罗青山，他拿着一个小酒杯，正闷头喝酒，一口喝光一杯，周围的人立刻发出惊呼和掌声，几秒后，视频结束。

【裴然：？】

【林康：喝的蒸馏酒，特么太恐怖了。】

罗青山高中就是喜欢玩儿的，几乎每晚去夜店，酒量还不错。

【裴然：哦，你们慢慢玩。】

林康看到这句，简直一个头两个大。

他看了眼桌上的酒，这哪是喝酒啊？这特么玩命呢。

罗青山已经喝红了脸，拿起骰子对身边的人道："喝了，敢继续？"

严准看都不看他："来。"

好友忍不住撞撞林康的肩："这两人……干吗呢啊？"

林康说："我也想知道。"

今晚是一个朋友生日，请大家伙来喝酒，喝着喝着，这两人就莫名其妙干上了。

等大家回过神来时，服务员已经把蒸馏酒端了上来。

林康纳闷地看着他俩。罗青山本来就喜欢玩，找人拼酒不奇怪，奇怪的是严准居然来凑这个热闹。

两人你来我往又喝了十分钟，罗青山已经醉得分不清东西南北，开始胡言乱语。

严准靠在沙发上，冷淡地看着他发疯。

"我头疼，他妈的……哟。"罗青山撞了撞林康的腿，"帮我……帮我打电话给裴然。"

林康："你们都分手了，还打给他干吗啊？"

"我让你打，就打。"罗青山说，"他会来的，他会来……他舍不得我。"

林康烦不胜烦，想着让他再喝下去也不是办法，只好拿起手机，直接给裴然打了个视频电话。

罗青山笑了一下，他偏过头，眼里带着嘲讽，讥笑着问："你猜他来不来？"

严准安静地坐着，没吭声。

"我，我喝醉了能给他打电话，因为……我们有情分，就算分手了，我们的感情也，也还在……"罗青山问，"你呢？你喝醉了，你敢找他吗？你有……屁资格让他来给你擦屁股？"

林康举起手机，把情景拍给裴然看："你看，他一直嚷着找你，我实在没办法……你能过来一趟吗？"

"全世界的人都知道我和他的关系。"罗青山定定地看着严准，"你算个屁。"

林康挂了视频，把他们的酒杯放远："裴然说现在过来，你别发疯了，罗青山。"

罗青山闭上眼，扬起胜利的笑容。

裴然很少来这种地方。

他穿过拥挤的卡座，朝包厢方向走去，中途拿出手机又看了一眼林康发来的包厢号。

肩膀被人狠狠撞了一下，服务员赶忙道歉："对不起对不起，撞疼您了吗？实在对不起。"

裴然道："没关系，请问一下103号包——"

见眼前的客人忽然没了声，服务员道："103号包厢吗？我带您去吧？"

裴然怔怔回神，收回视线道："不用了，我看到朋友了，谢谢。"

服务员走后，裴然重新抬眼看去。严准就站在服务员来的方向，他刚洗了脸，脸颊上都是水，眸底晦暗不明。

严准也在看他。

裴然穿着灰色毛衣，头发有些乱，还戴着口罩，能看出他来得匆忙。口罩给他添了几分病弱感，整个人看上去慵懒又温暖。

裴然刚走近严准，就闻到一阵烟酒味。

他皱了下眉，说："罗青山他——"

他话没说完，就被人抓住了手腕。严准的力道很大，他甚至觉得有些疼。

裴然猝不及防被抓进了旁边的空包厢，他没来得及反应，就被推到了沙发上。

包厢门自动关紧，房内灯光未开，只有走廊的灯光隐隐约约从门上的窗户打进来，他勉强能看清严准的脸。

喝了酒的缘故，严准眼底泛着光，他双手撑在沙发上，把裴然锁在自己圈出的位置里。

裴然觉得自己被严准的气息包围了，心脏再次不受控制地疯跳。

严准垂着眼看他，不知过了多久，他问："为什么要来？"

因为喝了酒，严准嗓子低哑得厉害，听得裴然耳廓都在发热。

裴然喉结滚动了一下，刚想应，严准忽然俯下身来——

咬了一下他的嘴唇。

是真的咬，没用力，还有一层口罩隔着，裴然没觉得多疼。他慢慢、慢慢地睁大眼，惊得话都不会说了。

门外响着震耳欲聋的音乐，夹杂着成年男女暧昧的私语声。

门内除了两人的心跳和呼吸，再无别的声响。

严准看着他惊慌失措的表情，更想欺负他了。

想回到高中，把人抓过来，管他们相不相爱，快不快乐。想把人关在他的房间，不让任何人碰他。想亲他。

严准抬手把他额前的头发全部撩起来，再次低头。

裴然用尽全身力气抬起手，摁在了他的下巴上。

裴然的掌心炽热灼人，手指上还泛着香味，应该是刚用过洗手液。

裴然声音很轻，还有点抖："口罩……很脏。"

严准"嗯"了声，低头含住他一根手指头。

然后扯下他的口罩，弯下腰，重新吻了上去。

严准喝了酒，嘴唇是凉的，舌尖有些涩，裴然根本没想别的，只觉得脖子、耳朵、脸颊太烫了，脑袋仿佛要爆炸。

他从来没有这样的感觉，连呼吸都憋着，半眯着眼，模模糊糊地盯着严准的眼睫，后背紧紧贴在沙发上，不敢乱动。

鼓膜都快被心跳震碎。

末了，严准垂眼，很有耐心地轻轻咬他嘴唇。

裴然开口时呼吸都是乱的："你到底……喝了多少？"

严准停下动作，抬眼看他，眼眶被酒精弄得泛红："没醉。"

裴然问："为什么跟他拼酒？"

蒸馏酒度数太高，严准一直头疼着。闻言，他扯了下嘴角。

他们哪是在拼酒？

在包厢看到罗青山的表情，他差点就把酒瓶砸他脑袋上。

手机铃声忽然响起，刚刚动作太大，手机已经从裴然的口袋掉了出来，此时正躺在沙发上。

林康发了两条消息来，问裴然到哪了，需不需要出去接他。

严准绷紧了背脊，脸上没什么表情。

把手机砸了，把人锁在这。严准想。

腹部传来的温热打断他的思绪，严准一怔，身子都僵了一下。

裴然手掌捂在他的胃部，垂着眼没看他："胃难不难受？"

严准这才仿佛有了知觉，疼痛一阵一阵翻涌上来。

严准长大后从来没在谁面前喊过苦，训练那段时间他连一句累都没抱怨过，当初要不是他忽然倒在电脑前，没人知道他的情况这么严重。

他喉结滚了一下，然后哑着声音说："……很疼。"

裴然皱着眉，他脸还是红，表情认真了许多："我叫车，先去医院。"

没得到回应，裴然疑惑地抬头，才发现严准一直在看他。

严准眸光很轻地动了一下，确认似的问："去医院？"

"嗯，"裴然问，"还是你带了药？"

严准问："……不接他了？"

"接谁……"裴然愣了一下，然后才反应过来，"罗青山吗？他很多朋友在，用不着我接。"

严准沉默片刻，低沉的嗓音有了一些变化："那你来接谁的？"

裴然："……"

"你来接谁的？"严准又问，"我？"

裴然把手从他腹部移开，抿了下唇，最终含糊地"嗯"一声："这还疼吗……"

裴然话还没说完，严准整个人忽然靠了过来。毛衣松垮，裴然肩和锁骨露出大片，严准把脸埋在裴然肩上，重重地闭上眼。

两人的姿势像是拥抱，又不是拥抱，裴然能感觉到他的温度和心跳，不比自己好多少。

裴然吓了一跳，以为他是晕了，拍了两下他的背："严准？很难受吗？你坚持一下，我叫救护车……"

"别叫。"

严准的吐息喷洒在裴然耳根上，裴然右耳蓦地一麻，坐稳不敢动了。

"让我吸一会儿。"严准浑身松懈下来，声音懒懒的。

裴然眨了两下眼，良久才说："我不是猫。"

裴然身上有一股清冷的香味，像是沐浴露。

严准心想，如果是猫，他就把裴然手腿都捏着，埋一晚上肚皮。

严准没吸多久，他头太沉，胃也是真疼，起身时还晃了一下。担心他摔，裴然下意识伸手抓住他的衣服。

严准抬起手把他口罩又重新戴回去，然后用手背在他口罩外层，自己咬过的地方擦了擦。

严准说："外面有药店，去买新的。"

"不用，我寝室有。"裴然说，"回学校吧。"

隔着一条走廊的103包厢仍旧热热闹闹。

罗青山瘫在沙发上很久了，他偏过头皱眉问："裴然怎么还不来？"

"不知道，我发消息没回。"林康嗑着瓜子说。

"你打个电话啊。"罗青山说，"快……给他打电话。"

拗不过他，林康放下零食："行行行，我打我打……哎你去哪？"

"放水。"罗青山说。

"能不能行啊，我陪你去吧。"

"不用，才喝了多少……我能走。"罗青山摆摆手，"你快给裴然打电话。"

罗青山跌跌撞撞地走出包厢，靠着墙一步步往厕所方向挪。听见手机铃声，他下意识偏头看了一眼。

他看见两个男生并肩走着，矮一些的男生扶着旁边的人，距离极近，手机铃声再响也无人理睬，几步后消失在拐角里。

罗青山上完厕所出来，洗了把脸，他双手撑在盥洗台上，沉默地低着头。

片刻，他拿出手机拨了个电话。

对面接得很快："青山哥，怎么了？"

罗青山喉中干涩："苏念，来接我，我醉了。"

回学校的车上，裴然低头回消息，跟林康说自己不去了。

【林康：那你刚刚问我包厢号……？】

【裴然：我接别人。】

【林康：？？？】

出租车内光线昏暗，只有路灯透进来。

严准原本靠在窗上休息，听见微信不断的提示音，他撑着坐起身，垂着头看向身边的人："我没带宿舍钥匙。"

裴然回着消息："嗯？"

严准跟他肩抵着肩："收留一下我。"

回到寝室，裴然把人放到椅子上就进了洗浴间。

严准忍着难受，抬眼——扫过裴然桌上的物件。

收拾得很干净，电脑待机灯亮着，旁边放着一个数位板，再旁边是一个灰色的保温杯。

严准盯着看了一会儿，忽然发现什么，抬手转了一下杯子。

保温瓶另一面，吊着一个挂件，白色的小球鞋在空中晃了晃。

洗浴间的水声消失，严准把杯子放回原位。

热毛巾覆在脸上，闷热又舒服。裴然的力道很轻，帮他擦完脸后，又牵起他的手。

严准任他摆布，毛巾从他指缝——拭过。

裴然把衣袖撩到了手肘，手臂内侧白得晃眼，一看就是从小到大好好养着的孩子。

"为什么来接我？"严准划破沉默。

裴然动作一顿，然后又继续，盯着他的手说："你胃不好。"

"担心我？"严准问。

裴然说："嗯。"

严准又问："喜欢我？"

"……"

严准感觉到他的力道重了点。

良久，裴然才道："我不知道。"

他不知道什么算是"喜欢"。

曾经他以为自己是喜欢罗青山的，他想对罗青山好，不讨厌跟罗青山待在一起，偶尔也会因为罗青山而感到开心。

但是知道罗青山出轨后，说实话，他并没有很难过。

手指忽然被人勾了一下，裴然下意识抬头，两人对上视线。

"别想了。"严准声音很低，眼皮半垂着，"喜欢我一下。"

裴然怔怔地看着他，被勾着的指头有些热。

严准等了一会儿，等到胃开始抽痛。

"……知道了。"裴然看他拧起眉，快速丢出一句。然后在严准还没反应过来之时松了手，转身打开衣柜。

"要不要换件衣服？我给你拿睡衣，没穿过的。"

严准眼皮沉得厉害，他脑袋一直是晕的。他愣了两秒，然后道："穿过的也行。"

为了舒服，裴然睡衣都买大两号，严准穿了正正好。

换了衣服出来，裴然不知从哪掏出一个小箱子，严准走近一看，里面都是药。

"你平时都吃什么胃药？"裴然专心地看着药盒上的说明。

严准问："你家开药店的？"

裴然笑了一下。他母亲很注重身体健康，他们每处宅子都放了一个药箱。

严准还真从里面找出了自己常吃的药，塞了两粒下去，热水入腹，酒精带来的困意终于漫了上来。

寝室里只有一张能睡的床，其余三张只有几块木板架着，睡不了。

床上都是裴然的味道，严准半张脸埋在枕头中片刻，然后探出脑袋问床下的人："什么时候睡觉？"

裴然心上一跳，镇定地应："我感冒了，怕传染。你睡吧，正好今晚通宵赶稿。"

他撒谎的，他目前在画的稿子正主就睡在头上，根本没法画。

"该传的早就传了。"严准声音微哑，"上来睡觉。"

"……"

宿舍的床铺不大，两个男生睡得有点挤。

裴然背着严准侧身睡，他在黑暗中听着自己的心跳，觉得自己可能生病了，有些心律不齐。

身后没了动静，严准应该已经睡熟了。

裴然原以为自己会失眠，但感冒药的功效太厉害，没多久他就合上了眼，呼吸绵长。

深夜，严准在黑暗中睁眼。

面前的人已经换了姿势，裴然翻了个身，手轻轻搭在他的身上，手背的温度隔着睡衣源源不断地传来。

裴然的手不老实，反反复复地动，像是想找一个舒服的地方。

严准把他的手按住，牵着，手指扣拢，确定他没再乱动之后，才闭眼沉沉睡去。

裴然一夜无梦，睡得很香，以至于他早上醒来对上严准的视线时，整个人都还有些蒙。

他们距离极近，只要一方往前凑一下就能碰上，裴然愣了几秒，瞬间清醒过来。

严准眼底惺忪，看上去有些疲惫，见他醒了，懒懒地开口，声音沙哑得厉害："早。"

听见自己的声音，严准挑了下眉，缓缓地说："好像，是传染了。"

裴然："……"

裴然率先移开眼，右手不自觉地并拢，不知是不是错觉，他总觉得手心有些烫。

严准放在桌上的手机连续响了好几声，催命似的。

"我下去看看。"严准说。

裴然点头，不明白严准为什么下床也要跟他报备。

很快他就知道了。

严准掀开被子，撑着身从他身上越了过去。

学校的小破床咯吱咯吱地响，严准的手臂撑在他脸侧，差一点就能碰上他，他甚至能感觉到严准手臂上散发的热度。

裴然放轻呼吸，彻底醒了。

裴然洗漱的时候，发现手机上有未读消息。

【林康：裴然，昨晚你到底找谁来了？】

【林康：……苏念把罗青山接走了。】

【裴然：那就好。】

【林康：？？？】

严准已经收拾好了，他坐在裴然椅子上单手玩手机，脸上还带着倦意。

一个电话打进来，看见来电人，严准忍不住抬眼看了看时间。

"哥！"林许焕声音特别精神。

严准懒声问："没睡？"

许多职业选手都昼夜颠倒，林许焕就是其中一个，平时下午两三点才起，天不亮不睡。

那头愣了一下，才慢吞吞道："连着打两天比赛太累，昨天睡早了，我都起床一个多小时了……哥，你声音怎么了啊？跟破锣似的。"

林许焕说得有些夸张，但严准声音是真哑了，一听就听得出来。

"感冒。"严准问，"有事？"

"有哇。"林许焕道，"基地就我一个人起床了，阿姨今天又请假，自己吃早餐怪无聊的，我去找你吧哥，一块吃早餐？"

前面传来脚步声，严准目光随着裴然移动，看着他重新打开昨晚的药箱，摸索半天找出一袋润喉糖来。

严准把手机拿远，接着动作很轻地牵了一下裴然衣角："早餐出去吃？"

裴然一顿："好。"

挂了电话，林许焕很快发了餐厅地址过来，是附近一家很出名的粤式早茶。

裴然撕开润喉糖的包装，挤出一颗给严准："难不难受？"

严准倾过身子咬住，含进嘴里，凉凉的。

"不难受。"他从裴然的椅子上起来，抬手压了压裴然翘起的头发，"我出去打个电话，你好了再出来。"

严准的手掌大而温热，裴然想起昨晚覆在他额头上的温度，怔怔了好久才回神，垂着眼慢吞吞把糖纸折好放进口袋。

严准没电话要打，他靠在宿舍走廊的围栏上，打开微信看昨晚收到的信息。

都是罗青山发来的，二十多条，有质问有辱骂，好几条语句都不通顺。

还有几条十多秒的语音，严准连翻成文本的兴趣都没有。

最后一条是半小时前发的。

【罗青山：你昨晚在哪里睡的】

严准动动手指，拉黑了。

两人一起出现在包厢里时，林许焕捏着筷子愣了一下。

"你俩昨晚睡一块啊？"

裴然差点被口水呛到。

林许焕刚刚就在电话里隐隐听见其他人的声音，他原先还以为是他哥的舍友。

林许焕凑到严准身上闻了闻："全是然宝贝的味道，你昨晚没回宿舍？"

裴然摘掉口罩，默默把自己的手背凑到鼻边闻了闻。

他有什么味道？他自己都不知道。

"狗鼻子？"严准言简意赅，"喝醉了，借宿。"

"喝醉？你喝酒了？我天……你还想医院半月游？还喝感冒了？"林许焕说完，瞥了眼同样戴着口罩的裴然，"感冒还去借住，然宝贝都被你传染了。"

"是我传给他的。"裴然诚实地说。

林许焕沉默了下后说："那我是不是该离你们远点？"

说完，他还装模作样地往后靠了靠。

严准给裴然倒茶，眼也不抬："隔这么远还传不上。"

裴然："……"

林·钢铁直男·许焕自动无视桌上的异样氛围，给自己夹了一块烧卖："这还远？都快凑你脸上了。"

吃完早餐，林许焕随意擦了擦嘴，抬头刚想说什么，就见裴然从口袋里拿出一盒药。

裴然挤出一粒，低声说："手。"

严准坐姿懒散，朝他摊开掌心，得到一粒感冒药。

裴然给自己也挤了一颗，两人一起就着温水吃了。

林许焕张开的嘴巴慢慢合拢。

生病吃药是没错，可他怎么觉得……

就，怪怪的。

"下一场比赛什么时候？"严准瞥他一眼，淡声问。

"得下周了。"林许焕回神，"本来后天就要打，忽然出了个事……有个战队质疑赛方造假，双方正在取证呢。"

严准挑了下眉："造假？"

"稀奇吧？"林许焕说，"因为有个队伍连续几场落地好枪和天命圈，就被人给举报了，哈哈哈。"

话题一下就远了，林许焕一说起赛场上的趣事就来劲儿。

听他吹了半会儿的牛，严准终于听不下去，抬抬手："麻烦，结账。"

离开餐厅前，严准和裴然一起戴了口罩，林许焕纳闷地皱眉，总莫名觉得自己特多余。

林许焕没打算这么早回基地，那群懒猪没到下午醒不来，一个人训练也怪无聊。路过一家电玩城，他忍不住停住脚步。

"哥，我们进去玩会儿呗？"

严准没理他，露出的一双眼睛垂着，征询地看向裴然。

裴然说："我去买币。"

裴然打小就没怎么进过这种地方，他父母热爱艺术，有空宁愿带他去看展。

他环视一圈，似乎只有投篮机和娃娃机在他的能力范围内。

林许焕就不一样了，从小野到大的孩子，一进来就拽着严准跟他跑赛车，打双人对抗游戏。

裴然站在严准身后默默地看。

他觉得严准游戏天赋太强了，林许焕跟他打对战一局都没赢过。

"哥，你他妈给我放放水！"林许焕嚷嚷。

严准说："你太菜，我把握不好放水量。"

林许焕说："草，我看你带然宝贝打吃鸡时挺熟练的啊？你就把给然宝贝的量给我就成！"

严准两手虚握着赛车游戏的方向盘，不咸不淡地说："那没有。"

裴然在口罩后抿了抿唇，眼神无波，心脏却在乱跳。

这局对局结束，林许焕看着显示屏上的失败战绩，道："不玩这个了哥，我们去跑摩托。"

"你自己玩。"严准站起身。

林许焕愣愣道："你去哪？"

"币都是老板买的，"严准握住裴然的手腕，拽着他走，"我陪老板玩一会儿。"

裴然被拽到了一个大型机子前，周围有黑布遮着，给他们围出一块小空间，屏幕上是咆哮狂奔的丧尸。

裴然从愣怔中回神："我不会玩。"

严准把枪放到他手上，握住他的手，托起指着屏幕，教他："看到东西就打，挨你近了就往我这跑。"

玩了两分钟，裴然感慨这年头连电玩都这么注重沉浸感，丧尸仿佛马上就要冲到他脸上。

被旁边蹿出的丧尸吓一跳，裴然下意识往旁边躲，直到撞到旁边的人他才反应过来。

严准岿然不动，解决完面前的丧尸，转身把裴然面前的路都清理干净。

游戏结束，裴然112分，严准1419分，破了机子的单人击杀纪录。

如果裴然分数能过800，他们还能破双人纪录。

裴然摘下耳机，手心都玩热了："我不太会，不然你去找林许焕吧。"

严准说："我想和你玩。"

裴然："……"

裴然忽然觉得他们这对话跟小学生似的。

他被带到摩托机上，坐上才发现，周围只剩这一辆游戏机空着。

裴然不想一个人玩，刚想起身，就听见身边的人说："趴好，我教你。"

这怎么教？

裴然刚想问，游戏就开始了。

他加速冲出起跑线，狼狈地跟NPC撞上，眼见就要冲出跑道，背上突然覆上一道温热。

是严准的掌心。

严准把手放在他的背上，推动他拐过一个又一个的跑道。

游戏结束时，裴然觉得自己背部快出汗了。

"你们怎么在玩这个？"林许焕拿着三杯冷饮过来，"很热吗？然宝贝脸都玩红了，来，喝杯西瓜汁休息休息。"

裴然接过道谢，猛吸了一口果汁。

"我刚破了个星球大战的纪录，还留了张自拍在机子里。"林许焕扬扬得意地说。

严准"嗯"一声："我一会儿拍给你教练。"

林许焕："？"

桌上的手机响了一声，三人手机型号一样，分不清谁的，一听到声儿全看了过去。

【妈妈：小罗刚刚给我发了个短信，你们分手了吗？】

是裴然的手机。

裴然顿了一下，拿起手机敲字回复。

看清了内容，林许焕有些尴尬，他看向严准，想跟他哥一起尴尬，却见严准垂着眼皮喝冷饮，一个眼神都没飘过来。

林许焕轻咳一声，故作轻松地说："然宝贝，你还带那男的见过爸妈了呀？"

裴然说："见过。"

小处男林许焕一脸历尽风浪的表情："你们小年轻就是容易冲动，见了家长，分手时还要跟爸妈解释，岂不是很麻烦。"

裴然顿了一下："不麻烦。"

严准一直拿着冷饮，杯身的水珠冻手。

回去路上，严准没再开口，裴然低头回复母亲的消息，只有林许焕在自言自语。

到了岔路，严准停下脚步："到寝室跟我说一声。"

裴然动动嘴唇，半晌才说："好。"

他能感觉到严准不太高兴，但他没想到什么解决办法。

把林许焕送上的士，严准扯了扯口罩转身想离开，手臂忽然被人轻轻拉住。

裴然走得很急，加上戴着口罩，说话时控制不住地有些喘。

平复好呼吸，他抬头跟严准对视。

"我爸妈身边很多同性恋朋友，对这方面比较敏感，罗青山住院的时候他们就看出来了。"裴然顿了一下，"……我没有把他带回家。"

严准怔了一瞬，良久才问："你在哄我？"

裴然哪里会哄人？

他就是想追上来，想解释，于是就这么做了。

他犹豫了会儿，拿出一颗奶糖放进严准的口袋，跟之前在咖啡厅外，严准拦住他时做的举动一样："谢谢你教我打游戏。"

严准心底发痒，有点后悔刚刚在那几块黑布里只顾着教人打游戏了。

片刻，他伸手去揉裴然的头发，眼底慢慢渗出一点儿笑，不明显。他说："裴然，你好像有点喜欢我了。"

罗青山收到裴然母亲的回复时，苏念正好拿着热毛巾从浴室出来。

苏念把毛巾摊开在手上，想帮罗青山擦脸，被罗青山一把拦下："我自己来。"

苏念动作一顿，乖乖把毛巾给他。

罗青山随手抹了两下脸，目光一直放在手机上。

【罗青山：阿姨，我之前去旅游给您带了几份特产，最近我和然然闹了些小矛盾，没法把礼物转交给您，您什么时候有空？】

【裴然妈妈：没事，礼物就不用了，阿姨不缺什么，而且近期我们不在国内，谢谢你。】

罗青山揉了揉发疼的太阳穴，撑着身子从床上起来。

苏念给他让出位置，抓住他的手肘："没事吧，能走吗？"

"能。"罗青山声音嘶哑，路过时拍拍他的肩，"昨天麻烦你了。"

苏念那点笑意僵在脸上，直到厕所门关上才回过神。

他对男生之间的接触很敏感，罗青山刚刚拍的那两下，真就是对兄弟的感激，没有别的任何意思。

苏念订了早餐，外卖员送来时罗青山正好出来。

"我买了豆浆油条，吃一点垫肚子，你昨天喝太多了，不吃会胃疼。"苏念把东西放在桌上，"你脸色很差，不舒服？"

罗青山面色很沉，没比昨晚回酒店的路上好多少。

"昨天裴然来过。"他咬了两口油条，终于还是忍不住开了口。

苏念问："然后呢？你们吵架了？"

罗青山喝了一大口豆浆："然后……他把严准接走了。"

苏念挑了下眉，脸色微妙。

罗青山实在憋不住，他太生气了，昨晚就一直克制着脾气，要不是朋友生日他都能把店砸了。

担心自己闹事，他只能叫人先把自己带走。

"严准……"苏念刻意停顿了一下，"怪不得。"

罗青山问："怪不得什么？"

"没事，我就是突然想起……我和他好像有点矛盾。"苏念笑了笑，"之前我在群里聊天，无缘无故挨了他几句骂，你忘了？"

罗青山当然记得。

苏念又道："不过我记得当时你和裴然分手还没几天吧？坐火箭都没这么快的……你之前没发现裴然有什么不对吗？"

罗青山吃不下早餐了，他把油条放下，转身拿外套。

苏念赶紧抓住他："你去哪？"

"回宿舍。"罗青山说，"谢谢你昨晚去接我。"

罗青山都走到门口了，又被苏念拽住。

苏念皱着眉，他很少有这样的表情，良久，他才挤出一句："青山哥，裴然都把你绿了，你还要去找他？"

罗青山说："是严准的错。"

苏念还有想问的，但罗青山的力气太大，他抓不住。

于是他只能问出最想问的那个问题："哥，在你眼里……我到底算什么人？"

"好朋友。"罗青山简洁地丢出三个字，然后伸手揉了揉苏念的脖颈，语气跟动作一样敷衍，"你继续休息吧，我下去的时候给你续一天房，我走了。"

深夜，裴然把画好的稿子发给甲方就打算关电脑睡觉，谁知消息刚发出去不到十秒，微博私信提示音就如同狂风暴雨袭来。

【TZG 赛高：啊】

【TZG 赛高：啊啊啊啊啊您到底是什么神仙】

【TZG 赛高：大大您太太太厉害了！您太强了！我何德何能能约到您的画啊！！！】

【非与衣：……是你给的资料和照片够详细。】

【TZG 赛高：太好看了，太好看了！！】

【TZG 赛高：我可以发微博吗太太？可以拿去现场做应援手幅吗？［祈祷］】

【非与衣：可以，不过这个价位的是私稿，商用需要跟我商量价钱。】

【TZG 赛高：明白！太太人美心善！】

【非与衣：……】

这种话裴然不是第一次见了，微博的粉丝们似乎一直认为他是个女生。

交完稿，裴然长舒一口气，把微博关了。

他的目光落到了电脑桌面最后一个图片文件，几秒后，他双击点开。

画里的男生眉眼有些冷，肩膀松垮披着 TZG 的队服，手指随意搭在键盘上，身后是略显杂乱的训练室，几张空的电竞椅，上边随便放着其他队友的衣服。

严准完美融进这个环境，仿佛他本身就是一个电竞选手。

裴然安静地看了一会儿，直到手机信息提示音响起。

【严准：后天林许焕过生日，一起去基地？】

【裴然：不了，他没跟我说，擅自去不太好。】

【严准：他原本要说，我把活接了。】

【裴然：……】

【严准：后天晚上见？】

【裴然：好。】

【严准：早点睡】

裴然回了句"你也是"，然后关掉对话框，把画中 TZG 的队标糊掉后将画转存到手机，发到了微博上。

洗漱完回来，微博下面多了好几百条评论。

裴然很少回评论，但他今晚似乎格外有兴致，侧躺在床上拿着手机一条条地滑。

【啊啊啊是电竞帅哥！好看！感觉跟之前的画风格差好多，是商稿吗？】

【我觉得像同人？】

【非与衣：不是商稿，也不是同人。】

【是虚拟人物？有后续吗？想嗑！】

【非与衣：是身边的人。】

【太太身边有这么帅的人？！我不信！肯定是美化过的！】

【非与衣：有。】

【等等，这背景，本电竞粉莫名觉得有、眼熟？】

【原来不是我一个人觉得！是哪个电竞选手吗？没道理啊，这么帅我应该有印象才对。】

【非与衣：不是选手。】

回复发出去后，裴然想了一下，又在这一层楼认真地多回复一句——

【非与衣：但他打游戏也很厉害。】

裴然后面断断续续又回复了几句，直到困意袭来才关微博睡去，醒来后也没再想起，把画稿发微博本身就是他一个存图或纪念的方式，并不是为了那些转赞评。

林许焕生日当天裴然没课，他下午早早出门去买礼物，回来时看到严准站在他们学院门外，黑色棒球帽，白色卫衣，戴着口罩，手里拿着两杯常温奶茶。

他身形出挑，路过的男男女女，有意无意都会看他一眼。

严准转过头来，两人对上视线。

严准两三步走到他面前，把奶茶递给他，垂眼问："买了什么？"

裴然说："一个很小的肩颈按摩仪。"

很小？

严准看了眼鼓囊囊的袋子，不置可否地挑了下眉。

因为还在比赛期，林许焕的生日就在基地过，两人到基地时，一桌饭菜正好上齐，酒也都备上了。

饭间正热闹，林许焕拆了裴然的礼物，抓在手里嚷嚷："看看，看看！这才叫礼物！你看看你们都送的什么几把玩意儿……"

教练问："他们送了什么？"

"买鞋送的袜子，银行办活动送的伞，上面还他妈写着银行的logo……老子是垃圾桶吗？"林许焕气死了，指着自家突击手说，"这傻逼还送了我5个 G 的片子！"

突击手理直气壮："你以为我想吗？还不是手头紧。这个月份是什么灾难月？我怎么觉得身边所有人都在这个月过生日？"

林许焕"嗯"一声："要不是我昨晚看到你小号给女主播刷了两万块的礼物，我都要信了。"

裴然："……"

林许焕闹够了，用手机拍了张食物的照片，准备发微博跟自家粉丝分享。

林许焕平时总喜欢把粉丝挂在嘴边，他也确实有许多粉丝，微博粉丝数量在电竞圈里能排上前三，实至名归的广告商宠儿。

所以他一打开微博，就被粉丝们的热情淹没了。

大多是祝他生日快乐的，有一些直接发了微博红包，还有那么一小部分发了特制的生贺礼物。

林许焕越看笑容越大，直到他看到一张粉丝发的私稿，忍不住"卧槽"了一声。

是个名为"TZG 赛高"的粉丝发的，画里的他又屌又帅，手里还捧着奖杯。

他反复看了几次，忍不住回复：【你画得真好。】

没几秒，那头的人就疯了，"啊啊啊"连续发了好几条才镇定下来。

【TZG赛高：不不不等等！画不是我画的，是@非与衣 太太画的！】

林许焕好奇地点进了对方@的微博。

裴然吃饭很安静，就算处在这么闹腾的环境里，他也很少开口，只是偶尔听到两句好玩儿的话会笑一下。

待一起玩的时间多了，大家也都放开了一些，突击手给自己倒酒时，盯上了裴然面前的空杯子。

突击手顺手想给他也倒一杯："裴然，你也来点……"

严准抬起手把裴然的杯口给挡住了："他不喝。"

突击手一愣，随即笑道："你怎么跟他家长似的，就一点点，没事的。"

最近他们有比赛，千求万求教练才允许他们每人两小杯低度数的冰啤。

严准看向裴然，意识到对方是在征求自己的意见，裴然说："没关系，我能喝。"

突击手一笑："看吧……"

"我草！"林许焕大声道，"我草！哥！"

他音量太大，严准听得皱眉："干什么？"

林许焕把手机举起来翻了个面："你快看这画里的人！像不像你！"

严准抬眼一扫，还没看仔细，身边的人就猛地咳起嗽来。

裴然表情难得地慌乱，微微睁大眼，有些不知所措——

林许焕举着的，是他的画。

准确来说……是他画的严准。

可是……怎么会？他微博粉丝只有几万，这也不是商稿，没有任何宣传，为什么会被林许焕发现？！

严准的声音从身侧飘来："拿过来我看。"

看到画里的自己，严准先是怔了一下，点开大图又看了两眼。

良久，他才去看博主的 ID。

非与衣。

"我去，是真像。"他身侧的教练凑过来看了眼，惊讶道，"这画的真不是你？"

严准瞥了眼身边的人，裴然低着头，捏着筷子在一根一根地夹粉丝。

他看着好笑，淡淡道："谁知道呢。"

"而且我看这博主的回复，她说自己画的是真人，还很会打游戏……"林许焕道，"这么邪门的吗？"

教练又多看了两眼："你们不觉得，就连这背景，都跟我们训练室有点像吗？"

裴然食不知味地想，自己不应该偷懒去参考 TZG 的训练室的。

"等会儿，哥，有没有可能是这样。"林许焕摸了摸自己虚无的胡子，"这人会不会是你以前打青训时的粉丝，你虽离开多年，她却一直把你放在心里……"

"不会。"严准说，"我以前头发没这么长。"

林许焕又看了看："……也是。"

突击手道："啧，越看越像，这肯定是你……最近是不是有学画画的小姑娘在追你啊？"

裴然动作一顿，犹如课上被点名，心跳响如擂鼓。

"没。"严准说，"学画画的，我认识得不多。"

桌上的人围绕着这幅画讨论了许久，严准静静听着，直到身边的人脸都快埋进碗里，他才道："行了，凑巧而已。吃饱了，打不打训练赛？"

今天虽然是林许焕的生日，但后天有比赛，大家还是得训练。

因为去年生日一口蛋糕没吃到，全往脸上招呼了，今年林许焕干脆就没订蛋糕，酒足饭饱，几人伸着懒腰往比赛房移动。

教练一如既往地给裴然安排好了观众席，他跟严准比肩走在末尾，走到训练室和休息室的分岔口时，严准拽了一下他的手指，裴然下意识停下脚步。

严准并没停留，他擦着裴然的肩走过，刻意压低了声音。

"画很好看。"他说，"谢谢裴老师。"

裴然被叫过很多声"老师"，网上有一部分喜欢他画的人会叫他"非老师"，之前参加某个画展时，工作人员也会叫他"裴老师"。

起初还有些不好意思，听着听着也习惯了。

裴然沉默地走进休息室，教练把视角调好后，起身道："你按这个键可以切换视角，我得去那边盯着，你……你脸怎么红了？"

裴然皮肤白，脸一热就特别明显。

"老师"是听惯了，但是严准叫这一声，好像跟其他人的有点不一样。

裴然垂着眼，手指在掌心刚刚被蹭过的地方摸了摸，说："我没事，喝了点酒。"

教练思来想去，裴然在桌上似乎……就喝了那么一两口？后来酒杯就被严准捂住了，谁都没法往里倒东西。

教练道："那我开窗给你通风醒醒酒，要不让阿姨给你热杯牛奶？"

"不麻烦了，一会儿就好。"裴然说，"谢谢。"

教练离开休息室后，裴然按着他教的方式，把视角固定在严准用的角色上。

严准训练赛的打法和平时陪他打游戏时完全不同，因为队友都很强，没了后顾之忧，严准每个操作都能做到最极限，是隔着屏幕都能感受到的干脆漂亮。

严准今天打的是主队的突击手二号位，他们虽然平时不在一起训练，但认识的时间够长，默契很足，很快就灭了两个队，到某个野区的小房子休整。

严准喝着止痛药，打开地图正在考虑一会儿往哪走，就听见耳机里传来"噔"的一声。

关上地图，林许焕就蹲在他旁边，地上还有一把刚丢下来的

SCAR L。

"哥~人家也想给你加个 buff 啦~~"林许焕捏着嗓子说。

这是想换严准手上的满配 M4。

严准懒声道:"带着你的小破枪走远点,卡这儿窗户外面看得见。"

林许焕"靠"一声:"你就把我当成然宝贝,让我享受一下他的待遇不行?!大不了结束我给你陪玩费!我包你五百个小时!"

严准说:"当不了。"

林许焕不服:"为什么?"

严准说:"你没他可爱。"

这话一出,耳麦里都安静了。

不止林许焕,其他两人也都忍不住疑惑又诧异地转过头看他一眼。

要说长相或是才华,那裴然确实高出普通人一大截,平时话不多但是性格好,这些大家都认。

但是,可爱???

"哥,真不是我说,然宝贝那性格如果叫可爱,那我林某就是世界第一大甜心。"林某说话一点儿都不脸红,"掐我脸蛋能挤出蜜来的那种。"

其他两人"扑哧"一声笑出来,严准也笑,笑容淡淡的,嘲讽道:"那你让旁边那位别打赏女主播,打赏你得了。"

身边的人嗤笑道:"那我不如把钱丢水里,还能听个响。"

林许焕伸手掐他脖子:"你妈的,给老子道歉。"

教练在后面边记笔记边笑,有点回到几年前的感觉了。那会儿大家都是青训生,他也是个新教练,几人挤在狭小的练习室里拌嘴,当时严准没现在这么沉默,偶尔也会蹦一两句脏,头发剪得很短,浑身洋溢着少年气。

严准平时其实不在一队打训练赛,今天是另一位突击手手腕出了问题,队内管理带去做针灸了,说是要一两小时才能回来。

两小时后,严准的心思明显有些散,又一局训练赛结束,他看了眼时间："人还没回来？"

"还在扎针，快结束了。"教练看了眼日期，"你今天不是没课吗？急什么，干脆把今天的训练赛打完再走吧，医生跟我说了，他就算回来了手也暂时动不了，得休息一天。"

"不行。"严准说，"有人在等。"

教练这才想起来外面还坐着一位客人，他想了想："那要不我让人先送他回去？"

严准按下准备："最后一局。"

话里是拒绝的意思了。教练寻思了下，让客人单独坐在外面两小时是挺不好的，妥协："行吧，那我去让二队的突击手补位。你什么时候收拾行李住过来？"

严准不打算住学校了，一是宿舍环境差，二是舍友太碍眼。

他原想租个房，教练知道后一阵软磨硬泡，终于把人骗来了基地宿舍。

严准说："明天。"

打完训练赛，严准活动着筋骨朝休息室走去，听见门响声，裴然下意识看了过来。

"不打了？"裴然有些意外。

严准"嗯"一声："等得烦不烦？"

"不烦。"裴然说，"很好看。"

严准走近扫了眼屏幕，看到自己的数据结算，挑眉："一直在看我视角？"

裴然诚实地点头。

教练助理拿着手机进来："他们嚷着要点夜宵，路边那家海鲜烧烤，你俩要吃什么？"

"不吃了。"严准说，"他回去就得睡，撑了睡不着。"

两人肩抵着肩离开基地，小助理送了客，仍旧两手捧着手机站在玄关。

林许焕上了个厕所出来，一脸纳闷地看她："你干吗呢？外卖点了没，我饿死了。"

"点了。"小助理回神，跟着林许焕往训练室走，走着走着忽然问，"小焕神，你觉不觉得准哥和然宝贝有点儿奇怪啊？"

"哪里奇怪？"

"我也说不上来，就总觉得，准哥有点疼人。"

林许焕一言难尽地看着她。

半晌，他拍拍小助理的肩："你想多了，我认识我哥这么多年，他唯一疼过的，就是他的宝贝键盘。"

不会疼人的严准把人送到学院门口："回去吧，裴老师。"

裴然在车上颠出的睡意一瞬间就跑光了，他"嗯"一声，把手中的包装袋递给严准。

是按摩仪，跟今天送给林许焕的一模一样。

怪不得包装袋这么鼓，原来装了两个。

严准问："顺便捎了一个？"

"不是。"裴然垂着眼说，"之前就看好了。"

意思是林许焕那个才是顺便。

夜风拂过，吹得人心头发痒。严准眼底漫着笑，"嗯"了声："裴老师真好。"

这一声声"裴老师"叫的，裴然当晚就梦见自己成了美术老师。

好在他还没为学生头疼多久，就被电话铃声吵醒了。

来电显示是林康，裴然眯着眼睛看向时间，凌晨两点，他才刚睡不到半小时。

裴然清了下嗓子才接起电话："喂？"

林康焦急地问了一句废话："裴然，你睡了？"

裴然揉揉眼睛："没，有什么事吗？"

"有有有！"林康说，"车子刚走，你赶紧收拾收拾去医院看看吧！就在市医院！"

裴然云里雾里地问："去医院做什么？"

"你还不知道？"林康说，"严准和罗青山打起来了！！"

林许焕大半夜正开着直播呢，严准一个电话过来，他连道别都顾不上，直接点了下播。

教练也急得司机都来不及喊，自己坐上了驾驶座。

"哪个医院？"教练问。

"就市医院，衔三街那家。"林许焕说，"哥，路上连只苍蝇都没有，你开快一点啊。"

"我都快超速了！"教练说着，余光扫了一眼街边，脚上忽然一个刹车。

裴然站在公交站等车，这个时间段，出租车都在娱乐场所门口蹲着，很难拦，叫车软件又暂时维护了，他等了好久都等不来一辆车。

教练想着他估计也是要去找严准的，干脆靠边停下，拉下车窗道："然宝贝，你——"

"能送我去一趟市医院吗？"裴然打断他，"麻烦了。"

教练一愣："我们本来也是要去的，不过你明天不是要上课吗，干脆回去休息——"

他话还没说完，裴然就拉开车门上了车。

教练："……"

路上，裴然一直沉默地看着窗外。

林许焕看了他好几眼，忍不住道："然宝贝，你别担心，我哥打架就没输过。"

裴然问："他以前打过架？"

"当然！"林许焕一想起当年的事就亢奋，"当年有个青训生偷我哥东西，被我哥逮到后不甘心又偷偷弄坏我哥的键盘，为了替补位置还给我们的水下泻药，被我哥撞见，当场就把人打趴下了！"

教练从后视镜看了他们一眼："行了，陈年旧事还提什么。"

林许焕耸耸肩，转头问："对了然宝贝，你怎么知道我哥进医院了？他给你打的电话？"

"朋友告诉我的。"

林许焕点点头，摩拳擦掌道："我哥这次也不知道跟谁干起来的，他都看破红尘这么久了，哪个傻逼这么有本事，能劳烦他老人家动手。"

裴然默然良久，才道："他舍友。"

"他舍友？那个姓罗的？"林许焕说完想到什么，忽然一顿，愣愣地看向身边的人，"那人不是……"

裴然接着他的话，很自然地往下说："嗯，是我前男友。"

医院走廊充斥着消毒水的味道。

林许焕边找急诊边担心地偷看裴然，心想完了，然宝贝可能不是来看他哥的，是来看他那前男友的。

裴然穿得很单薄，一件简单的薄长袖和牛仔裤，头发有些乱，眼睛边缘微微发红，看起来像是刚被吵醒。

林许焕咽咽口水，他们一会儿不会吵起来吧？那也太难看了。

他擅长跟人吵架，可不擅长劝架。

林许焕怀揣着满腹心思找到了急诊室。

半夜没什么人，他哥一人孤零零地坐在急诊室外的长椅上，坐姿懒散松垮，手臂和脸上都贴着纱布，低头在盯着地板发呆。

听见脚步声，严准稍稍侧头，跟来人对上视线。

林许焕一个箭步冲了上去，挡在了两人面前。

"哥，卧槽你怎么伤成这样？！疼不疼啊，那孙子……那人在哪？难不成你打输了？你要揍人怎么也不提前跟我说一声……"

絮絮叨叨的，听得严准心烦头疼。

他抬起手对着林许焕挥了挥。

林许焕倒吸一口气："什么意思？你手疼吗？我去叫医生！"

严准哑声说："让开一点，挡着我了。"

林许焕："……"

林许焕终于让开，视线警惕地在两人之间来回打转，已经做好了打圆场的准备。

裴然一直皱着眉，低着脑袋看严准手腕附近的纱布。

严准任他看，片刻后才有了动作。

他伸腿，在林许焕紧张十足的目光中，轻轻地碰了碰裴然的球鞋。

"我先动的手。"严准坦承罪行，低着声说，"别生气……裴老师。"

林许焕挤了半天才想出来的劝和话又全部都憋了回去。

他哥上一回揍人的时候脸色特别吓人，戾气重，他还担心会吓着裴然。现在再看看……

他从来没见过严准这副表情，垂着眉眼，散发着与本人不符的委屈。

等会儿，委屈？？

"我草，哥，"林许焕深吸一口气，确认道，"你打架赢没赢啊？该不会输了吧？对面几个人？你好好的为什么要打人啊，一点都不和谐！"

严准强装出的表情露出一丝缝隙。

这要是在游戏里，他就掏枪杀队友了。

裴然嘴唇有些干，他出门前连口水都没来得及喝："手疼吗？医生怎么说？"

"没事，皮外伤，"严准顿了一下，"疼。"

林许焕焦急道："还疼？那我赶紧再带你去给医生看看，手上的伤可不是开玩笑的！"

严准："……"

裴然紧绷的肩膀微微放松，他看了眼不远处的自动贩卖机，往后退了一步："我去买水，你们要喝什么？"

裴然走开后，林许焕仍在说："快，趁急诊室没人，我们再去问问医生。"

严准往后一靠，淡淡道："不疼了。"

林许焕："？？"

严准瞥了眼自动贩卖机前的人，回头皱眉问："你怎么把他带来了？"

林许焕冤得很："不是我叫来的，我们是路上遇见的。"

严准："路上？"

"是啊，老大开车送我来的，然宝贝就在学校门口站着。"林许焕语气随意，"我都没说你受伤的事儿，人家是来看前男友的。"

严准揉手腕的动作一顿。

林许焕继续道："不过你到底为什么跟人打架啊？虽然你那室友看起来确实有点儿……但那毕竟是然宝贝的前男友，你好歹忍着点儿，你不知道我刚刚在车上有多尴尬……"

林许焕絮絮叨叨说了半天，他一直是个小话痨，粉丝天天都在直播间里说快被他烦死了，边骂边给他刷礼物。

直到裴然抱着几瓶水从远处回来，脚步声响在长廊里，严准才搭理他一句："闭嘴。"

裴然买了五瓶水，递给林许焕三瓶，说："还有一瓶是教练的。"

然后他垂着眼问："罗青山在哪里？"

严准抬头看他，眼底黑漆漆的，映出裴然的身影。

良久，他才哑声说："七楼。"

隔壁的电梯正好打开，两位民警走了出来，径直来到严准面前。

"我们和另个人谈过了，他态度很坚决，"其中一位道，"不过我们这边还是建议你们和解，毕竟不是什么大事，你也还年轻，男子汉能屈能伸，是你先动的手，就低头认个错吧。"

教练停好车过来，正好听到这一段。他连忙上前，抢在严准之前开了口："对对对，都是小事，两位大晚上的辛苦了，这是我们家的小孩，年轻气盛的……不过到底是发生了什么事啊？"

民警纳闷地看着他。

教练压低声音："唉，他都不跟我们大人说实话。"

民警了然，道："也不是什么大事，就是一些小口角，后来另外那位把他的东西弄坏了，也不是什么贵重物品，好像是按摩仪吧……"

林许焕也上去凑热闹，只剩下裴然和严准还落在后面，一站一坐。

裴然沉默地听了一会儿，直到手指被人抓住："裴然。"

裴然"嗯"一声，然后说："我上去一趟。"

严准依然抓着他。

他们握了一会儿，裴然把手抽出来，拿起他腿上的矿泉水拧开。

"喝点水，"裴然说，"我很快回来。"

电梯门关上，林许焕听得无聊，又坐了回来："然宝贝找他前男友去了？"

严准喝了口水，转头淡声问："你知道前男友是什么意思吗？"

林许焕愣了一下："知道啊……"

"知道，以后就别再提了，没这人，"严准道，"明白？"

深夜的医院没什么人，裴然一眼就看到了坐在长椅上打电话的罗青山。

"没事，你别来，没伤到哪……我当然要收拾他……"听见细微声响，罗青山抬头一看，整个人怔了怔，然后道，"我这有事先不说了，挂了。"

罗青山伤得明显比严准重得多，脸上挂了彩，贴了两个大纱布，嘴角还青了一大块，身上的伤就更不用说。

他眼神里带着欣喜，不自觉挺直背脊，叫了一声："宝贝儿……"

"别叫这个了。"裴然走到他身边，把矿泉水递给他。

罗青山一滞，接过来猛灌一口，抿了抿嘴唇："你怎么过来了？"

“林康给我打电话。”

“他是不是有病，这么晚了还给你打电话，”罗青山骂了一句，然后偷偷看了裴然一眼，裴然坐到他身边，他们中间隔了一个位置，他能闻到裴然身上的淡香，“吵着你睡觉了吧。”

裴然说“没有”，等罗青山拧紧盖子后，才开口问：“要怎么样才答应和解？”

罗青山僵住了，原本温柔的表情逐渐散去。

他直直地看着裴然，眼底漫上哀伤和无力，许久才艰难地开口：“裴然，你为什么会变成这样？”

他忍不住抱怨：“严准哪里比我强，值得你为了他跟我分手？我以前对你的好，我们在一起的这几年，对你来说什么都不是，对吗？”罗青山道，“你不用否认，那按摩仪是你买给他的，我一眼就猜得出来，那牌子小众，找都难找，除了你根本没人会用。”

“是我买的。”裴然平静地说，“但他不是苏念，我也不是你。”

罗青山喉间像是被什么堵住，说不出话了。

裴然这副模样他太熟悉了。

在他对裴然死缠滥打时，裴然就一直是这样，不冷不热，自己不论再怎么努力都得不到回应。

罗青山当然内疚，也心虚，所以才要强装着把错塞给别人，仿佛这样他身上的责任就会变少。

“裴然，”罗青山又一次忍不住问，“你喜欢过我吗？”

医院恢复静谧，只听得见头顶的钟嘀嘀嗒嗒地响。

罗青山低头自嘲地笑，刚想说“算了”。

“喜欢过。”裴然说。

前段时间，裴然曾经在一个深夜思考过这个问题。直到快睡着，他才想起自己是从什么时候萌发出类似心动的情绪的。

高中时，裴然因为一个电脑机房的搜索记录被同学发现了性向，班里有几个男学生无法接受，以至于他经历过一段时间的校园暴力。

课本被撕，课间小憩时校服被剪破，文具被丢，甚至被在后背写坏话。

然后罗青山跟他告白，紧跟着，他的课桌里会出现新课本、新校服、新文具。

他就是从那时候才开始注意罗青山的。

医生办公室的门忽然打开，打断了两人间的沉默。医生拿着水杯经过，疑惑地看了他们一眼，不太明白患者为什么大半夜处理完伤口还在医院里逗留。

攥着的手机响了一声，裴然低头去看。

【严准：裴老师】

上面正在输入半天，然后跳出一句无关痛痒的话。

【严准：林许焕好吵】

裴然关上手机，回归正题："你知道的，这件事闹不大。如果可以，我们还是希望和解，条件你提，我会把你从黑名单拖出来，有什么要求直接发给我就好。"

裴然起身，犹豫了一下，还是说："早点回去休息。"

罗青山默不作声地咬着牙。

见面到现在，裴然没问过他一句疼不疼，难不难受。

裴然走了两步，听见身后的人问："裴然，我们真的一点可能都没了？"

裴然停住脚步，回过头，很认真地回答："是的。再见。"

回到一楼，裴然走出电梯，严准身边正站着一对中年男女。

他还没来得及看清，就被一旁的林许焕拉了过去。

"然宝贝，你怎么这么快就下来了？先别过去，那边僵着呢。"林许焕凑近他，小声道，"他爸妈。"

男人一脸严峻地在跟医生说话，女人则担忧地看着自己的儿子，严准坐在他们面前，散漫地玩手机。

消息刚发出去，不远处就传来一声响。严准一抬头，跟裴然对上了视线。

严父正好跟医生谈完，道了别，严母忙去扶自己儿子，严准躲过她的手：“妈，我自己能走。”

严母一顿，点头：“好，好，那你小心一点。”

一家三人走过来时，林许焕下意识往后退了一步。

或许是几年前严父说的话太霸气，又或许严父本身的形象就比较严肃正直，导致他对这位一直有种莫名的敬畏感。

严父在他们面前停下，场面陷入一瞬的沉默。

半晌，严父道：“辛苦你们大半夜跑这一趟。”

短短一句话，活像干部下基层。

“不辛苦，都是朋友，应该的。”教练说。

严父颔首，转身离去。

严准走到裴然面前，停下了脚步。

他们距离很近，严准说：“我跟他们打招呼了，你一会儿坐他们的车回去。”

裴然应好。

严准仍旧站着，他压低声音，叫了一声“裴老师”。

裴然说：“嗯？”

严准垂着眼：“你送我的按摩仪，我不小心弄坏了。”

“我知道。”

“我很喜欢。”严准说，“本来想藏着。”

“你还会有的，明天就会有。”裴然抬手，屈起食指，很轻地碰了一下他手腕上的纱布，“今晚好好睡觉，别压着手。”

回去的车上一路沉默。

严母坐在副驾驶上，先是看了眼绷着脸的丈夫，再回头去看自己儿子。

严准神情放松，懒懒地靠在车上，垂眸看着手机。

"小准，车上少玩手机，容易晕。"严母温柔地提醒。

严父冷哼一声："他要听你的话，也不会让你大半夜跑来医院跟民警要人了。"

声音是真冷，脸色也是真臭。

他从后视镜扫了严准一眼："也就你妈肯管你。"

严准道："你不也来了吗？"

严父哽了一下，半晌才道："我是送她过来，不是来看你。"

习惯了对方的嘴硬心软，严准点头说是，不跟他辩。

严母捏着手中的包包，问："小准，刚刚那几个男生，是你打游戏时的朋友吧？"

严准淡淡地"嗯"了一声。

严母道："刚才跟你说话的那位呢，是新队员吗？"

"他不是。"严准说。

严母点点头，又说："别人大晚上的为了你跑这一趟，下次要记得感谢人家。"

严准应好。

"所以，今晚为什么跟别人打架？"严父沉默良久，才问，"被欺负了？"

"没。"严准说，"我欺负别人。"

严父皱着眉从后视镜里瞪了他一眼，不再跟他绕圈圈，直接问："那人弄坏你什么东西了？至于要闹到动手？"

严准看向窗外，说："至于。"

"行了，事情都结束了，你别再对儿子板着脸了。"严母回头说，"小准，是很贵重的东西吗？妈让人再给你买一份回来。"

攥着的手机轻轻振了一下，严准垂下眼去。

【裴然：我到寝室了，你到家了吗？注意伤口，别碰到水。】

严准敲着手机："不用。"

回了家，严准径直回了房间。

严父不是啰唆的人，车上说几句这事也就过了，他洗完澡回到房间，见自己妻子坐在床头，满腹心事地盯着某处。

"怎么了？"他坐到妻子旁边。

"没事。"严母默了默，忽然道，"我好久没见小准跟朋友们玩在一起了。"

她高三时去给严准开过家长会，从校门一路到教室，开了近两小时的会，严准就倚在走廊的栏杆上等着，没跟任何人说过话。

大一期末，她心血来潮去接儿子回家，其他学生都是成群结队，互相调侃。他一个人坐在学校花园的长椅上，见到她只有淡淡一句"走吧"。

严父拧紧眉心："他性子不一直是这样？"

严母说："但他以前，至少愿意和朋友交流。"

其实夫妇俩以前并不反对严准打游戏，直到严准胃病发作，差点就要切胃，严母哭晕在床前，母子俩双双进了病房，严父才严令禁止严准继续打电竞。

严准一开始还犟着，直到他看到母亲躺在病床上，一夜多了许多白头发。

他一声不吭，面无表情地抱着行李离开了俱乐部。

在那之后，严准的性格就更冷淡了。

严父沉默良久，才说："你别多想，睡吧。"

翌日，裴然上完课就去买了按摩仪，回学校的路上收到了林许焕的微信。

【林许焕：然宝贝，我们在你学校附近吃饭呢，要不要一块来？】

【裴然：严准也在吗？】

【林许焕：没，他又不在学校。他不是后天才回来？】

【林许焕：我们在这，你看着地图过来吧。[分享地址]】

裴然怔了怔，犹豫了一会儿。

【裴然：我还有画稿要画，就不去了，你们慢慢吃。】

【林许焕：？ 我哥不在你就不来啦？ 】

裴然眼皮跳了下，刚想解释。

【林许焕：等等你是不是要画我粉丝的单子？那行那你赶紧回去，好好画，把我画屌一点，必须画得比微博上那幅帅！ 】

【裴然：……好。】

裴然下车后直接去了画室。

他没骗林许焕，他是真的有作业要做，不过导师给的时间比较宽裕。

画室空无一人，关上门，整个世界都静谧下来。

不知过去多久，裴然握着画笔，抿唇看着眼前的画。

心不静，就画不好。

他刚扯下画纸揉成球状，被他搁在桌上的手机响了起来。

裴然起身洗了手，在挂断前的最后几秒才接起电话。

裴然"喂"了一声，没得到回应，又叫："严准？ "

严准低低地"嗯"了声。

裴然问："怎么了？ "

严准安静了几秒，忽然问："怎么说话不算话？ "

裴然手上一顿："什么？ "

几秒后，裴然看见手边的包装盒，反应过来："我买了，但是你不在学校。"

严准又"嗯"了声，情绪不高。

裴然握着手机，好半天才问："伤好点了吗？ "

演了第一次，再演第二次就不觉得害臊了。严准说："疼，没睡好。"

裴然皱眉，刚想说什么，画室的门就被人拉开了。

见到他，老师并不惊讶，只是挑了下眉："裴然，你在呢？ 正好，我有事想找你，跟我来一趟。"

裴然说："好，您等等……"

"去吧。"严准说，"我挂了。"

裴然听了几秒的挂断音，然后把手机揣进兜里，抱着装着按摩仪的盒子跟上老师的步伐。

老师找他没什么大事，就是想让他去参加一个比赛，裴然领着报名表从办公室出来，拿出手机看了眼，屏幕空荡荡的，没任何消息。

他拐弯进了隔壁超市买了瓶水，随意放在箱子上，然后再次拿出手机。

【裴然：不然我送过去？】

过了两秒，裴然又打字"方便吗"，还没来得及发出去，手机就振动了。

【严准：[位置]】

【严准：我帮你叫车，在车站等一会儿。】

上了车，裴然把报名表捆起来收好，刚想跟严准说一声自己上车了，却发现微信里有几条未读消息。

【林康：裴然，在吗？】

【林康：哎，这都什么事……你看看吧。】

林康发了几张图过来，是群里的聊天记录。

起先是群里有人开了个头，说严准和罗青山打架了。

【天……罗青山干什么了，能把严准气到动手？】

【谁知道呢，不过严准性格本来就古怪。】

【肯定是罗青山惹到人家了，就他那脾气，打个球都能跟别人起争执。】

讨论了几句后，"知情人"出现了。

【苏念：你真有意思，上回打球不是那人先犯规的？还能怪到青山哥头上？而且这次是严准先动的手，别在这受害者有罪论 OK ？】

【那你说说，严准为什么揍他？总不能是手闲着吧。】

【月儿：行，你想知道。上次崽儿生日，玩儿到一半严准不见了，都记得吧？是裴然把他接走的。两人之前天天在一起玩游戏，裴然还送东西给严准。】

裴然放大这个名叫月儿的人的自拍头像，依稀记得这是罗青山的同学，之前在聚会上跟苏念挨得很近的一个女生。

【月儿：严准抢兄弟老婆，男小三，明白？罗青山还算有素质的，只是说了他两嘴，没想到严准居然有脸先动手。】

后面就都是惊讶和辱骂的言论，裴然不想再看，直接把图片关了。

林康也很纠结，他都想不通自己为什么会截图给裴然，就是心里觉得，裴然或严准都干不出这种事。

犹豫半晌再想撤回，系统却提示他超过两分钟了。

【裴然：这个群还在吗？】

【林康：……在，约球的群，几十快一百人呢。严准也在里面，不过他好像一直是闭群的，反正没说过话。】

【裴然：可以拉我进去吗？】

【林康：别了吧。他们这个话题还没结束】

【裴然：没关系，我就进去说两句。】

【裴然：麻烦你了。】

林康内心挣扎许久，最后眼一闭，把人拉进了群里。

【月儿：算了，反正三人者人恒三之，早点看清也好，就是心疼罗青山在裴然身上花的钱，我听念念说起码六位数。】

【裴然：@月儿 不用心疼，已经两清了。如果少还了什么，你让罗青山找我要。】

群里的围观群众瞬间沉默，大家嗅到了瓜味儿，全都默契地抓紧手机。

【月儿：……晕，谁拉进来的啊？林康？你这就没意思了吧。】

裴然没再搭理她，打开群成员瞥了眼，全都眼熟，大多是罗青山和严准的同系同学。

裴然从小到大都是很淡然的性子，被误会曲解很少会解释什么，一是麻烦，二是没必要，平时吃了亏也很少跟别人计较。可此时此刻，他打字的速度特别快。

【裴然：我和罗青山分手，是因为他出轨@苏念，所以我们达成

共识，和平分手。】

【裴然：这件事跟严准没有任何关系。】

【裴然：还有 @月儿 我是男的，不是罗青山的老婆。】

群里人都震撼了，裴然平时基本不和谁深交，说话虽然温和礼貌，但交流时仿佛和人隔着一层玻璃。没人想到他会一脸坦然地告诉大家"我被绿了"，还特么把小三给 @ 了出来。

几个围观群众都忍不住打出一大串句号。

【裴然：打扰，你们继续。】

说完，裴然把群聊退了。

紧跟着，苏念、月儿也都火速退了群。

群里一下炸了锅，许多人都在招呼林康，让他再把人拉回来。

不过这些裴然都不知道了，车子到达目的地，他开门下车。

严准站在公园门口，正低头翻聊天记录。

听见关门声，严准抬起眼，看到裴然拿着一个不大不小的包装盒从车里出来，眉心轻轻地皱着，嘴角绷得有些紧。

裴然刚走近，盒子就被人接了过去，严准掰开他手指，往手掌里塞了颗糖。

严准说："裴老师，消消气。"

以为是表情暴露了自己，裴然抿抿唇，说："我没生气。"

严准刚要说什么，手机就响了，是林康打来的微信电话，林康身为告密者现在已经不心虚了，一心只想吃瓜，火急火燎地让严准看微信群。反正那几个当事人差不多都退群了，也不会再吵起来。

严准接通时按的免提。

严准淡声说："看到了。"

林康愣了一下，不太确定："我是让你往上翻翻，他们太能刷屏了。那什么，裴然刚刚进群了……"

"我知道。"严准说，"然后呢，有事？"

林康被这么一反问，哽住了，好半天才说："没事，那我……挂了啊？"

严准"嗯"一声，率先挂了电话。

裴然没想到他会看群，皱着眉听他打完这个电话，沉默半晌后说："抱歉，是我之前没有处理好。"

他没想到事情会被扭曲成这样。

严准单手抱着纸盒子，另只手插兜："无所谓。"

这是关乎名誉的事，严准还莫名其妙"被出柜"，裴然不觉得无所谓："我会再跟他谈，这种事不会发生了。"

"真不用。"严准顿了一下，"你不是替我出气了？"

几句话而已，算什么出气。

裴然现在再回想，觉得自己确实是被气着了。他很少冲动做事，不过他一点都不后悔。

裴然平时要么没表情要么带着淡笑，生起气来格外明显，严准多看了几眼，伸手揉揉他头发："晚饭吃了没？"

两人去了一家面馆。严准对吃的不挑，训练那会儿经常为了训练一天就两顿，其中一顿基本是泡面，倒不是俱乐部穷到养不起选手，主要还是图省时。

他们正好占了店里最后一个空桌，现在是饭点，热闹，巴掌大的店里只有一对夫妇忙碌着，好几碗面放在出餐口处没人端，严准干脆起身过去自己拿。

严准端着面回头，看到裴然静静坐在角落里，整个人与旁边斑驳的墙壁格格不入，正盯着面前装筷子的罐子出神。

严准把面碗放到他面前，顺手扯出一双筷子掰开，放到裴然的碗上。

裴然吃面也是细嚼慢咽的，面汁漫在他嘴唇上，很快就被他舔干净。

"手还疼吗？"裴然看着他的手腕，"要不要再去医院看看？"

严准其实伤得真不重，手腕也只是皮肉伤，怕感染发炎才包了个纱布。

"一点，不严重。"

严准吃得很快，吃完的时候，裴然碗里还剩一半。

裴然夹着面，看了看严准，又看了看他面前的空碗。

见裴然吃面的速度变快，严准道："慢点吃。"

裴然咽下一口后说："马上好。"

看他脸颊被面塞得鼓起，严准觉得好笑，说："我以前习惯了。"

裴然抬眼："嗯？"

"刚打职业的时候，因为是新队伍，约不起训练赛，只能去给其他战队的训练赛凑人头，经常吃到一半被叫去。"严准说得轻描淡写，"后来饭都端到电脑桌前吃，大多时候都吃面。"

裴然很少听严准说这些，他捏着筷子，犹豫着问："那时候……工资很少吗？"

"一个月几百一千。"严准说，"我还好，很多人刚入队的时候没工资，只包吃住。"

那是裴然没接触过的世界，他挑起眉，惊讶又新奇，吃东西的动作也不知不觉慢下来。

晚上六七点正是堵车高峰期，两人走出面馆时，路上正好响起一道不耐烦的喇叭声。

严准说："这个时间点不好打车。"

裴然点头，正想说他可以坐地铁。

"看场电影再回去？"严准问。

进了电影院，最近上映的电影只有两种，一种是看了海报和简介就知内容的都市恋爱电影，一种是小学生都不会被吓着的国产恐怖片。

两人对视一眼，转身出了影院。

紧接着又去了附近的游戏城，今天周五，一到晚上游戏城就被学生们全面攻占，几乎所有机子都要排队。

饭点，旁边的篮球场也空无一人。

从球场出来，裴然莫名觉得好笑，之前那些情绪已经没了影。

他们无处可去，漫无目的地走了一段路，没人开口要离开。

入了冬，夜风吹在脸上有些痒，裴然忍不住吸了吸鼻子。

严准蓦地停下脚步，伸手拉住他的衣角："带没带身份证？"

裴然怔住，回过头愣愣地看着他，又偏头看了看旁边的酒店，脑袋瞬间空白，好半天才哑着声应："带了。"

然后他就被严准带着走了。

每个娱乐场所都有冷清或休息的时候，只有一个地方不会。

男生们并排坐着，整个网吧充斥着一句句"你是真他妈菜呀""你这难道就是失传已久的普度众生枪法"和"上啊上啊你在后面看斗鸡呢"，热闹非凡。

严准推开玻璃门，见身后的人脚步迟缓，很轻地挑了下眉："不想玩？"

"……"裴然说，"想。"

严准和网吧老板是老熟人了。这家网吧价格较高，不过干净，消毒很到位，包厢的隔音也很好，客人们还是愿意来。

严准轻车熟路地开了个双人包厢。

包厢椅子又大又软，坐得很舒服。严准拿出手机翻消息，他的手机在面馆那会儿就一直在振。

他刚回了林许焕一个问号，对方就立马打了电话过来。

"哥，打游戏吗？"

严准输入密码开启电脑："不训练？"

"今天周五，休息。"林许焕说，"来吗？我们刚吃完火锅，马上到基地了。"

严准问："几个人？"

"两个，就我和阿鱼，其他两个找女朋友去了……"林许焕顿了一下，"咋了哥，你那还有人？"

严准没应他，把手机拿远问："他们叫打游戏，去不去？"

裴然问："你的手能玩？"

"不影响。"

裴然说："那好。"

林许焕又问了几句，严准有一搭没一搭地应，转头看见裴然已经上号，并开了一局训练场。

他挂了电话，问："怎么开了训练场？"

裴然目不转睛地看着屏幕里的靶子："玩得不好……想练练。"

虽然只是游戏，也不能总拖队友后腿。

看了一会儿，严准说："去换个握把，换成轻型。"

裴然："嗯？"

"枪口也换成补偿器。"椅轮在地面发出轻微的摩擦声，严准起身，说，"我教你压。"

裴然正戴着耳机专注打靶，一梭子子弹打完才后知后觉地问："怎么教……"

话还没说完，裴然背脊一僵，整个人霎时间顿住了不敢动。

严准从侧后方环着他，淡声问："想先压多远的？"

两人进屋后都脱了大衣，里面是薄薄的长T，姿势问题，他肩后某处不可避免地和严准贴合，炙热温度透过柔软的布料传递过来。

裴然呼吸暂停了几秒。

严准问："嗯？"

"……都可以。"裴然说，"你随便教。"

严准挑了个不远不近的靶子，说："你压一遍。"

裴然听话地开枪，四十发子弹出去，靶子身上只有几个弹孔，换作是会移动的敌人，压根一枪中不了。

裴然默了默，解释："我没发挥好。"

严准笑了一声，很轻，呼出的气息喷洒在裴然耳尖上，裴然瞬间噤声。

"知道了。"严准说，"装弹。"

裴然装上弹，想再试一次，手背就被人握住了。

严准掌心很烫，带了力，说："每把枪的后坐力都有不同，M4没那么抖，你压的时候幅度不用这么大……"

裴然完全是被他的手牵着去挪的鼠标，子弹出膛，靶子上瞬间布满弹孔。

"实在不行，可以蹲下或趴着，后坐力会减小，试一试。"严准说着，伸过另一只手去按裴然键盘上的蹲下键，手臂跟裴然的脖颈碰触，都是一片滚烫。

"侧头压枪也能减少后坐力。"

"打的时候，尽量瞄头。"

低沉的声音一句句落下，裴然屏息由着他操控，子弹换了一次又一次。

"会了吗？"

裴然张嘴，好几秒后才说："……好像会了。"

好像？

严准挑眉，还想再问，桌上的手机忽然响了起来，林许焕打来的。

严准松开他的手，转身去接电话。

"干什么？"

林许焕说："哥，我们到家啦，你们快上号。"

严准说："上了，自己不会看？"

"可我拉你半天了，你没反应啊。然宝贝也在游戏中。"

严准扫了眼屏幕，看到了邀请消息："在教他压枪，马上。"

裴然长舒一口气，趁严准在打电话，悄悄地、慢吞吞地放开了鼠标。

他的手指头全麻了，掌心渗出汗，手背被人握得太久，忽然松开，能感觉到细微的凉，手心还能感觉到心跳引起的震颤。

进了游戏，耳机里很快被林许焕的叽叽喳喳所充斥。

"来，然宝贝，过来我这儿，往树上开几枪。"林许焕半开玩笑道，"让我看看我哥教得怎么样，教得好的话，我也找他报个班。"

裴然被催得没办法，只好对着那棵树打了一梭子子弹。

弹孔歪歪扭扭，从树中间飘到了树枝上。

林许焕：“……”

林许焕走上前仔仔细细看了一眼：“然宝贝，我哥都教了你什么啊……”

裴然噎了一下，收起枪回头去找严准。

其实严准教得已经很详细了，但他根本没法听进脑子里，他当时唯一的想法是，他的心脏仿佛跳得比枪声还快。

林许焕说：“哥，你以后还是别误人子弟了。然宝贝，哪天你来基地，我教你压，咱们目光放远一点儿，直接压四倍 AK。”

裴然还没来得及拒绝。

“闭嘴吧。”严准打断他的絮叨，“轮不着你。”

林许焕开着直播呢，他做什么都懒，唯独直播勤快，毕竟本身就是个大话痨，开直播好歹还有弹幕搭理他。

弹幕里都在笑他，说他自己四倍 AK 都压不好还要教别人，还有人问他说话的是谁。

“谁说我四倍 AK 压不好？除了我哥，我没见过谁 AK 玩儿得比我溜的，不信你们去外面喊一嗓子，看看谁敢应。”林许焕道，“刚刚说话的就是我哥，对，之前陪玩那个。声音好听吧？……哦他不接单了……帅不帅？开玩笑，大帅比……”

“有完没完？”严准问。

“有完有完，说完了。”林许焕吊儿郎当地笑，“你俩现在在哪啊？”

严准没理他，裴然想了想，还是开麦应：“网吧。”

林许焕愣了下：“怎么跑网吧去了？想上网直接来基地啊，打车费我都给你们报销！你们在哪个网吧？不然我去找你们玩儿吧。”

话音刚落，林许焕脚边突然被人射了几枪，吓得他跳起尖叫：“我草我草，近点有人！我连脚步都没听见！是个挂逼！”

他原地跳起好几下，惊悚地回头一看，严准提枪开镜，枪口正对着他。

“……”林许焕讷讷道，“哥，我闭嘴了。”

裴然没说话，无声地笑。

每次和他们打游戏，裴然都特别放松和开心，一局游戏下来，哪怕一个人头都没有，他的心情都是好的。

搜完小野区出来，发现严准他们遇上了人，听见枪声，裴然收枪刚想去看看有没有能帮忙的，旁边的人忽然伸过手来。

严准按下他的背包键，扫了一眼他枪上和身上的东西。

裴然握鼠标的手紧了紧："……怎么了？"

严准直接把敌方两人秒了，正在去舔盒子的路上："看你缺什么。"

然后裴然就打开了新世界的大门。

他甚至没看清敌人的盒子里有什么，严准就在林许焕他们赶到之前，十秒钟内舔完了这两个盒子。

"来。"严准扫了眼林许焕枪上光秃秃的枪口，说，"偷偷地。"

林许焕纳闷地对着直播间观众们嘀咕："我刚刚明明看到一个枪口啊……我哥不会拿的，他之前就有枪口了，我看到的……我眼花了？"

然后他一转身，目睹了两名队友的分赃现场。

林许焕："草，哥，你他妈偏心！"

见被发现了，严准应得很坦荡："嗯。"

林许焕说："不公平！你把它放回来，我和然宝贝拼手速，谁捡到是谁的！"

裴然本来就没参与刚刚那场战斗，一个枪口而已，他的表现全凭临场发挥，不在意这个，闻言转身想去跟林许焕拼手速。

"两个人都是我杀的，盒子也是我凭本事舔的。"严准问，"我捡到了就是他的，哪里不公平？"

林许焕没在意严准话里某些奇怪的逻辑，他有强迫症，身上的枪差一个枪口就满配了。见这条路走不通，他决定走另一条："然宝贝，来，先把这个枪口给我，我一会儿杀了人再舔了还给你。"

裴然原本都朝林许焕的方向走去了，严准话刚落，他又回了头。

裴然说："你去搜房子找找吧。"

林许焕：“……”

林许焕摇头啧啧，心说裴然都被他哥带坏了，以前裴然可是什么配件都肯分出来的。

他趁空扫了眼弹幕助手，发现自己弹幕的画风有那么一点点奇怪。

一些话他看不懂，但他看到了一句"1号是不是喜欢2号"。

林许焕呆呆地辨认了一眼，1号是他哥，2号是裴然。

【煦煦：我的鉴 gay 雷达震天响，1号2号有故事】

他赶紧闭了游戏的麦，对粉丝说："你们别瞎说啊，都是兄弟！哎这个叫'煦煦'的，收收你那什么鉴 gay 雷达，没谱的事！"

说是这么说。

但他们一提了这么一嘴，林许焕忽然也觉得，就，特么的，怪怪的。

严准："有没有轻型？"

裴然说："有，我刚捡了一个，一会儿给你。"

林许焕随便进了个房子，看到地上的轻型握把，又看了眼地图，他离严准比较近。

"哥，我这捡到个，我给你吧。"林许焕边说边往严准那跑。

然后就见严准与他擦身而过，头也不回地去了裴然那。

"丢我。"

林许焕呆呆地站在原地，捧着包里的轻型握把，看着远处两人，猛地眨了几下眼睛。

"那什么，"半晌，林许焕丢掉轻型，轻咳一声，"那个叫'煦煦'的姑娘还在吗……私聊我一下，没，没啥事，就聊聊，聊聊。"

愉快四排到深夜十一点多，回到游戏大厅，严准扫了眼时间，开麦："我们不打了。"

说完，他不顾林许焕的挽留把耳机摘了。

"回去吗？"他转过头问。

裴然自然说好，他跟林许焕打了招呼，说了再见才下号，关电脑的时候严准已经穿好了大衣。

两人走出包厢，网吧此时依旧坐满了人，不过没有白天这么吵了。他们肩抵着肩，裴然能闻见严准身上的冷香，是冬天大衣上专有的味道。

迎面走来几个打打闹闹的男生，裴然下意识侧了侧身子，很轻地撞了一下严准的手臂，严准以为他没站稳，握住了他的手腕。

裴然愣了一下，还没来得及做出什么反应，那几个男生忽然在他面前停下了。

"裴然？"为首的男生挑起眉，叫了他一声，"你怎么会在这儿？"

裴然看过去，是一张眼熟的脸，但他想不起来在哪里见过了。

裴然说："来上网。"

男生一听，寻思自己问的确实有点弱智，把自己逗笑了："怎么就你啊？罗青山呢？"

裴然一顿，想起来了。

这是罗青山高中时外校交好的朋友，高中刚毕业时他们一起吃过一顿饭。

男生身边的人明显也认识罗青山，挑眉低声问："这谁啊？"

"裴然。"男生道，"罗青山男朋友啊，谈了好几年那个！"

那人瞪大眼，恍然，笑嘻嘻地对裴然说："哦哦哦，久闻大名久闻大名，罗青山以前天天在群里跟我们说你，烦死了他。"

"是，张口闭口宝贝宝贝的，特娘。"

"哪止？"一提到好兄弟的糗事，男生的嘴巴就把不住门，"还记得那次他在苏荷喝醉没？到处跟其他卡座的人炫耀自己向裴然求婚成功，还说大学一毕业就出国扯证儿……"

裴然觉得手腕一轻，严准把他松开了。

严准垂着眼，神情未变："我去前台等你。"

裴然默了两秒，说好。

那几个男生看得出和罗青山关系确实不错，光是提了他的名字就能原地聊起来，裴然静静地听他们说了一会儿，终于有人问："他没跟你一块来？”

裴然"嗯"了一声，然后说："我们已经分开了。"

场面霎时间安静下来。

几个男生先是一怔，然后尴尬地对视，面面相觑。

其实也不怪他们话多，毕竟就在上个月，罗青山还在群里提过一次裴然，说有空带裴然出来一起聚一聚。

"这，这样啊。"为首的男生尴尬地挠挠头发。

"嗯，"裴然问，"还有什么事吗？"

"没有了……"

裴然点点头："那再见。"

严准倚在前台玩手机，老板跟他聊了两句，看他兴致不高也就没吭声了。

严准其实没在干什么，他滑着手机屏幕，里面的消息一条没看进眼里。

罗青山以前喜欢秀恩爱，平时和裴然打电话也都是在寝室里，没有回避过他，他想听的、不想听的，早都听了无数次了。

严准起初会出去抽烟躲开，后来就习惯了，一边听，一边沉默。

可能过了许久，也可能只有一会儿，严准有些站不住了，他敲了敲柜台，叫老板："来包烟。"

"你喜欢的那牌子没了。"老板拿出自己的，"最后一盒被我开了，你拿根过个瘾吧，不过你得出去抽，我这儿禁烟。"

严准接过来，叼进嘴里。

"我好了，走吗？"

老板正要给严准递打火机，就见严准忽然伸手把烟摘了，握进手心里。

然后表情自然地回头，对身后的人说："好。"

两人离开网吧的时候，老板都还在回味严准刚刚的举动，觉得莫名眼熟。

就像，就像……

就像他掏出烟，老婆忽然出现在视野内时自己的反应。

夜寒风急，更深露重。这条街大多店铺已经到点关门，只有寥寥几家烧烤店还亮着灯，两人无言地走着，出租车都去隔壁的夜店一条街拉客了，这边又是单行道，一路开过的车子都挂上了"有客"。

裴然垂着眼睛，在想怎么开口。

他觉得严准有些不高兴。

雨最初砸下来的时候，裴然鼻尖上落了一滴，冰冰凉凉。

冬日的雨没有预兆，说来就来。一场大雨降下，街边坐着撸串的客人们先是一怔，然后狼狈慌张地起身往店里躲。

裴然正想抬手挡雨，腰上就被人揽了一下。严准把他带到了旁边的便利店。

他们没有进店，建筑顶端的屋檐给他们留了一块干净地，店家还在这放了一张长椅，方便客人们坐着吃关东煮和甘蔗。

屋檐不宽，两人坐着都得收着腿，不然就会被淋到。

虽然只淋了那么一小会儿，裴然身上还是湿了，发尾因雨水凝聚在一起。

严准进便利店买了一包纸，抽出一张："过来。"

裴然想说他自己来，顿了顿，还是乖乖把脑袋凑了过去。

裴然的头发很软，严准擦拭的动作原本还有些僵硬，到后面就不知不觉变轻了。

他们挨得很近，裴然身上的味道钻进鼻腔，雨声掩盖了世间杂音，此时此刻，世界仿佛只剩下他和裴然。昏暗环境下，那些按捺在角落里的，难与人言的念头又蹿了出来。

严准屏了屏呼吸，松开他柔软的黑发。

"好了。"

裴然"嗯"了声，抬起头看他。

严准眼底情绪浓而重，沉默地跟他对视，良久才哑声说："别这么看我。"

裴然说："为什么？"

严准目光落在他鼻尖下，说："我会做一些不好的事。"

说完，严准收回视线，把手中半湿的纸巾揉成球，然后又摊开。

他能感觉到裴然还在看他，安静又招人。

严准喉结轻滚，刚要说什么，肩膀忽然被轻轻撞了撞，紧跟着，嘴角边被很轻地碰了一下。

裴然心脏跳得很厉害，他已经习惯了这种奇妙的生理反应，严准的嘴角凉凉的，跟身边的雨很像。

他只短暂地亲了半秒，就红着耳根想后退，脖颈却突然被人一手握住，往前压。

严准不让他退，侧过脸来咬住了他的嘴唇。

　　不同于之前的那个吻，这次裴然能清晰感觉到严准在不轻不重地啃咬他，直到他觉出一点痛时，严准才松开他的嘴唇。

　　裴然还以为结束了，紧绷的肩膀才要放松，脖颈上的大手却没有放开他的意思。严准很轻地揉了揉他的后脖，然后温柔地、安抚地加深了这个吻。

　　裴然听不见雨声了。他被亲得头昏脑涨，甚至有些缺氧，紧紧地攥住了严准的衣服，严准撬开他嘴唇时，他本能地给了一点回应。

　　裴然轻轻地舔了一下严准的舌尖。

　　严准觉得心脏都被人勾了一下。

　　街上行人寥寥，撑着伞行色匆匆，没有人注意到他们。

　　两人的呼吸都是热的，在雨夜中纠缠在一起。

　　便利店玻璃窗的另一侧堆满了杂物，隔绝了里外的视线，只有灯光从缝隙里渗出来，严准把人放开的时候，裴然脸和耳朵都已经红透了。

　　裴然连吞咽都觉得害羞，他松开严准的衣服，飞快地眨了好几下眼，刚想说话，严准就抬起手背，帮他把嘴唇擦干净。

　　严准垂着眼，哑着声问："亲我是什么意思，裴老师？"

　　裴然才想起，这个吻是自己主动的。

他脸更热了，良久才说："就是想亲，抱歉。"

语气跟平时没两样，严准简直要忍不住，喉结滚了好几次，才"嗯"一声："想亲就亲，随你亲。"

严准低头，随意拂了下自己皱巴巴的衣服："这衣服抓得舒服吗？不舒服，我下次换一件。"

裴然闭了闭眼，有些自暴自弃的意味："挺……舒服的。"

雨势渐小，已经有不少人冒雨行走，店家也在店外支起了伞。

严准已经坐直了身，他们大腿隔着衣料贴在一起，谁也没挪开。

手机忽然响了一声，裴然下意识去掏口袋，手肘却不小心碰到了桌子，手机滑落到地面，发出一声闷响。

裴然刚要捡，严准先弯了腰。

"脏，等等。"严准捡起手机，抽出一张纸，擦了擦手机屏幕。

这时又有消息进来，严准目光扫到屏幕上的预览内容，很快又转开视线，把手机递给裴然。

【罗青山：我听小漾他们说在网吧遇见你了，我没来得及跟他们说，对不起】

【罗青山：我刚刚在打球，群里的事我不知道】

【罗青山：对不起】

【罗青山：我们以后能不能继续做朋友？】

裴然才看完消息，身边的人就忽然站起身。

"我去买伞。"

等裴然回过神来时，他已经拽住了严准的手。

严准停下脚步，低头看他："要买什么吗？"

裴然看着严准的手，上面弥漫着一股淡淡的药味。许久，他才抬起头问："我能和他做朋友吗？"

严准难得地怔了一下，他望着裴然的眼睛，像是察觉到什么："我说了算？"

裴然说："嗯。"

"为什么？"

裴然控制着表情，脸红得快滴血。

就在严准要开口时，他小声地应了一句："你可以……管我。"

面前的人没了声。

裴然一说完就后悔了，他从来没说过这样的话，羞愧和害臊简直快把他淹没。

他刚要松开严准，就被对方紧紧地反握住。

"裴然。"严准说，"我不想你和他做朋友，不想你和他联系，因为我喜欢你。"

"你问我的意见，让我管你……"

裴然说："因为我也是。"

严准抿起唇，心脏随着裴然的声音，无声地炸裂开。

他松开裴然的手，去揉他的头发："裴老师。"

裴然："……嗯？"

"和我谈恋爱吗？"

裴然眼睫轻颤，先是"嗯"了一声，几秒后，又说："好。"

严准捻着他的头发，忍了又忍，最后还是没忍住："头抬高一点，偷偷地。"

裴然好似知道要发生什么，从来到这个便利店开始，他的心跳就没有平稳过。

裴然抬起头，得到了今晚第二个吻。

最后两人一起进的便利店，女店员看他们的眼神有点古怪，可能是看到了什么。

虽然买了两把伞，但在裴然上车之前，他们都撑着同一把。

"我明天回学校。"上车前，严准对他说。

裴然下意识说："明天周末，没课。"

严准说："嗯，回去看男朋友。"

车门关上，裴然报了学校地址，偏头看向窗外。

深夜，路上没什么车，司机一直把车速踩在超速线上，路灯一盏盏在窗外往后退。

裴然静静地看了一会儿，然后抬起手，把自己的脸捂住了，掌心和脸颊贴合，分不清哪里的温度更高。

回到宿舍，裴然冲了个澡，拿起浴巾的时候想起严准用纸巾给他擦头发时的力度和触感。

他慢吞吞搓着头发，拿起手机去看未读消息。之前他在群里说了那么几句后，收到了不少私聊消息，甚至还有一些好友申请，他一直没点开。

裴然习惯很好，收到的消息，他几乎都会回复。好不容易把未读消息看完，又有一条新消息跳到顶端。

【严准：忘了说，谢谢裴老师的新礼物。】

裴然做了一晚上的梦，梦里有雨，有便利店，还有严准。

睡醒的时候他还有些蒙，盯着天花板发了很久的呆。

下床洗漱后，他给自己泡了杯咖啡，配着饼干当早餐。

直到罗青山又发了一条微信来，裴然才想起自己昨晚在便利店时看完消息便关了，没有回复。

他是在从医院回来那晚把罗青山从黑名单拉出来的，一是为了严准的事，二是他想起自己还有些东西没有还。

裴然已经不记得高中校服和课本的定价了，他直接转了一千块过去。

【罗青山：？】

【裴然：高中时校服和课本的钱，以前谢谢你。】

【罗青山：？】

【罗青山：什么校服和课本？】

【裴然：你放在我抽屉里的那些。】

【罗青山：……你是不是记错人了？】

【罗青山：我没在你抽屉里放过校服课本啊。】

【罗青山：我都不知道那些玩意儿在哪儿买。】

【罗青山：今天没课，你怎么醒这么早？】

裴然握着手机，有些微微出神。

仔细想来，这件事他的确是从来没核实过，因为罗青山是当时唯一一位对他散发出明显善意的同学，他潜意识便把这件事扣在了罗青山身上。

罗青山的消息一条接着一条，振得他手心发麻，裴然恍惚了好一会儿才低头去看消息。

罗青山似是察觉到什么，追问了很多。

【裴然：没事了。还有，不了。】

【罗青山：什么不了？】

裴然一边把饼干残渣和包装袋收拾好，丢进垃圾桶，一边敲字回复。

【裴然：不做朋友】

罗青山没再发消息过来。

以往周末裴然没事做都会去画室，今天有同学在群里 @ 他，约他一块去画室，他两三句拒绝掉，随便开了一部电影打发时间。

刚听两句台词，他就低头看手机。

大白兔奶糖的头像在列表静静躺着，最后一条消息在凌晨两点。

他多看了那个头像几眼，继续往下滑，翻出了自己的高中班级群。

群早就冷了，十天半个月才有人在里面聊一次天。裴然点开群成员，一一往下滑，想找出当年往他抽屉塞东西的人。

翻来翻去，找不出一个吻合的，干脆作罢。

九十分钟的电影结束，裴然压根不知道情节说了些什么，他也懒得再往回看，滑着鼠标意兴阑珊地找新影片。

手机忽然振了一下，他低头去看。

【严准：醒了吗】

【裴然：醒了】

【严准：我在校门口。】

裴然套上大衣就出了门。

严准身材颀长，帽子戴得很低，一低头帽檐就挡住了他的眼睛，站在校门口非常招眼。

裴然走近时，严准正背对着他在打电话。

"我今天没空。"严准说。

电话另一头是教练，嗓门极大："就两场训练赛，耽误不了……大周末的你能有啥事要忙？"

嫌他烦，严准直截了当地说："谈恋爱。"

教练原本准备好的一大通说辞，全堵在了喉咙，半天才挤出一句："……啊？"

几秒后，他又问："谈恋爱了……你？你和谁？你们学校的？"

他认识严准这么多年，别说谈恋爱了，他甚至怀疑严准初高中甚至大学班里都没有女同学。

教练忽然想起当年带严准打青训的时候，那会儿 PUBG 特别火，虽然电竞这块还没做起来，但这些小青训生已经受到或多或少的关注了，严准是他们队里最受欢迎的一位。

当时有个小网红还托人要严准的联系方式，严准听说后，只说了句"不给"。

连对方姓甚名谁，长什么模样都不感兴趣。

严准"嗯"一声，打断他的思绪。

"那行，那你……好好约会。"教练原想说对小姑娘和善一点，但想了想，没准别人就是喜欢严准那副高冷德行，"要不你把她带来基地玩儿？"

严准刚要开口，就见有个路人往他身后瞥。

他似有所感地转身，看见身后站着的人，很轻地挑了下眉。

虽然入了冬，但中午还是有太阳。裴然外套扣子没系，里面简单穿了件白衣，穿得急，衣领有些歪，正低头看着严准脚边的行李包。

严准的惊讶只有一瞬，他摘下帽子，给裴然戴上。

他捏着帽檐调整位置："不去。"

教练那边已经有了动静，想来身边还有其他人，其中林许焕的声音最明显，严准隐隐约约还听到一句"我不信"。

严准说："没事挂了。"

"哎，等等，还有，"教练叫住他，"那你今晚还过不过来？"

"嗯。"

教练"哦"了一声，又八卦地问："不在外面过夜？"

严准把电话挂了。

为了挡日光，严准把帽檐压得很低，裴然得抬头才能跟他对上视线："等很久了吗？"

"刚到。"严准说，"冷不冷？"

裴然摇摇头，视线又放到他腿边的行李包上。

严准跟着他瞥了眼，解释："学校住不惯，我今晚搬到基地去。"

其实不是住不住得惯的问题，他不可能再和罗青山当舍友。

裴然一下就明白了，他垂着眼沉默，还没来得及说什么，严准伸过手来，碰了碰他的手背，冰的。

"不过今天下午他们有采访，我晚上再过去。"严准说，"在那之前，你收留收留我？"

TZG 基地，教练在众人注视下挂断了电话。

因为一边手夹着烟，整个通话过程他都是开的免提。

安静三秒后——

"我没想到。"助理忍不住给自己也点上一支烟，"准哥会赶在我前面脱单……"

突击手心痒难耐："我不想训练了，我想去他学校当偷窥狂。"

"准哥女朋友会长什么样啊？"

"不知道，起码也是天仙标准，不然怎么让老和尚开窍。"

"啧——我是真好奇，准哥喜欢什么类型的？可爱的？性感的？知性的？”

"男的，女的？"林许焕沉思许久，突然蹦出这么一句。

其他人静了一瞬，突击手拿起桌上的纸巾丢他："你怎么不说活的还是死的？"

林许焕也被自己脱口而出的话惊着了，他反应快速地接住那包纸丢回去，笑着骂了两句滚。

"不过准哥这脱单脱得有点突然啊。"助理道，"一点儿迹象都没有。"

"就不兴人一见钟情啊？"教练按灭烟，道，"别废话了，去打训练赛，我让二队的小弟弟过来替一会儿。"

林许焕跟在人群后面走，他皱着脸，昨晚直播间里的弹幕在他脑海中飞快蹿过。

最后他还是没忍住，在等替补过来时拿出手机发消息。

【林许焕：然宝贝，你在哪儿啊？】

几分钟后，对面才回复过来。

【裴然：宿舍。怎么了？】

啧。

那个发弹幕的妹子果然是在吹牛逼。

他也真逗，还真被那个叫煦煦的带跑偏了。

【林许焕：没事没事，就是想你了，有空来基地找我玩儿，说好了要教你四倍压枪的。】

林许焕消息发过来时，裴然的手机正好落到严准手上。

裴然洗着葡萄："他有急事吗？"

严准坐在裴然的椅子上："没有，闲的。我帮你回？"

裴然说："好。"

【裴然：不需要】

【林许焕：为什么呀，杀人不爽吗？】

【裴然：我有严准】

【林许焕：嘻，我哥以后没空教你了】

【裴然：？】

【林许焕：他谈恋爱了，你不知道吗？恋爱中的男人，是没有兄弟的。】

严准原本不打算回他了，看见这行字后，他重新点开键盘。

【裴然：你说得对。】

后来林许焕又连着发了好几条，想从裴然这探点口风，手机提示声叮叮咚咚地响。

裴然搬了张多余的椅子，坐到严准身边："还在聊吗？"

严准"嗯"一声："他在套话。"

裴然愣了下："套什么？"

严准说："套我男朋友。"

裴然咬葡萄的动作顿了一下，忍不住往手机屏幕上瞥。

林许焕的问题很多，一整面聊天记录里几乎都是他在说话，问"好不好看""大几的""有没有照片"。

严准只回了一句"好看"。

裴然咽葡萄的动作都慢了。这么一看……像是他在自己夸自己。

严准给林许焕发了句"有事"，把裴然的手机放回了桌上，过程中不小心碰到鼠标，待机中的电脑瞬间亮了起来。

严准扫了眼屏幕，几款游戏，几款他不认得的绘图软件，还有一些存在桌面的画稿。

最末的那张画稿引去了他的注意，从小图就看得出来，是林许焕之前在"非与衣"微博里发现的那幅画。

微博上，"非与衣"给它的配文只有最简单的"分享图片"。

但在私底下，在裴然的电脑里，它的文件名是"严准"。

裴然垂着脑袋，正在往上翻严准和林许焕刚刚的聊天："你住在基地会不会不方便？"

严准说："不会，住惯了。"

"上次在宿舍的事……舍管有说什么吗？"

旁边的人安静了一会儿，忽然叫他："裴然。"

裴然下意识抬头："嗯？"

严准靠在椅子上，两手随意垂着，问："除了我以外，还有没有画过别人？"

裴然眨了眨眼，说："有，很多。"

严准："……"

"我微信里加了几位人体模特，都很敬业。"裴然说，"私人画稿也接过，画过明星，也画过电竞选手。"

意识到自己的问题有些蠢，严准忍不住扯了下唇："我是指……除这些之外，私人，私底下，画过别人吗？"

裴然眸光动了一下，说："没有。"

他顿了顿，又认真地补充："只画过你。"

严准跟他对视几秒，忽然垂下眼皮问："葡萄甜吗？"

裴然说："甜，你尝一颗。"

严准"嗯"了一声，侧过肩膀，低头舔了一下他的嘴唇。

裴然背脊瞬间僵直，手还维持着拿葡萄的动作，没再动了。

严准舔完便退开，感觉着嘴里蔓延出的淡淡甜味，没挪回原位。他们依旧鼻尖相抵，谁往前凑一下都能碰到对方。

"裴老师平时接稿都多少钱？"严准问。

裴然不知道他为什么要问这个，他心脏怦怦乱跳，绷着嘴角报了一个数字。

"贵，付不起。"严准说，"这样，下次别约别人了，我给你当人体模特。"

"……"

裴然画过不少人体，他曾经的导师追求美和协调，约的模特身材一个比一个好。

但对裴然而言，学习就是学习，他看任何模特的目光都是冷静的，没生过一丝其他的想法和念头。

可是此时此刻。

他想起了严准笔直流畅的锁骨，仰起头时凸起的喉结，白净、骨节分明的手指。

良久，裴然说：“你当不了。”

严准：“为什么？”

“画不了……”裴然诚实地说，“你脱了，我会静不下心，画不了。”

一本正经的回答都像是在勾引人。

严准像是很轻地笑了一下，又像是没有，裴然还没看清楚，就被重新吻住了。

宿舍没有别的人，这次也没有雨声，听见他和严准一起发出的声音，裴然耳根都在发烫。

严准一边手懒懒地搭在他的腰上，裴然的腰很细，平时就能看得出来，隔着衣服都能感觉到里面平滑一片，一分多余的肉都没有。

严准的手探进衣摆的时候，裴然连脑袋都麻了。

哪怕这只手哪也没碰，只是覆在了刚才放的位置。

空调暖气这会儿才慢慢起效，室内温度升高，裴然觉得自己有些缺氧，却又感觉到一丝奇异的舒服。

直到他发出一道很轻很软的闷哼。

裴然一滞，不敢相信这是自己发出来的声音。严准也顿了一下，半秒后，他把裴然松开了。

裴然这次看清楚了，严准是真的在笑。

他说：“谢谢裴老师的肯定。”

严准回基地时，其他人还在训练。今早 PUBG 赛方发了公告，下周三赛程恢复。

严准一开始其实没打算住这里，一是不想打扰他们训练，二是虽然基地和学校离得近，但来回还是需要时间，不如在学校附近租房来得方便。

教练说了好几次，他才点了头。

"哥，"林许焕透过玻璃瞧见他，抽空朝他使劲儿挥了挥手，"来这儿！"

严准把行李包放在沙发上，进了训练房。

已经接近晚上十点，训练赛早结束了，其他人正在训练场练枪，林许焕和突击手在打双排，这会儿已经进了决赛圈。

他坐到林许焕身后的椅子上，低头发消息。

林许焕把最后一个敌人杀死，吃鸡页面跳出，他很臭屁地冷哼一声："我都说了，我的四倍 AK，无解。"

说完，他拿出手机拍电脑屏幕。

突击手嫌弃地问："你是哪来的土包子，吃把鸡都要拍照留念？"

林许焕说："我拍给我的新徒弟看。"

"谁这么倒霉，成了你新徒弟？"

"我然宝贝儿啊。"

林许焕话音刚落，脑袋就不轻不重地挨了一下。

他愣了愣，纳闷地转头："哥你干吗？"

"他有名字。"严准说完扫了眼屏幕，"咻"一声，"四个人头，这就是你的四倍 AK？"

林许焕狡辩的时候，教练拎着夜宵进来。

"吃点东西再练。"他抬抬下巴，对严准说，"你的我让他们单独包装了，没加辣。"

严准说："吃过了。"

烧烤味道香浓，一进屋其他人就受不了了，全关了游戏围到桌边。

"哥，你和女朋友吃了夜宵才回来的？"突击手问，"吃的什么？"

严准说："面。"

"在外面吃的？"

严准敲着手机，头也没抬地问："转行当狗仔了？"

突击手嘻嘻笑了一声，低头专心撸串儿。

等消息的间隙，严准舔了舔嘴唇。

夜宵吃的葱油拌面，学校门口的十年老店，今晚难得不用排队。不过现在他嘴里只剩下奶糖的味道，在裴然那尝到的。

桌上在聊比赛的话题，经过一段时间的休赛，很多队伍的打法都会变，教练在预测几个强队的跳伞地点。

聊着聊着，桌上忽然有人起了身，其他人都忍不住望了过去。

是队里的狙击手兼指挥，也是队里的老大哥。他拿起桌上的打火机，说："我出去抽根烟。"

林许焕看了眼他面前的桌子，上面只有两根竹签："维哥，你就吃这点儿啊？"

"嗯，我晚饭吃得很饱。"维哥说，"你们慢慢吃。"

他路过严准身边的时候，严准闻声抬眼，正好看到他掏烟的手在抖。

严准心一沉，开口叫了他一声，维哥下意识把手插进兜里："怎么了？"

严准跟他对视两秒，然后说："少抽点。"

周三，PUBG 官方赛事重启，比赛强队云集，现场观众席坐满了人，官方赛事直播间也爬到了人气榜榜一。

这天，裴然刚放学就被老师叫住，老师叮嘱了几句话，直到其他同学走光才摆摆手准他离开。

裴然背着包出去，严准背对教室门站着，戴着一边耳机，低头在看手机里的比赛直播。

感觉到身边来了人，严准转过眼去，表情放松了一些："被留堂了？"

"嗯。"裴然垂下眼，"是 TZG 的比赛吗？情况不好？"

哪只是情况不好。

这是第三局了，TZG 没有一局进过前五名。

严准拿起另一边耳机："要听吗？"

"好。"

裴然刚说完，严准就帮他把耳机戴上了，担心他不舒服，还调整了几次耳机的位置，手指轻轻擦过耳廓。

严准在外面站了一会儿了，手有点冷。

耳机里，解说在说话。

"TZG 状态不行啊，是前段时间训练太放松了吗？"

"又没狙过对面，TZG 的狙击手怎么了，这几局好像一直在出岔子……被补掉。"

"TZG 开始三打四，糟糕右边有队伍听见枪声过来了，TZG 要被包了呀！"

"TZG 被团灭，获得了……第六名。"

严准摘掉了耳机。

他正要说什么，手被身边的人牵住了。

裴然在画室待了一下午，手是热的。严准反握住他，刚要说话，就听见身后传来开门声。

老师边打电话边走出画室，见到门外站着的人，她先是愣了一下，垂眼看到他们牵着的手后，连说到一半的话都停住了。

严准松了手。

但裴然依旧握着。

"老师再见。"裴然说。

老师回过神来，朝他们点点头："……嗯，早点回去。"

老师走后，裴然问："等很久了吗？"

严准早早就来了，画室后门上有一块玻璃，通过玻璃正好能看见裴然和他的画。

不过他没偷看多久，就靠到围栏看比赛去了。

前几天看到的事在他心里成了一块疙瘩，不确定，他不安心。

"不久。"他说。

裴然垂眸看着他手中还在播放比赛的手机："不看了？"

"还在中场休息。先去吃饭？"

裴然说好，走下两层台阶，又忍不住道："他们总排名一直很靠前，下一局好好打，还能回前三的。"

严准沉默了下后说："打不了了。"

裴然："什么？"

"维哥手出了问题，打不了了。"严准说。

严准早在这几天的训练赛找出了蛛丝马迹，上了赛场后更加明显。

开镜迟缓，移动靶没打中过几次，连捡东西都比平时慢了一点点……使这个狙击手成了队伍里最明显的短板。

裴然哑然。

TZG 最后一局比赛果然不见维哥身影，替补上的场。这场林许焕表现极佳，在三位队友阵亡的情况下，努力苟到了第三名。

两人刚吃完晚饭出来，严准手机就响了。

教练语气严肃，让他回基地。

"那你赶紧去吧，我自己回宿舍就好。"裴然说。

在裴然转身之前，严准伸手抓住他背包垂着的那根带子。

"明天有课吗？"严准明知故问。

裴然说："没有。"

严准"嗯"了声，问："要不要去参观男朋友的房间？"

输了比赛，TZG 众人依旧神情自若，训练的照样蹲在训练室，没法训练的回房间洗澡休息。

打这么久的比赛，心态没那么差。

不过也有不同之处，林许焕和突击手双排时，两人频频往维哥紧闭的房门那儿看。

严准来时，两人恰好中场休息，在客厅沙发上躺尸。见严准进来，林许焕腾地坐起身："哥……然宝贝！"

严准把盒子放到桌上："裴然买的甜品。教练呢？"

"复盘室，待两小时了。"林许焕打开甜品盒，说的话比里头装的泡芙还甜，"看起来好好吃，然宝贝真好。"

严准懒得纠正他的称呼了，他回头："你先上去？房间是三楼左拐第一间，里面东西你随便用。"

裴然摇摇头："我等你。"

严准推开复盘室的门时，大屏幕亮着，上面放的是今天最后一局比赛。

他关上门，坐到教练旁边，陪他一起看。

"反应太慢。"镜头给到今天上场的替补后，教练开口，"经常出现在不该出现的位置。"

严准懒懒地"嗯"一声："私底下应该练了很久的狙，近战短板太明显。"

教练："跟不上队伍节奏。"

严准说："不过瞬狙打得还行……秒了一个。"

"团队有四个人，击倒一个，补不死也没用。"

替补被击杀的同时，教练抬手按了暂停。

"不看了？"

"回来打吧。"

两人同时开了口，话音落下，房间陷入沉默。

严准嗤笑一声："你疯了？"

教练抿了口茶，说："没疯。"

"阿维的手有一段时间了，前阵子打了封闭，想撑完这次大赛，不过目前看来……不太行了。这期间，我联系过很多人，今年更是劳心劳力训了三批青训生，没一个能直接拿出来用的，二队的突击手还行……但我现在不缺突击手。"

严准笑意退去，说："我也是突击手。"

"你不一样。"教练说，"你可以打自由人。"

　　自由人，队伍的四号位，最考验玩家的综合能力。不仅需要过硬的技术，还要在杀人的同时判断队伍转移位置，扫尾防偷袭，能干的全干，不能干的想办法干。很多队伍中，自由人都担任着指挥一职。

　　在这几年比赛中，TZG 是强队中唯一没有自由人定位的队伍。

　　严准沉默片刻，无奈："我多久没打比赛了，出彩的新人这么多，你没必要招个老弱病残——"

　　教练打断他："你能不能打，我是教练，我心里比你清楚。"

　　"我知道让你放弃学业很困难，叔叔阿姨或许不会同意。"教练显然是有备而来，他翻开桌上的文件，"但我总得试一试。"

　　"年薪这个价，暂时没林许焕他们高，但绝对是所有战队的新人里最好的价格。包五险一金，每年免费旅游两次，广告费、直播钱另算，包吃包住，什么都包，你要愿意给你包办婚姻都行。

　　"队里有理疗师、按摩师、营养师……每场比赛都有医生陪着去，手腕的磨损没法避免，但队内会尽全力护着。其他毛病，比如你的胃病，不会再让你犯。

　　"至于学业……该训练还是要训练，不过基地离你学校近，你要受得了，我也不会强制让你退学。"

　　"严准。"教练合上文件，推到他面前，"我现在郑重邀请你加入TZG，希望你能好好考虑。"

　　严准垂眸看着桌上的文件，手指摁在上面，用力到指甲都发了白。

　　最终，他把文件往自己这边挪了一点。

　　"我想想。"

　　教练暗自松了一口气，他说："如果有什么别的要求……可以再谈。"

　　严准出去之前回过头问："维哥以后什么打算？"

　　"退到幕后，当副教练。"

　　严准颔首，关上了复盘室的门。

　　虽说 TZG 两个突击手一向心大，但输了比赛，队友还出了这种事，心情难免受到影响，随便跟裴然聊了两句就继续躺着没声儿了。

裴然坐在沙发上玩手机。

他一向不健谈，没人说话，他就不开腔，干坐着显得尴尬，就随便找点事做。

热搜榜上挂了两条 TZG 的话题，裴然点进去看了一会儿，给几条说得中肯的微博点了赞。

手机忽然振了两声。

【林康：裴然，有空吗？】

【裴然：怎么了？】

【林康：给你看个帖子，我女朋友非让我转发给你……】

【林康：[满城大学吧 爆料 满大电子信息的苏念，每周末都和我男朋友约 p，有图]】

【林康：她还让我带话……说"渣男今日车祸，小三明日 biss，千万别为狗男男难过"】

【裴然：……】

裴然原本以为，"有图"指的是聊天记录之类的。

万万没想到，是苏念光着身子的照片，只有下身被被子挡住，眼睛随便抹了一笔马赛克，一眼就能看出是苏念本人，看架势，是被捉奸在床。

看到这张照片，裴然意兴阑珊地关了。

严准从复盘室出来，林许焕听见声响立刻睁了眼，仰着头倔强地又问一遍："哥，打两把吗？"

"不打。"严准话音刚落，二楼也传来了开门声，几人不约而同地往上看。

维哥握着杯子走出房间，挑了下眉："都看我干什么？小准，来了？"

维哥是队里年纪最大的，马上二十五岁了，队里也只有他和教练会叫"小准"。

严准"嗯"一声："泡咖啡？"

"没，倒杯水。"维哥语气比其他人都轻松，他下楼走向茶水间，"有空没，聊两句？"

两人话都不多，说聊两句就是两句。林许焕都还没来得及八卦他们说了什么，严准就从茶水间出来了。

林许焕问："哥，真不玩儿？双排单排我都玩腻了。"

"不玩。"严准走到裴然身边，单手拎起他的双肩包，"我们上去了。"

TZG 是国内名牌战队，也是所有青训生和新人挤破头都想进的战队。光是一个 PUBG 分区的基地都是一栋五层大别墅，电脑配件摆满了一个仓库，健身房、电影房、台球室等等应有尽有。

严准的房间就在林许焕隔壁，大小和装潢都跟队员们的一样，带独卫，电视、电脑都有。

严准的房间开着窗，帘子被夜风搅成浪，那顶常戴的黑帽子被他随手挂在椅上，被子整理得随意，看上去又不会太乱。

明明干干净净，也没有别的什么味道，裴然却觉得到处都充斥着属于严准的气息。

严准把背包放在椅子上，转头问："今晚还回去吗？"

裴然张了张嘴，一下愣住了。

几秒后，他才道："我住下……会不会不方便？"

严准说："不会，床很大。"

裴然："……"

严准看了眼时间："现在晚了，担心回去舍管不给你开门。"

裴然觉得自己似乎想多了。严准神情自然，就像只是留好友留宿。

于是他也尽量自然地点头："……那好。"

他们晚饭吃的川菜馆，衣服都沾上了味道。严准给裴然拿了一件自己常穿的家居服，他当初图宽松舒适买的，到了裴然身上还要更宽一点，衣领凌乱地垂着，露出一大片肌肤，在灯光下白得扎眼。

严准把人留下时确实没多想，可当裴然穿着他的衣服从浴室出来时，所有好的不好的想法，全都蹿了出来。

严准问："衣服会不会大了？"

裴然侧身站着，他屈起手肘，正在用毛巾擦发尾："有一点，不过很舒服。"

T恤的袖子夸张地垂着，能一眼看进里面。

严准无意地瞥了一眼，然后倏地起身，随便抓了一套衣服："我去洗澡。"

浴室刚被用过，里面全是热气，严准闭着眼站在淋浴头下冲了一会儿，然后抬起手，把水温调低了一些。

出去时，裴然侧着身躺在床铺右侧，眼睛闭着，不知道什么时候睡着的。

严准很长地吐出一口气。放慢脚步上前，扯过被子一角盖到他肚子上，室内有暖气，温度倒也不低，盖多就热了。

严准洗澡时习惯性洗了头，这下吹风机也用不了。手机响了一声，是教练发来的消息，说队里安排的几位理疗师已经在路上了，问要不要顺便帮他按按手。

严准回了句"不用"，打开抽屉拿出一盒没开过的烟，打算去阳台利用自然风吹吹头发，出去之前还把房间的灯关了。

夜风一吹，人就冷静多了。

严准很久没碰烟了，吸了一口就夹着没再抽。他倚在栏杆上，垂眼看着楼下那盏路灯出神。

在茶水间，维哥其实没说什么。

他说他十五岁接触电竞，以前打 CS，现在打 PUBG，四舍五入也快打了十年。十年里被吹捧被谩骂，待过低谷也登上过巅峰，没有遗憾，已经满足了。

然后他问严准："你呢？"

你满足吗？

直到烟快烧到底，严准都才抽了一口。

他又重新点了一支。

裴然睁眼时，正好看到阳台那抹火光。

他都不知道自己怎么睡过去的，可能因为昨晚画图熬得太晚，今天又上了一天的课，方才在客厅他都差点睡着了。

裴然意识回笼，掀开被子下了床。

他赤着脚，没发出任何声音，直到他拉开阳台的门，严准才回过头来，见到他后挑起眉，顺手把烟按灭了。

以为是自己吵醒他，严准问："烟味飘进去了？"

"没有。"裴然说，"怎么站在外面？我刚刚……把床都占了吗？"

严准笑了一下："没，我出来吹吹风。"

裴然看了眼他的头发："湿着头发吹风？"

"嗯，吹个造型。"严准把烟灰缸放得远了一点，"先进去，外面冷。"

"你呢？"

"我等身上烟味散了。"

裴然的确不喜欢烟味，通常不抽烟的人，都不会愿意吸二手烟。

但不知是不是严准抽的牌子比较特别，裴然并不觉得有多难闻，烟味和夜风混在一起，仿佛形成了另一种味道。

他走出阳台，顺手拉上了阳台的门。

严准怔了怔，一低头，看到他赤着的脚丫，踩在黝黑的阳台地板上。

"鞋也不穿？"

"太黑了，我没找着。"裴然说。

严准脱了拖鞋："踩上来。"

裴然听话地踩上去，他忽然想起以前严准跟他比鞋码的事，忍不住往前走了两步，伸出一边脚丫跟他比了比。

脚侧贴在一起，裴然认真看了一会儿："你的脚也没有比我的大多少。"

裴然一凑近，严准就闻到了他身上的味道，是自己的沐浴露味，被被窝一捂，更浓郁了。

严准低头，看见一大片白皙的锁骨。

严准转开眼，又重新看回去，裴然还在研究两人的脚底板尺码。反复几次后，严准一边手肘搭在栏杆上，逗他："你像在勾引我。"

裴然顿了一下，抬头看他。

严准的轮廓隐在黑暗中，他不笑时就显得冷淡，垂下的眼睛里仿佛有一轮弯月。

裴然刚睡醒，没有思考的精力。他们又挨得这么近，他安静了一会儿，说："不可以吗？"

严准一下分不清他是故意这么问，还是真的疑惑。

不过这不重要。

"裴然。"良久，严准叫了一声他的名字，嗓音低低沉沉，"靠过来。"

裴然往前挪了挪，他们几乎要贴在一起。

严准哄人似的，说："亲我一下。"

裴然很庆幸光线是暗的，没人看得见他发红的脸颊。他忍着喉间的颤动，非常镇定地"嗯"了一声，然后仰起头，亲到了严准的嘴角边。

他闻到了烟味，淡淡的，有一点诱惑人。

裴然在暗光中摸索嘴唇的位置。

唰！

一声清脆的拉门声粗鲁地划破这场暧昧。

两人先是一怔，几秒后才分开，齐齐转头看向声源处。

TZG 每个房间都有阳台，阳台是分开的，中间只隔了一小段距离，随随便便就能隔空对话。

林许焕就站在隔壁阳台，他光着膀子，腰间松松垮垮系了浴巾，手里拿着挂在衣架上的红内裤，保持晾衣服的姿势，呆若木鸡地看着他们。

更深露重，他的红内裤在冷风中瑟瑟发抖。

一时间没人说话，也没人有其他动作。

严准最先反应过来，他抬起手，把裴然眼睛捂住了。

林许焕：" ？ "

见他没动，严准凉凉地问：" 怎么，打算握到风干？ "

"……"林许焕颤颤巍巍地把内裤挂好。

挂是挂好了，人还站在那。两人又对视了一会儿。

严准问："要看风景？ "

林许焕终于找回声音："……没有！ "

严准说："进去。"

林许焕："好嘞哥。"

林许焕："？ "

见他没动，严准凉凉地问："怎么，打算握到风干？ "

"……"林许焕颤颤巍巍地把内裤挂好。

挂是挂好了，人还站在那。两人又对视了一会儿。

严准问："要看风景？ "

林许焕终于找回声音："……没有！ "

严准说："进去。"

林许焕："好嘞哥。"

第十章

CHAPTER.10

眼睛被蒙着，其他感官异常灵敏。

裴然听见夜风打在树叶上的沙沙声，还有严准的心跳。

直到隔壁的门拉上，窗帘拉紧，覆在眼上的手才挪开，眼皮上残留着男生掌心的余温。

"他年纪小，嘴巴不把门。"沉默了一会儿，严准忽然说。

裴然头微微仰着，保持着刚刚接吻的角度，还有些没回过神："嗯？"

"得交代好，他才知道要保密。"严准敛下眼皮，问，"要保密吗？"

严准的下巴线条很好看，裴然看了几秒，才往上去看他眼睛，认真地说："你想保密就保密。"

两人跟说绕口令似的。严准无声地笑了一下，声音混在夜风里，有点沉："不想。从来没想过。"

林许焕进屋时还紧紧攥着自己的浴巾。

突击手就坐在他房间的沙发上刷微博，抬眼问："你刚刚跟谁说话呢……有粉丝在外面？浴巾攥这么紧干吗？"

他们基地的地址不是什么秘密，经常有战队粉丝来基地外打卡。

林许焕快步走到沙发上坐下："快，抽我一巴掌。"

啪，一声清脆。

突击手表情都没变，朝他脸上就来了一下。

虽然不疼，林许焕还是被抽蒙了："草，你他妈真抽？！"

"我们是兄弟，这点小事我一定满足你。"突击手说，"到底怎么了？"

林许焕十五岁生日没过就在 TZG 待着了，TZG 每位队员教练，包括他哥，对他而言都是家人。

他就像是撞破大哥恋爱一般，紧张兮兮地把事情告诉自己的二哥。

突击手一听，也蒙了。

良久，突击手抬起手掌："我再给你来一巴掌吧，我觉得你还不够清醒。"

林许焕说："你来，你看我这次还不还手。"

突击手表情复杂："你确定你看清了？"

林许焕觉得被羞辱了："你妈的，老子动态视力世界南啵湾！更别说他俩杵那儿压根就没动！！！"

"……"

两人沉默地对视了一会儿，默契地同时点燃一根烟。

突击手："怎么说……不知道为啥，跟裴然的话，我其实没太意外。"

"我也是。"林许焕顿了下，"不过我哥真喜欢男的啊？那我以前在基地天天光个膀子坐他旁边打游戏，是不是不太好啊？"

突击手起身，拍拍他的肩："放心，准哥估计压根没把你当人看过。"

丢下这句话，他趁林许焕没反应过来，穿起拖鞋就往门外冲。

动静这么大，隔壁想听不见都难。

严准房间黑着灯，听见林许焕的叫骂声，他皱着眉睁眼，下意识伸手去捂身边人的耳朵。

裴然侧身睡着，他睡觉很安分，不乱动也没有坏习惯，林许焕嗓门这么大，他也只是颤了颤睫毛，呼吸均匀。

严准腾出另一边手去拿手机，飞快地打出一行字。

【准了：要打架下楼打】

【林许焕：不打了哥，我马上用胶带把自己绑在床上。】

严准懒得跟他贫，刚要把手机放好，那边很快又发来一条。

【林许焕：那什么……哥，我刚刚没忍住，把事情告诉那傻逼了，没关系吧？要不我去灭口？这事儿能说吗？】

【准了：随你】

严准还是低估了林许焕的传播能力。

翌日清早，他悄声下床洗漱，出门晨跑。下楼时 TZG 几位成员刚通完宵，正围着餐桌吃面。

教练本来在教育人，让他们比赛期别通宵，见他下楼来，也没了声儿。

"这么早就起了？"教练轻咳一声，问。

严准弯腰系鞋带："嗯。"

几人表情都丰富，一句句"睡得好吗""暖气足不足"丢出来，直到突击手问"我们训练没吵着你吧哥"时，严准终于皱起眉。

"行了，你们别说话了，赶紧吃完上去睡觉。"教练喝了口牛奶，重新看向严准，"要去晨跑？"

严准应了一声，刚拉开基地的门。

"哎，等等。"教练又叫住他，"那什么……你房间的床用不用换？"

严准："？"

其他人憋笑快疯了，教练抿着嘴，也是翘着嘴角的："我没别的意思啊，那床就一米八，怕你们睡得挤。你要睡得不舒服，我下午就让人换。"

严准看向林许焕："……"

几人都以为严准要冷脸骂林许焕两句，林许焕也这么觉得，他连头都低下了，妄图装聋作哑。

却见严准顿了两秒，然后从口袋拿出耳机，只戴了一边："不用，够睡。"

晨跑路上，严准接到了家里的电话。

他在桥边停下脚步，待呼吸稍稍平复才接起来："妈。"

"小准。"严母问，"你搬出学校了吗？"

毕竟闹矛盾的对象是舍友，那次从医院回家后，严母就让严准换寝室或搬出学校。

"搬了。"

"好，租的哪里的房子？"

严准望着江景，片刻才说："我搬到基地了。"

电话那头沉默了一会儿，严母好半晌才明白"基地"是哪里。

严准以为她会表达出疑惑或是不同意，没想到等了许久，只听见她问："住得习惯吗？"

严准握着电话的手指紧了紧："嗯。"

"好，既然住过去，房租多多少少还是得交，平时也要少麻烦别人。"严母说到最后顿了一下，"一定要按时吃饭，好好照顾自己。"

严准回基地的时候裴然已经醒了，他刚打开门就撞见裴然从厕所出来，身上带着洗漱过的薄荷味，因为睡姿没变过，一侧头发被压得轻轻翘起，穿着过宽的 T 恤，整个人看着懒洋洋的。

"醒了？"严准问。

"嗯。"裴然抬头看他额间的汗，声音略显困倦，"去跑步了？"

"跑了一会儿。"严准想帮他把头发抚平，抬起手才想起自己手心都是汗，又收了回来，"我冲个澡，等我。"

严准从浴室出来时，裴然坐在他椅子上，正在打电话。

"云老师……是，很久没联系了。"裴然说话时垂着眼，像极了上课时的模样，"我很好，您呢？……班级群？我偶尔会看，但有的时候看得晚了，大家已经聊完了，所以没怎么说话。"

听见"云老师"这个称呼，严准挑了下眉，默不作声地走到裴然跟前站着，帮他把翘起的头发往下压。

"云"姓不多见，他记得裴然高二时换的班主任就是这个姓。

他没记错的话，当年也是这位老师，顶着各方压力，给误伤罗青山的那位同学"争取"了两个大过处分。这件事当时闹得沸沸扬扬，其他班的人也都知道。

裴然任由严准摆弄他的头发，没挣开。

聊了近十分钟，裴然才挂了电话。

"饿了吗？"严准问。

裴然说："有一点。"

"阿姨回去了。"严准说，"我给你做，冰箱有面有饺子，想吃什么？"

裴然说："跟你吃一样的。"

简单一句话，听得严准心里莫名舒服。他说："嗯，男朋友给你加餐，多煎个蛋。"

严准才转过身，就被裴然抓住手。

"下个月七号，我要去一趟高中的班级聚会。"裴然说。

高中的班级聚会。

意思是有老师，有同学，还有罗青山。

严准垂着眼，良久才说："好。"

末了又问："去哪里？"

"不知道，我还没来得及看群消息，老师说是本地的温泉酒店。"裴然道，"比较远，可能要过夜。"

严准闷闷地"嗯"了一声，听不出情绪。

裴然安静地等了一会儿，严准都没再说话。他飞快地抿了下唇，问："你没空吗？"

严准怔了一下："什么？"

"我自己开房间，不和同学拼房住。"裴然顿了一下，"……我问了，可以带家属去的。当然，你如果没空，我自己去也可以。"

同学聚会当天，天气阴沉，雨似乎随时都能落下来。

组织者是当年的班长，集合地点在母校门口，租了两辆大巴车一起过去。

这次临时决定聚会，是因为当年的班主任马上就要退休搬去外省了，所以来的人比较齐，还没到约定时间，校门口就聚集了二十多人。

罗青山刚到就被老同学叫住聊天，他扯着嘴角应了两句，抬头开始扫视到场的人。

老同学还以为他是在找当年跟自己干架的人，忙说："放心，我们没叫那几个傻逼。"

当初在班里带头欺凌同学的那三个男生，毕业之后没有任何人再和他们联络过，这次自然也没人会邀请他们。

罗青山说："那就好。老师呢？"

"担心会下雨，班长让他和师娘在车上等。"老同学说完，看了看他身后，"裴然没和你一起来？"

"没有，"罗青山顿了顿，略显局促地拿出手机，"不然，我给他打电话问问……"

"我刚打过了。"班长走到两人身后，说，"他说马上到。"

哗啦——

雨倾盆而下，大家先是一怔，然后纷纷举起背包挡雨，往大巴车里跑。

"雨还挺大的，咱上车等吧。"

"……你们先上去。"罗青山打起伞，说，"我去车站等裴然，我担心他没带伞。"

"不用吧。"班长说，"他和家属一块来，你这伞也遮不了三个人啊。"

罗青山脚步一顿："什么家属？谁的家属？"

"裴然的啊。"班长说，"他特地私聊跟我说的，还单独报了一间房。"

刚说完，旁边的人忽然喊一声："裴然来了！"

罗青山呆滞地回过头去。

雨幕中，裴然和严准打着一把伞并肩而行。灰伞打得有点低，遮住了他们的眼睛，看不清表情，只知道伞下两人挨得很近。

他们之中只有一个人背着包。

他们的行李装在一起。

窗外倾盆大雨，巴士里热热闹闹。

毕业没几年，大家都还熟络，依旧有聊不完的话题。只是大多人聊着聊着，视线都忍不住往车内倒数第二排的座位飘。

裴然带来的人，大家基本都认识。

严准，以前也是满中的，他们的同届同学，男生知道他是因为他游戏打得好，女生则是因为他长得帅。

巴士开到半途，经过一段山路，车子抖得厉害。坐在罗青山身边的好友终于忍不住小声问："你和裴然……分手了？"

罗青山正在嚼口香糖，心冷不防被人戳了一下，他闷闷地应："嗯。"

"一开始班长说裴然要带家属，我还以为是带亲戚呢。"好友说。

听见"家属"二字，罗青山脸更黑了，面无表情地转头看向了窗外。

到酒店时雨刚停，大山里的空气清新好闻。下了车，班长很快跟酒店沟通好，把房卡分给大家。

还没到晚饭时间，马上就有一批人商量一块去泡温泉。

裴然原本想跟云老师打个招呼，但老师有些晕车，一下车就回了房间。

等裴然拿着房卡回来，严准问："要和他们去泡温泉吗？"

裴然摇摇头："回房间。"

班长统一给大家开的标间，不过酒店规模大，标间也足够舒适。

进了房间，严准刚放下行李包，就听见"唰"的一声，裴然把窗帘拉上了。

"睡一会儿吧。"裴然说。

严准摘下棒球帽，挂到一边："好，困了？"

"我是说你。"裴然顿了一下，"昨晚不是五点才睡吗？"

TZG 队内指挥手出了问题，没办法继续打比赛，只能让替补上。为了练习默契，TZG 这段时间紧急加训，严准经常陪训，一陪就到深夜。

五点睡着，中午就醒来收行李，刚才还在车上颠簸了近两个小时，换谁都累。

严准问："我吵醒你了？"

"没，林许焕告诉我的。"

严准点点头，从口袋掏出手机顺手给林许焕发了个抹脖子的表情包，调成静音才丢到桌上。

严准脱了外套，里面只剩一件单薄的 T 恤就躺到了床上。酒店的床通常都太软，虽然睡久了对腰不好，但偶然睡一睡还挺舒服。

他光是闭上眼，困意就如同潮水涌上来，半分钟后，他重新睁眼，看到裴然站在床边看手机。

严准侧身叫了一声："裴老师。"

班级群里在通知晚上聚餐的时间，地点是提前预约好的酒店地下餐厅，裴然跟着其他人回了一句"收到"："嗯？"

严准声音懒懒的："过来陪我睡一会儿。"

裴然怔怔抬头，严准正半垂着眼皮，神色疲倦地看他。

片刻，两人同款外套堆在一起，裴然刚躺上床就被严准从后面搂住了。

说搂也不准确，就是手臂搭在了腰上，没用力。

严准问："几点去吃饭？"

晚上的聚餐是不能带家属去的，毕竟都是同学，有了陌生人难免不自在。

"六点。"裴然说，"我早点回来，给你带吃的，想吃什么？"

"不用，我叫客房服务，你好好玩。"

"好。"

几秒后："……也别玩太晚。"

"好。"

严准声音很低，像呢喃，一本正经："记得男朋友还在等你。"

"好。"裴然无声地笑了一下，"知道了。"

身后的人没再说话。

严准侧身低头，嘴唇挨在他后脖几厘米的地方睡着了。

到了晚饭时间，裴然悄声下了床，担心吵醒严准，他只开了一盏厕所灯，在微暗灯光下匆匆收拾后出了门。

他踩着点去的，大半同学都到了，裴然环视了一圈空着的位置，正想着随便坐，就见云老师放下杯子，朝他招了招手。

"裴然，过来坐我旁边。"

云老师五十多岁，两鬓已经有了一些白发，头顶俨然有了地中海的架势，不过看起来依旧精神。

他左边的位置空着，右边坐的是罗青山。

见他不动，云老师又催了一声。裴然犹豫了一会儿，还是坐了过去。

云老师打量他几眼："你衣服怎么这么大？"

裴然一怔，低头看了眼，才发现自己穿的是严准的外套，出门时灯光太暗，他没看仔细。

他说："……穿错了。"

中间隔着个人，罗青山压根看不见裴然，听见这句话，他低头猛地闷了一杯酒。

云老师叫他坐过来，也没有特别说什么，只是问他这两年过得好不好，大学生活怎么样。

裴然一一回答，然后问："老师，您身体怎么样了？"

"还行吧，小病不严重。"云老师轻描淡写地说，"就你师母不放心，非要我辞职休养，随她了。"

旁边有人问："那老师，您还能喝酒？师母不说您啊？"

"她在房间呢，不在这。"云老师说，"就喝两杯，都别跟她说啊。"

罗青山说："那不行，您高中天天让我罚站，今天我有仇报仇有冤抱冤。"

云老师转头就敲他脑袋："臭小子！"

大家一阵哄笑，桌上的气氛一下就活跃起来了。

都是成年人了，饭桌少不了酒。裴然低头默默吃饭，徘徊在热闹之外，只有在众人举杯时，他才跟着碰一碰。

到了末尾，大半男同学喝红了脸，坐到另一边划拳玩儿，罗青山就是喊骰声音最大的那个。桌上霎时间空了很多位置。

裴然放下筷子，低头想看手机有没有收到新消息。

云老师刚和另一位同学唠完嗑，旁边的人都走开后，云老师忽然转过头问："严准怎么没和你来？"

"他在房间补觉。"裴然脱口，"您认识他？"

这话问完，裴然又觉得多余。严准高中也读满中，老师偶尔代课、监考，会认识他也不奇怪。

没想到云老师点点头，道："知道这号人，他来班里给你塞东西的时候，我正好看见。"

裴然一怔，下意识重复："塞东西？给我？"

云老师"嗯"了一声，察觉到他的诧异，笑着看他："怎么，你忘了？就那几本课本。"

裴然像被定住，姿势都没变过，良久没有回神。

云老师见他这副表情，有些回过味来了："什么情况？"

"没……"裴然找回声音，他心脏跳得有些快，"老师您……什么时候看见的？"

"我哪还记得了。"云老师摸了摸杯沿，"哪天午休的时候。"

之所以记得是午休，是因为他当时也拿了两本新课本，想趁教室没人时放到裴然的课桌上。

却有热心同学先他一步，不仅给了课本，好像还拿着一包白色包装的糖。

罗青山捧着酒杯过来，打断了两人的对话。

"云老师，我敬你一杯，高中让你操了不少心……"

云老师回头见到他，冷笑一声，拿起杯子："你是该敬我，我这头白发里有不少都是你的功劳。"

罗青山扯扯嘴唇，看向裴然："裴然，一起碰一杯？"

裴然举起杯子，机械地和云老师碰杯。

他压根没注意来的人是谁，要他碰杯的又是谁。旁边的人聊得热闹，他垂头坐着，脑子里的碎片零零散散拼凑到了一起。

后面来给云老师敬酒的越来越多，不管谁敬，桌上的人都跟着喝。裴然连着喝了好几杯，肩上忽然搭了只手。

"别喝了，小然。"罗青山说，"一会儿醉了你难受。"

裴然侧身躲开他的手，刚要说话，手机响了一声。

【严准：醒了。】

裴然看的时候没遮挡，罗青山一眼就看见了内容。

酒足饭饱，已经有人商量着回房间。罗青山抿唇，忽然大声提议："这家酒店有 KTV，不然我们开个包厢，再玩一会儿？"

马上有人出声应和。

裴然起身穿上外套："云老师，我就不去了，你们玩得开心。"

"你们年轻人的活动，我也不去了。"云老师抬头看他，"一起回去？"

裴然点头说好。因为大衣偏宽，他整理了一下袖子，酒精的缘故，他脸颊有些红，但眼底是清醒的。

罗青山："你们都喝了不少，我送你们吧。"

"不用。"没等裴然开口，云老师就先拒绝了，"没醉，你玩你的去。"

裴然和云老师一同离开包厢，沉默地上了电梯。

快到自己楼层时，云老师突然道："其实班里这么多人，我最担心你。"

裴然一怔，转过头看他。

云老师依旧望着前方，电梯门滑开，他摸摸自己的头发，说话缓缓的："这下好了，我放心退休了。"

裴然忽然想起高中时，云老师也是这样看着前方拍拍他的肩，说处分下来了，以后那些人不敢了，好好学习，不要分心。

说得简简单单，没有批评没有责骂，更没有纠正他。他那不被常人接受的性向，放在老师眼里仿佛只是一件微乎其微的小事。

直到云老师走出电梯，裴然才张开口，最后还是什么也没说，只是在身后郑重无声地朝他鞠了个躬。

裴然刷卡开门时，浴室的门也正好拉开。

热气争先恐后地从里面逃出，严准赤着上身，下面随便套了条宽松的黑长裤，湿着头发走出来。

两扇门挨得近，他们几乎是迎面撞上。

严准锁骨附近还沾着水，身上是酒店沐浴露的味道，陌生却好闻。

见他回来，严准先是挑了下眉，没等裴然有什么反应，他先俯下身靠了过去。

裴然站在原地没动，嘴巴下意识张开一些。

预想的吻没落下来，严准垂眸嗅了嗅他："喝酒了？"

"……"裴然默默抿唇，"就一点点。"

"不止，我都闻到了。"严准站直身，"你这衣服……"

"我穿错了。"裴然说，"出门的时候灯太暗，我马上脱。"

严准刚睡了个饱觉，心情很好。他伸手拦着裴然脱衣服的动作："别急，再穿会儿，喜欢你穿我衣服。"

裴然直到洗澡时才脱下这件大衣。

严准躺在床上讲电话，教练打来的。他望着椅背上挂着的衣服，有一搭没一搭地应电话里的人。

聊完正事，教练问："你那怎么一直有水声，在泡温泉？"

严准说："裴然在洗澡。"

"……"

教练匆匆撂下句"不打扰你们了"就挂了电话。

严准也懒得解释，随手把手机丢到一边，从包里翻出 iPad，坐到床头点开收藏夹，随便挑了一场自由人视角的比赛看了起来。

看到第二场比赛，裴然才从浴室出来。他把换洗的衣服塞进行李包，躺到了严准旁边。

可能班长分配有误，他们房间是大床，两人也没想着去换。

严准看比赛时一向认真，但此次他格外没耐心，进度条拖了又拖，终于忍不住转过头去，对上裴然的视线。

裴然洗了头，还在浴室里吹干了，头发塌软。自上了床后，就一直抬着眼在看他。

严准觉得有点好笑："看什么？"

裴然似乎有点走神，良久才应了一声："你。"

感觉到他情绪不对，严准关小平板的音量："怎么了？"

裴然抿唇又松开，几次后，他问："……高中怎么不来认识我？"

严准被问得猝不及防，嘴角不自觉地绷紧。

裴然说："我一直以为那些课本和校服是其他同学给我的。"

严准稍顿，眸光轻轻动了一下。

为什么不说？是因为他那时还不够确定。

不确定他送这些东西，到底是无用的同情心泛滥，还是因为别的什么情感。他没有经验，不知道怎么样才算喜欢一个人。

"不过我很开心。"裴然轻声说。

严准说："什么？"

裴然视线转开又收回来，眼神害羞又坦荡："……知道送那些东西的人是你，我很开心。"

iPad 被彻底关闭，被挤到了大床边缘，眼见就要掉到地毯上。

严准把裴然按在床上，两腿分开跪在裴然腰侧，用手扶着他的脸，垂着头重重地吻他。

唇瓣被反复啃咬，舌尖辗转，一些细微又暧昧的声音断断续续传出。

裴然总觉得自己在下次接吻时会表现得更好，可他每次都没有。他还是被亲得缺氧乱哼，呼吸沉乱，只是这次严准并没有放开他。

衣摆被掀起的时候，裴然只觉得浑身发烫，额间都闹出了汗。

严准终于结束了这个吻，裴然重重地喘着气，还没缓过神来，就听见严准问："怕痒吗？"

裴然半睁着眼，没明白他为什么这么问："一点点。"

话还没说完，严准忽然抬起他的下巴，亲在了他的喉结上。

裴然身子一僵，浑身跟过了电似的麻。

这段时间，裴然每周六都会去 TZG 基地住，他们经常接吻，但除了接吻之外的其他事从来没做过。

严准每次都很克制，因为洗凉水澡的滋味真的不好受。

可是现在，只是不小心开了个口子，再往后的就收不住了。

直到门铃声响起，把严准的理智稍稍拉扯回一些。

他挺直背，看清裴然的模样，喉咙不自觉地发紧。

裴然的衣摆被他推到了脖子上，一片白皙里有几处粉红印子，是刚刚弄出来的。松垮的裤腰也因为动作而往下褪，露出一截白色的内裤边缘。

他嘴唇被亲红，脸蛋蔓着血色，垂下的眼睛里一片潮湿。

门铃又响了几声。

严准做了个深呼吸，哑着嗓子说："我去开门。"

在他起身的那一霎，裴然忽然伸腿去勾他。

裴然都还没来得及开口说话就被严准回头重新摁住了，他一边手撩起裴然的头发，亲了一下他的下巴："你知道用腿去勾男朋友是什么意思吗？"

裴然心脏怦怦跳个不停，他慢吞吞地点头："知道。"

门外的人见房内无人响应，干脆用手敲起了门——

"裴然！你在里面吗？"

是罗青山的声音。

裴然愣了一下，下意识想抬头，就被严准握住脖颈，重新吻回去。

敲门声仍在继续。

"我是罗青山。"

"我有事找你——"

"裴然？？"

……………

不知过了多久，门外终于没了声音。

房间地毯上，男生的衣裤随意叠在一起。

裴然屈着腿坐在床头，低头攥着严准的手腕，血色一路蔓到耳根："行了，可以了……严准。"

严准一边亲他，一边伸手去拿桌上的东西。

他把方正的包装递给裴然，低哑道："裴老师，帮我戴。"

裴然脸蛋倏地更红了，他低着头，撕包装的手都有些抖，好不容易撕开，又半天都没戴好。

"抱歉。"裴然声音发软，"我没戴过……马上。"

严准一顿，握住他的手："没戴过？那你之前……"

"没有过。"

严准："……"

裴然说："我有点洁癖。"

严准反复吞咽几次，低着嗓子直白地问："我可以，他不行？"

"……"裴然没吭声。片刻，他抬头说："戴好了。"

严准沉默地低头去吻他的膝盖，短暂地闭了闭眼，呼吸完全乱了。

……………

读高中时，有段时间市领导来学校检查，班主任们要求所有学生做早操时都把衣摆扎进裤子里去。

那时候所有人都像个书呆子，只有裴然，腿长腰细，端端正正。

裴然的脚腕被紧紧握住，感觉到小腿被轻轻咬了一下，他下意识想躲开，可他越躲，严准就握得越用力。

快结束时，严准把脸埋进他肩窝，沉沉道："高中的时候，班主任还以为我早恋。"

裴然用手背虚虚掩着眼，眼底有些潮。他不明白严准为什么这个时候说这个，但还是头脑空白地应了一声："……嗯？"

"我一整场体操都在看别的班。"

"……"

严准说得很慢，声音里裹挟着平时没有的欲望，又低又哑。他拿开裴然的手，去亲他眼睛，又亲他鼻尖。他们靠得太近了，以至于裴然所有感官都只能感觉到他。

裴然眼前一片白的时候，他听见严准哄似的说："腿很好看，裴老师。"

…………

翌日清早，严准比平时晚起了一些，不过他习惯好，再晚也没超过十点。

他醒来后第一反应就是去看身边的人，裴然还在睡，严准摸了摸他的额头，确定没异样后才起床。

严准打电话给前台订了两份早餐，然后低头收拾地上的垃圾。

其实也没什么东西要收，只有两个套子的包装，他昨天没丢准，落在了垃圾桶附近。

裴然醒来的时候正好听见阳台传来动静。

他刚动了一下，就觉得全身隐隐地疼，疼劲不大，但还是让他停下了起身的动作。

他把头转向阳台，窗帘只开了一点点，落下的日光虽然不强烈，裴然还是忍不住眯了眯眼。

他看见严准拉开阳台的门，手里还拿着什么东西。裴然眨了几次眼才看清楚，瞬间所有睡意都飞光了——

严准拿着他的内裤。

洗过的。

昨晚他被弄得太奇怪了，腿都是酸麻一片，只能被严准带着去洗澡，冲洗完不管不顾就睡了，其他的什么也没顾上。

严准晾好裤子回来，就见裴然趴在床头，怔怔地看着他。

"醒了？"严准上前，又摸了下他的额头，"我叫了早餐，刚到，起来吃。"

裴然抬眼：" 你刚刚拿的……"

严准语气自然：" 怕你觉得放在厕所会脏，顺手洗了。"

裴然长大以来，第一次让人帮忙洗内裤。

他闭了闭眼，想起昨晚的事，脸明明是红的，表情却没露出别的异样，只是短暂地沉默一会儿：" 好。"

早餐是瘦肉粥，清淡适口。

严准说：" 我多续了一天的房。"

裴然喝粥的动作一顿：" 嗯？"

"怕你睡不够。"严准垂下眼，"……还疼吗？"

裴然摇摇头，严准前面的准备做得很好，他是真没觉得有多疼。

但现在腿酸也是真的，两人商量了一下，还是决定再睡一会儿，不跟巴士回去了。

接近十二点，班级群的提示音响个不停。严准从厕所出来时正好看到裴然正在换衣服。

"不是说再睡一会儿？"

"嗯，"裴然穿上裤子，"但还是得下去跟老师道个别。"

严准扫了眼他拿出来的围巾："要穿这么多？"

酒店从房间一路到大堂都是有暖气的。

裴然："……"

裴然："太明显了，身上的印子。"

裴然虽然不是在溺爱下长大，但也没真受过什么生活上的苦，加上他皮肤比普通男生要白，严准只要稍微用一点力就能揉红。

他洗漱的时候看过了，腰、脖子、腿上，全是痕迹。

裴然一恍神，又想到严准侧过脸亲吻他小腿的模样，忍不住低头加快了戴围巾的速度。

严准顿了下："那我陪你下去。"

十二点正是酒店的退房高峰，尤其这几天放假，退房排的队列不短。

罗青山坐在大堂沙发上狂打哈欠，旁边坐着的班长终于忍不住了，问："你昨晚干吗去了？"

"没怎么，认床没睡好。"罗青山给自己灌了口水，四处张望了下，"裴然呢，怎么还不见他下来？他不一直都挺准时的吗？"

班长"哦"了一声："他们好像还要住一天，说是不退房了，估计还在睡吧。"

罗青山被水呛得涨红了脸："他们……不退房了？！"

话音刚落，旁边的电梯门缓缓滑开，裴然和严准并肩走出。

裴然穿得很厚实，浑身上下就露出一个脑袋，看着都觉得热。

而严准只套了一件 T 恤。黑色的长袖，袖子被他卷了一半到手肘，领子刚好露出锁骨。

罗青山呆滞地看着他们朝自己旁边的沙发走去，同云老师道别。

罗青山一眼就看到了严准手臂上的印子，类似被猫抓伤的痕迹，不深，粉红的一道。

这酒店里没有猫。

他忍不住抬头去看，严准领子松散垂着，喉结右侧有两个红印。

两人肩抵着肩，虽然没有什么过分接触，但罗青山一眼就看出了他们的亲密程度。

他想起昨晚自己敲了很久都没人应的房门，呼吸短暂地停了两秒，拳头握紧又松开，不可置信地紧紧盯着裴然。

他和裴然从来没做到最后一步。

他是个纯的直男，高中时懵懵懂懂，不知道男人和男人怎么样才算真正做爱，上了大学后，附近的小酒店都太脏，还出过针孔摄像头的烂事，两人基本没有去过。

罗青山原本在过生日那晚订好了酒店，没想到他一不小心喝多了，还跟苏念闹出一场乌龙，房费连带着打了水漂，开了一晚上的房间都没去住，最后还是被苏念带到了垃圾旅馆凑合了一晚。

他就这么铁青着脸看着两人跟老师道别，和同学道别。

经过他时，罗青山忍不住脱口叫了一声："裴然。"

裴然停下脚步，转头看他。

罗青山问："你昨晚……为什么不开门？"

他看到裴然无意识地往严准身边靠了一点点，几秒后才开口。

"有点私事。"裴然说完，偏过头对班长道，"那我们先上去了，你们一路顺风，再见。"

裴然本来就没睡好，回到房间拉上窗帘，没多久就睡熟了。

严准坐在床头戴着耳机看比赛，时不时转头看一眼。裴然侧着身睡，严准安静地看了一会儿，用指腹碰了碰他肩窝附近的吻痕，借着 iPad 的灯光能明显看到这一块已经淡了很多。

严准轻轻揉了揉，直到颜色逐渐变深才满意地停下手。

看到第三场比赛，严准的手机骤然响起，他以最快速度调成静音，再看旁边的人，裴然已经睁眼了。

"再睡会儿。"严准说完，打算起身出去接。

裴然垂着眼，没什么力气地抓住他的手臂，声音微哑："没事，我睡够了，你接吧。"

严准揉揉他头发，直接开了免提。

教练打来的，开门见山地说了这通电话的目的。

"阿维打不了了，打完这次比赛就退役，上面催得紧，一直让我去挑青训生……你抓紧做决定。"教练说，"我看了这批青训，还是不行，而且队里现在缺指挥，现在那三个……我都不放心。"

严准说："知道了，下周给你答复。"

教练提起一口气："行，希望是好消息。你怎么还没回来？不是就住一晚？"

严准说："多续了一天房。"

教练："……那你和裴然，那什么，好好玩。"

裴然在困倦中听完这个通话。

电话挂了一阵，他才后知后觉地仰起头："你要去打比赛吗？"

严准不答反问："让我去吗？"

裴然愣了愣："这是你的自由。"

严准说："你是我男朋友，我归你管。"

"……"

意识到这是自己之前在便利店前说过的话，裴然捂了捂眼睛，迟钝地觉得害羞。

他慢吞吞地坐起来，懒懒地倚在严准手臂上，拿出手机翻了半天。

严准的手机响了一声，裴然说："我微信推了个人给你。"

严准怔了怔："谁？"

"一位理疗师。"裴然说，"他技术好，按摩也很舒服。"

裴然小时候学过钢琴，现在画画，画久了手也会累，这是他母亲介绍给他的。

严准应了句"好"，片刻后又问："我按得不舒服？"

昨晚严准把人摁着的时候，一直握着裴然的手，十指扣着，直到结束才松开。

裴然的手都被握红了。

事后严准瞧见了，给他按了一下手。裴然就是在手指传来的挤压感中睡着的。

裴然说："……又不一样。"

外面下着小雨，两人也没有要去享受温泉的打算，还是窝在床上躺着。

裴然起了床去洗脸，浴室门关上后，严准重新拿出手机，把教练上周发给他的电子合同转发给了他爸。

严准这份合同发过去几天都没得到回应，他也没再说什么，直到两周后，他接到了母亲的电话，问他微信里拉黑了的人怎么重新加回来。

电话来时是周末，严准还在基地睡觉，他接了电话后的第一反应就是看自己身边，空荡荡，没人。

严准拉黑了的人就没再放出来过，他重新闭眼："不知道，我帮你查查。"

"好。"严母道，"你爸把你拉黑了，研究了半天都没找到加回来的按钮。"

那边隐隐约约传来严父的声音："我让你上网帮我查，你给他打电话做什么！！"

严准："……"

这么久没回复，原来是把他拉黑了。

严准先是觉得无语，几秒后又忍不住短促地笑了一声。

严母也笑，笑完了才问："你认真考虑过了吗？"

严准说："嗯。"

"学校那边怎么办？"

"我应付得来。"

严父不知道又在远处说了什么，严准没听清。几秒后，严母温和道："这毕竟不是小事，你抽个时间回家，我们再仔细谈谈吧。"

严准简单洗漱完，下楼就看见裴然坐在他的位置上打游戏，像是跟林许焕在双排。

他那天跟教练说了一下自己的意向，两人又深入地谈了一下，目前还差一纸合同。

虽然没有白纸黑字定下的事就都不算数，但谈完的当天，训练房就多了一台新电脑。严准还没有正式加入训练，只是偶尔会跟队里人打打四排。

他推开训练室的门，林许焕正好被人打倒在地，嚷着对面是开挂的神仙，让裴然快朝敌人开枪。

裴然哪有诛仙的本事，他这个角度甚至连敌人都看不见。余光瞥见严准进来，他忙道："你躲好，我让严准来打……"

裴然刚想起身让位置，后背就被轻轻压住了。

严准像之前教他压枪那样俯下身握住他的鼠标，只不过这次靠得更近，裴然闻到了他洗漱后的薄荷味。

严准问："位置。"

林许焕也愣了一下，很快又回过神："75树后，我把他打残了，应该在打药。"

严准从容开枪，干脆利落地带走老神仙，他刚要放开鼠标，忽然发现什么。

他操控的游戏人物，虽然穿着还是裴然原先用的那套时装，头顶却换了一个 ID。

"111Believer。"严准念了一遍。

裴然应："在。"

严准低头笑了一声，声音带着刚睡醒的哑，明知故问："英文什么意思？"

"……"裴然安静了几秒才说，"要做你粉丝的意思。"

严准说："那你是我第一位粉丝，给你点私人福利。"

"草……啊不是，我没骂你的意思，哥，"旁边的林许焕忍无可忍，"先扶我一下行吗，我求你们了。"

裴然今天醒得晚，下楼倒水喝的时候林许焕把他逮个正着，二话不说就抓着他凑数打双排。

严准随便拉了张椅子坐到裴然旁边，边看他玩边醒神，直到手机短促地响了一声。

【咪咪：你好同学，咪咪最近生宝宝了～花色都特别好看，猫爸爸是一只小胖橘，你应该已经毕业了吧？如果有兴趣的话，可以抱一只回去养哦。】

严准点开图片看了一眼，好几只闭着眼的小猫。

咪咪是他以前养过几个月的流浪猫，说养也不准确，他爸猫毛过敏，当时的基地又太小，他没把猫带回家过，只是每天放学他都会给它带一些吃的。后来猫生了病，他带去医院治好后帮它找到了领养家庭。

严准忽然想起自己第一次见到裴然，也是因为咪咪这只小土猫。

那天他一如往常去喂猫，刚拐弯就看见裴然蹲在地上，正在给它喂火腿肠。

火腿肠被放在地上，裴然低头蹲着，跟猫之间隔了一个人的距离，一边手伸在半空，要摸不摸，看起来有些滑稽好笑。

见猫有人喂了，严准转身想走，就看到裴然从包里拿出一包湿巾。

摸一下猫，擦一次手，再摸一下，又擦一次……

收回思绪，严准垂着脑袋，慢悠悠打字。

【准了：不了，男朋友有洁癖，养不了。】

每次临近期末，时间就过得飞快。放寒假那天，满城正好落下今年的第一场雪，世界一夜变得雪白。

但基地里没人有心思赏雪，几人要么低头在训练，要么就捧着手机刷微博。

今天，TZG 正式宣布战队加入的新自由人、队内新指挥——"TZG GOD"，并表示他会在后天的开幕赛正式上场。

身为国内第一战队，指挥位突然换人无疑是一件大事，更别说换的是一个名不见经传的新选手，圈内登时炸了锅，官宣微博下面全是问号。

场面太刺激，林许焕等人都分了心，只有严准这个当事人还开着训练场在练枪，直到电话响起。

"你竟然已经和那俱乐部签合同了？！你到底有没有把我和你妈放

在眼里！"刚收到儿子寄来的比赛门票的严父气个半死，"你还敢给我寄票！"

严准说："我妈同意了。"

"……"严父道，"我没同意！"

严准说："差不多行了，合同你都让人看了几遍了。"

严父说："签这些当然要严谨！有一点错漏都会导致很严重的后果——"

"明天的比赛你来不来？"严准打断他，"场地座位太多，不好找。来的话，我让人去接你们。"

那头沉默了半分钟之久。

"再说吧！"话刚落，电话就挂了。

严准把手机丢到一边，拿着水杯起身，被一旁的林许焕抓住衣服。

"哥，微博里那些人都是瞎说的，你千万别生气。"林许焕说。

严准以前打电竞的时候，《绝地求生》这一块还没崛起，他只打过几场网吧的小比赛，连比赛录像都没有，自然也没多少人认得他。后来"111GOD"出现在亚服排名时，还被人猜测是挂逼。

导致现在 TZG 官博和严准刚创的微博号下，不止黑粉嚷着药丸，连战队粉丝都怨声载道，表示不如让二队或青训生上。

严准反问："我有什么好气的？"

林许焕说："真不气啊？"有些评论，连他看了都忍不住想骂人。

严准"嗯"一声，把自己衣服从他手里抽出来："打到他们服就行了。"

严准去茶水间倒了杯水，没急着回去训练，而是拿出手机往阳台走。

裴然上周就考完试了，这会儿在外地跟父母去参加画展。

手机消息停留在昨晚，裴然给他发了机票截图，然后是挂断视频的提示。

【准了：小粉丝。】

【裴然：我在】

严准也不知道自己要说什么，他本来就不擅长闲聊。只是手上一空下来，他就想找裴然。

片刻，他才干巴巴地敲出一句：我这下雪了。

消息还没来得及发出去，手机就"嗡嗡"振了两声。

【裴然：[照片]】

【裴然：今天下雪了。】

严准反复点开那张雪景图，垂眼看了一会儿，长按存到相册。

【准了：嗯，我这也是】

【准了：想你了，裴老师】

比赛日。

严准一早睡醒，就看到手机多了一条消息，两个小时之前发来的。

【裴然：……我订的航班被取消了】

严准很快回过去，直到他洗漱完，换好衣服都没得到回复，打电话过去还是忙音。

这直接导致他上车前往赛场时，整张脸都是黑的。

TZG 俱乐部车子到达现场，车下有不少战队粉在等着，一是想给战队打气，二是都想看看那位新指挥。

车子停稳，前三位老队员下了车，好心情地跟粉丝招手，粉丝都还没来得及回应，就看到车上又下来一个男生。

他穿着 TZG 的黑红队服，戴着压得很低的棒球帽，身材比其他几位队员都要高挑，站在几人中间就像是哪位名人误入了宅男聚会——

这位新任自由人脚步很快，从下车到入场甚至只用了几秒时间，其间一直低头看着手机，表情比他们这些不满战队安排准备抗议的粉丝还要臭。

粉丝："……"

到了比赛场地后台，严准又查了一遍，裴然的航班确实取消了。

"行了，先把手机放好。"教练说，"第一局的战术有些变动，我跟你们仔细说说。"

每场比赛几乎都会做一些赛前调整，教练说得入迷，顺带还给大家伙打了个气，直到工作人员进来提醒他们入场才停嘴。

严准拉上队服拉链，出门前把手机交给教练："裴然如果来电话，你先帮我接。"

"知道了。"教练道，"你爸妈都来了，在第三排。"

"嗯。"

严准穿过过道，刚要走上赛场，忽然像是感应到什么，转过头朝安全出口的方向看去。

紧跟着，他脚步一顿。

站在他前面的林许焕只听到一句："两分钟回来。"

裴然穿着白色羽绒服，还在轻微喘着气，他被保安拦在安全出口外，拿着手机正要打电话，就被人握住了手腕。

严准跟保安打了个招呼，把裴然领走了。

时间有限，严准就近把人带进了一间空的杂物间。

"消息怎么不回？"

见自己赶上了，裴然很轻地松了口气："我之前在高铁上，没信号，中途手机就没电了，还是找出租车司机借的充电线。"

严准问："高铁还有票？"

现在是寒假，又接近春运，票不好订。

"有，"裴然说，"站票。"

严准喉结滚了一下，这间杂物间离赛场最近，门外响着观众的呼声，还能听到解说的声音。

比赛还有十分钟开始，解说开始介绍今日的参赛战队。

裴然听见他们聊到了严准。

"TZG 的新选手 GOD？有所耳闻，据说这位几年前就曾经在 TZG 打过青训，只是退得早，所以知道的人比较少。"

"我打游戏时排到过他，很强，非常强。"

"TZG 的选手还没入场吗？哎不对呀，HUAN 选手不是最喜欢提前入场跟镜头互动的嘛……"

裴然安静地听了一会儿，心脏莫名跳得有些快。

他发现，他很喜欢听其他人夸严准。

"他们在聊你。"裴然说，"你该入场了。"

严准"嗯"一声："我还没准备好。"

他抬手，把裴然跑乱的头发揉得更乱，低声提醒："裴老师，给我加个 buff。"

杂物间有些狭小，两个男生站着几乎就满了。

裴然很快地眨了几下眼，说好。

一束金黄色的舞台灯光不小心投进杂物间的窗户，解说还在聊着"111GOD"的江湖事迹，其他战队一一入场。

裴然往前一步，小幅度地仰起头，在这些热闹声中吻上了严准的唇。

【正文完】

夏日炎炎，蝉鸣声聒噪，风扇在头顶嗡嗡作响，落下来的风都带着一股热意。

尖锐的下课铃打破闷热的空气，老师离开那一刹，教室里才终于有了点儿活力。

严准合上课本，从抽屉拿出手机回林许焕消息。刚打了两个字，他前桌就转过身来，继续跟他讨论上个课间的话题。

"这次比赛你不来，等我们升了高三就没班赛打了，你可考虑清楚。"前桌说。

严准低头看消息，天气太热，他语气都是懒的："我打不了。"

"别啊。"前桌说，"我们班打球厉害的本来就少，这样吧，要是后天的球赛赢了，我包你半个月的早餐！"

早餐钱不多，但夏天的学校食堂实在太折腾人，只有那些早恋的小同学才愿意为对方去挤一身汗。

严准把手机丢回抽屉，抬起右手搭在桌上，淡淡解释："手伤，真打不了。"

他前两天手腕被砸了一下，不严重，但动时还是会感到酸疼。

"……行吧。"前桌无奈道，"那我们再找个。"

严准低低地"嗯"一声，把课本全丢进抽屉趴下睡觉。

这种天气注定只能闭眼养神，两位前桌讨论声不断，内容一字不漏地传递过来。

"我们第一场和几班打？"

"三班。"

"靠，三班篮球很厉害的，他们班有个叫什么……罗什么的。"

"罗青山，那个平头。"

"是他。我听说他高一的时候还跟我们隔壁班男生打过架，他不会打脏球吧？"

"不会，我跟他打过球，打得很凶，我反正不敢防他。"

说到这，男生的声音短暂停顿了两秒，紧跟着，他声音放低，神秘兮兮地说："不过我知道件事儿。"

"什么事？"

"他好像是同性恋。"

"……"

"和他们班一个男生。那男生上次代表学校参加什么绘画比赛得了奖，升旗的时候还被校长夸了好半天，叫裴然。"

"……好恶心，真的假的啊？"

"真的！我见过他们牵手，上周三在学校图书馆二楼，牵了好一会儿……还好吧，我看的时候其实没觉得恶心。"

"哇，你该不会也有那种倾向吧……"

叩叩。

沉闷的敲击声打断这段对话。

两人都是一怔，然后齐齐回头看。

严准稍稍抬头，手臂挡着只露出一双眼，不知是不是疲倦的缘故，他眼皮半垂着，心情似乎比刚刚要差得多。

前桌还以为是自己音量太大，吵醒他了，下意识想道歉。

严准问："比赛是什么时候？"

前桌一愣："啊？"

"不是打班赛吗？"

"对……"前桌终于反应过来，"后天下午四点，学校篮球场……你要来？你手不是伤了吗？"

"到那天就差不多好了。"说完，严准看向另一个人，声音给这闷热的教室增添一分凉意，"我要睡觉，声音可以小一点？"

严准重新趴回去后，前面坐着的两人面面相觑了一会儿，都闭上了嘴。

学校正儿八经组织的年级赛，排场要比平时打打闹闹的小比赛大得多。

三十八度的天，男生穿着球服在热身，旁边站满了两个班级来加油打气的同学。

裁判是体育老师，一声哨响后，全部球员入场。

所有同学的目光几乎都集中在同一处。

罗青山穿着宽松球衣，看着站在自己面前的人："兄弟，你是严准吧？我这好像还是第一次和你打球？"

严准"嗯"一声，低头活动了一下手腕。

罗青山说："我打球下手不太分轻重，要是撞疼你了别在意啊，实在顶不住就换你们替补上来。"

严准终于看了他一眼，说："你也是。"

罗青山之前听说过严准，也见过，但真正面对面站在一起，他才发现严准的个子竟然比他还要高一点点。

但无所谓，像这种游戏宅男，可能偶尔有一两个看上去还可以，实际运动方面都差到不行。

他这个想法在比赛开始五分钟后就逐渐崩裂。

当严准再一次突破他得分时，罗青山队里其他人临时喊了暂停。

两个队伍的休息区域离得很近，严准随意擦了擦汗，就听见隔壁传来了调侃声。

"怎么了你，被严准过好几次了，裴然不在就没动力打啊？"

罗青山喘着粗气，接过女生递来的水，灌了一大口，顺着台阶下："是啊，他那老师怎么还不放人呢，真够磨叽的。"

暂停结束后，球员各自回到应在的位置。

罗青山刚站好位子，肩膀就被人拍了拍："裴然来了，好好打，投不了就传球给我。"

严准抬手抹掉下巴的汗，不动声色地往对面观众看去。

烈阳高挂，观众热情再高也架不住燥热的天气。

女生们手里不是小风扇就是小扇子，一头黑发吹得凌乱；男生个个都不风雅，要么裤腿卷到膝盖，要么露着肚皮。

裴然抱着书包站在人群中，衣服齐整，干净清爽，安安静静地看着罗青山。

他表情比周围的人镇定得多，看起来有点冷淡，又有点乖。

罗青山刚想给裴然飞个飞吻，哨声就响了。他迅速跑动起来，笑嘻嘻地说："兄弟，我老婆来了，给点面子，一会儿请你抽烟。"

比赛开始得太快，他一开始不太确定这句话严准有没有听见。

直到严准面色不改地发力，怼他脸上一口气拿下十分，罗青山才憋着气想，这兄弟指定有点儿耳背。

"严准，可以了，我们拉他们快二十分了都。"前桌经过的时候听见严准的喘气声，忍不住说，"你不是手疼吗？还打这么拼？不然你休息一会儿，我们上个替补吧，反正就最后几分钟了。"

严准说："我能打。"

这个比分是所有人都没想到的，打到后面，罗青山的班级基本都放弃了。

比赛结束的哨声响起，严准停下奔跑，随意撩起衣角擦了一下眼睫上的汗。

女生们讨论的声音不大，严准听不见，站在人群中的裴然却听得很清楚。

"八班那个男生好帅啊，打球也好厉害。"

"你才知道？高一的时候就有很多学姐去班门口看他，我们班还有女生给他写过情书呢……"

"啊！谁给他写过？他叫什么名呀？"

"好像叫，严——"

"喂——三班的快让开！"远处一道大喝，打断了两人的对话。

几个女生闻声抬头，就见篮球直直冲他们砸过来——隔壁班某位同学赢了比赛太兴奋，一时兴起投了个超远三分球。

谁知这球丢得太偏，不仅连篮板都没摸到，还丢到了观众脸上。

篮球是朝着裴然的方向飞的，他后面站着围观同学，前面是等着给球员送水的女生，躲是来不及躲了。

裴然抬手想挡，只听见闷重的一声"砰"，球被及时赶到的男生拦截下来。

篮球重重砸在手腕上，再滚落到地面。严准皱了下眉，忍着手腕的不适弯腰捡起球，重新丢回球场。

挡在裴然前面的人已经躲开了，那位被女生讨论了很久的八班男生背对他站在身前，他甚至能听见对方低沉急促的喘气声。

裴然慢吞吞放下手，刚想说"谢谢"，就被赶到的罗青山挡住了所有视线。

罗青山插进两人中间，累得直喘气，抽过裴然手中的水拧开便喝，喝完后回头说："不会丢三分就别丢！你他妈差点砸到人！"

那位同学吓得连连道歉。

罗青山说："砸到他我跟你没完！"

裴然叫了一声他的名字："别这样，失误而已，也没砸到。"

罗青山又说了两句才作罢，拽着裴然的手去了旁边的长椅休息。

罗青山和同学聊了几句，回头看见裴然打开了书包，拿出一瓶没开过的水。

裴然刚走出两步就被罗青山拽住了衣服。

"去哪啊宝贝儿？"

其他人听见"宝贝"，看过来的目光都不太自然。裴然垂下眼，解释："八班的同学帮我挡了球，我送瓶水谢谢他。"

罗青山拽得更用力了，瞪圆眼道："他才赢了你男朋友，你还要给他送水？不准送。"

"……"

"而且还好我刚才跑得快，不然他都要撞你身上了。"

其实没有，那人停得很稳。裴然心想。

见他沉默，罗青山直接把他手里的水抽出来，拧开粗鲁地喝一口，然后笑道："现在我喝过了，送不了了……走吧，我们去吃隔壁那家日料？"

离开球场之前，裴然回头望了一眼。

那个男生没有加入八班的狂欢里，他仍站在篮板下，沉默地低头擦汗，似乎没有分毫赢球的喜悦。夕阳温柔地铺满地面，把他的影子拉扯得很长很长。

后来上了大学，罗青山发现严准是自己舍友后，还忍不住回首那次篮球赛的事。

"那一场我腿不舒服，不然你们必输的，不信下次你跟我再打一场。"

严准说："哦。"

"对了，那次你还帮我宝贝儿挡了球……"说到这，罗青山咳了两声，"不知道你记不记得，以前跟我同班的裴然，是我男朋友。"

严准停顿了下："记得。"

罗青山没发觉这几秒的沉默，他说："我就事先跟你透个底儿，以后要是他来寝室找我，你别太介意。其实他前几天来过一次，当时你戴着耳机在打游戏呢，见你在，他没好意思进来。"

"是吗？"严准道，"下次可以进来，我不介意。"

得到舍友的批准，罗青山下午就把裴然找来寝室了。

裴然来时，严准正在阳台抽烟。

他倚在墙边低头看比赛，只戴了一边耳机，听见脚步声下意识看了一眼，跟裴然打了个照面。

裴然先是一怔，然后疏离又客气地朝他点了点头。

严准迅速回过神，面无表情地颔首算回应，然后转身把烟掐了，扔进了旁边的垃圾桶。

他听见裴然推开他们宿舍门，又轻轻阖上的声音。

罗青山在门里喊了一声"宝贝儿"。严准盯着垃圾桶里熄灭的烟头看了一会儿，掏出烟盒重新拿出一根，叼在嘴里点燃，转身朝宿舍楼下走去。

他没记得我。严准想。

番外二
EXTRA.02

近日，即将代表国内赛区出战《绝地求生》全球邀请赛的队伍终于官宣，TZG 作为国内第一战队，成功拿到下个月国际赛的邀请名额。战队阵容一出，立即掀起了不小的水花。

《绝地求生》在电竞这一块因为比赛观赏性较低，热度一直比不上MOBA 类型的游戏，这段时间讨论度却居高不下，原因无他——

TZG 上个月刚拿了一场大赛事的冠军，比赛最后一局，TZG 战队走马上任不足一个赛季的新队长 TZG GOD 以11杀的超强战绩成功吃鸡，他第一视角的击杀视频流传网络，所有玩家看了都要竖起拇指感慨一句"爽"。

玩家们在各处讨论得热闹，而 TZG 各位队员则是在上周就抵达全球赛举办地点德国，并且已经连续训练六天了。

TZG 刚打完一场训练赛，成员们回到训练室休息。

训练室两个大沙发此时都睡了人，明明房间就在几步外，还是没人愿意起来动一动。电竞少年平时作息就乱，过来后配合赛方拍宣传 MV 和宣传照折腾了几天，训练的时候都有人忍不住打哈欠。

房内唯一清醒着的队员坐在自己的位子上，姿态闲散地玩手机。

严准在刷自己男朋友的微博。

严准的微博号是教练注册的，短短几个月已经有近百万粉丝，比那些小明星涨得还快，但他的关注不到十个人，除去战队、队友和赞助商，就只剩一个几万粉丝的小画手。

在严准回归赛场之前，裴然就发过他的画。严准一战成名后，他的微博来了不少围观群众，现在那张画下面已经有了七千多条评论，各种猜测都有。

裴然昨晚在电话里问了好几遍"怎么办""我该怎么回"，语气困惑，听得严准忍不住直笑。

今天一刷，裴然的主页多了一条新微博。

【非与衣：我在 GOD 打比赛之前就很喜欢他，会画 TZG 队服是因为当时正好在接 TZG 某个队员的粉丝私稿。不知道任何战队内幕，只是粉丝，大家别乱猜，谢谢。GOD 关注我可能是手滑，希望大家别在评论区 @ 他了，我是男的，不是女粉……再次感谢，不接画稿了。】

"我看到有粉丝给你弄了个微博粉丝站，粉丝十多万呢，你要不关注一下？"怕打扰其他人休息，教练在他身边压低声音说，"可以啊，没几个选手有这样的待遇。"

"不。"严准滑着屏幕，头也没抬，"就一打游戏的，要什么粉丝？"

"身在福中不知福。"维哥气笑了，他晃晃自己的手机，"前段时间粉丝们都还在替我不平，说没人能取代我的位置，劝我回去打，现在……都特么叫我好好养伤，还祝我退休快乐。"

教练点头："社会就是这么残酷。"

严准没听他俩讲相声，他反复看了几遍裴然微博的第一句话，原本要评论，最后直接点了转发。

【TZG GOD：谢谢非老师喜欢我，我也非常喜欢老师　　的画。】

当晚，两人视频的时候，裴然皱着眉，一脸纠结地说："你多打了两个空格。"

"手抖。"刚打出单场11杀的队长给的理由十分敷衍。严准擦干净脸，把毛巾挂好："什么时候过来？"

裴然护照过期，最近正在补办。

"下周二的票。"裴然心虚地关掉微博消息提示，"把那条微博删了吧。"

教练跟他们谈过，战队不反对恋爱，但不赞同公开出柜，毕竟一切后果未知，战队觉得犯不着冒这个险。

严准说："我给喜欢的画手宣传都不行？"

裴然有点想笑，绷着嘴角严肃地叫他："严准。"

"我不。"严准垂眼看着他，忍不住截了几张照片，"下周来了，你自己拿手机去删。"

裴然飞科隆那天，PUBG 全球邀请赛正式拉开帷幕。

裴然到酒店时 TZG 的队员已经出发，他把行李寄放在留守的工作人员那便赶往赛场。

教练给他安排的位置在前排，但还是看不清选手的脸，得靠大屏幕。他刚落座，选手们陆续上场。

裴然旁边坐的也是中国人，几个中国女生，镜头给到严准时她们的尖叫声都把裴然吓了一跳。

待镜头切开后周遭才终于安静了一些，裴然拿出手机给教练发了条消息，告知自己到达的消息，好让对方放心。

"啊啊啊！我拿到 GOD 的微信号了！！"

裴然指尖一顿，忍不住稍稍偏过头打量旁边的女生。

给到观众席的灯光不够足，他看不清她的脸，只知道对方举手投足间都散发着属于女生的清香。

"真的？！你怎么拿到的？！"

"嘘……我找 TZG 工作人员买的。"

"牛逼！！！你加了吗？"

"等这场比赛结束再加。"女生忍不住笑，"我还特地问过了，GOD 没女朋友。"

"我看好你，姐妹，赶紧把最漂亮的照片放上头像。"

裴然默默把手机揣进兜里。

女生们兴奋地聊了好久才停下来，比赛即将开始时，裴然身边的人终于看了他一眼。

"啊，同胞！"女生眉眼弯弯，"你也是留学生？"

裴然摇头：" 只是来看比赛。"

"哇哦，真爱粉啊，特地出国看《绝地求生》比赛的？"女生说，"你是哪个战队的粉丝？ TZG 还是 WWP ？或者是哪个成员的粉丝？"

裴然安静了一会儿。

女生明白了："你喜欢国外的战队？我朋友也是……"

"不是。"舞台灯光亮起，裴然下意识看向前方。

感觉到裴然不是很想聊天，女生抿唇点头，刚要收回视线。

"……我喜欢 TZG 的 GOD。"裴然转过头，朝她笑了一下，"我是他的粉丝。"

这一场开幕赛，TZG 打得非常漂亮，虽然只吃到了鸡屁股（第二名），但全队加起来有十四个人头，让 TZG 第一天就在击杀榜上拉开了和其他队伍的差距。

TZG 队员们在沸腾声中下台。

林许焕伸了个懒腰："啧，进决赛圈的时候我都想好吃鸡采访要怎么说了。"

"少说这种话，"教练说，"还嫌被网友骂得不够？"

"没事，他们都习惯我这些垃圾话了。"

教练无语地翻了个白眼，回头刚想说什么，就见身后的严准已经穿上羽绒服，并拉紧拉链，把队服挡得严严实实。

教练叫住他："还不着急走，他们还没商量好晚饭去哪吃。"

"我不去了，你们吃。"严准把帽子压低，戴好口罩，背上自己的外设包。

教练瞬间明白："我让人去把裴然接进来，一块吃饭吧。"

"我带他回酒店。"严准说。

大家表情一下就八卦起来。

虽然知道严准有分寸，教练还是拍拍肩提醒他："现在还在打比赛，节制。"

林许焕坐得近，耳朵又灵，立刻道："没事，酒店隔音很好，我试过了。"

严准随手拿起抱枕，不轻不重丢林许焕脸上："走了。"

三月的科隆气温直逼零下，裴然站在场馆大厅一角低头鼓捣手机。

背包忽然被人轻轻扯了一下，裴然回头，看到了熟悉的黑色帽檐。

严准遮得很严实，声音穿过口罩，低低沉沉："等很久了？"

"没有，我刚出来。"裴然刚说完，手机就响了。

他原本打算自己先回酒店，所以提前叫了车，现在车子到了。

裴然说："……我没来得及取消。"

"正好。"严准把他挂在左耳上的口罩戴好，"回酒店。"

回去的车上，严准的手机响个不停，他动也不动，任它响。

他昨晚训练到深夜，没睡几个小时就起来打比赛，从睡醒到刚才精神一直紧绷着，直到跟着裴然上了车，肩膀才终于得到放松。

车后座很宽，但两人还是选择肩靠肩坐着，厚实的衣袖下，他们很自然地牵着手。

裴然还没开口问，严准就往前挪了挪，坐得矮一些，脑袋靠到了裴然肩上。

"我昨晚没睡好。"他声音低低的。

裴然下意识想换一个能让严准靠得舒服的姿势："那你睡一会儿，到了我叫你。"

到了酒店，严准倒头就睡。裴然找工作人员拿了行李，简单收拾后去冲了个澡，满城到科隆没有直飞航班，他飞机落地后坐了两小时的火车，不洗就觉得浑身不舒服。

出来时严准还在睡，裴然决定等他睡醒再叫酒店服务。他刚按下"请勿打扰"的按钮，就听见床上传来闷闷一句："还没收拾好？"

"好了。"裴然一愣，"我以为你睡着了，要吃晚饭吗？"

"不想吃，"严准睁眼，"过来。"

裴然刚躺上床，就被当作抱枕一样抱住。

严准说："我还没洗澡，但里面这衣服一直被队服挡着，没脏，嫌不嫌弃？"

裴然任他抱着，说："不嫌弃。"

严准于是变本加厉，低头把脸埋进他颈窝，闻他身上的沐浴露味。

他快两星期没碰过裴然了。

桌上，严准的手机振个不停。

裴然问："要不要跟教练说一声我们到酒店了？"

"又不是小孩子。"

裴然只好如实道："……我脖子有点痒。"

严准顿了两秒，"扑哧"一笑，鼻息打在裴然脖子上，更痒了。

严准慢吞吞坐起身，拿起手机递给裴然。

裴然茫然地看他："？"

"不是要删微博？"

裴然这才想起微博的事，严准的手机开着微信界面，教练的消息已经多达十条。

"你先回消息吧，"裴然看了一眼屏幕下方，很快又挪开，"……好像还有好友申请。"

严准躺回去，在裴然眼皮底下回复消息，再点开好友申请。

【咩请求添加你为好友，附加消息：qaq！~】

【咩请求添加你为好友，附加消息：GOD 神，通过一下，求求了~~】

严准的私人微信号从不随便给别人，他盯着验证消息看了几秒，才反应过来是粉丝。

严准皱眉，刚要点拒绝，就发现自己旁边的人正直勾勾地看着他的手机。

"我没给过粉丝微信。"

裴然一怔，然后说："我知道。"

他把今天在比赛现场发生的事简单说了一下。

说完，裴然犹豫片刻，还是说："其实……你要想加粉丝也可以。"

林许焕他们或多或少都加了几个粉丝，都是死忠粉，会在直播时疯狂砸火箭的那一种。

裴然心想，只要不要聊得太火热就行。

也不要加太多。

严准打断他的思绪："你怎么回答的？"

裴然愣了愣："什么？"

"她问你喜欢哪个选手，你怎么答？"

裴然说："我说喜欢 GOD。"

"……"

严准本来是想逗逗他，却忘了裴然一直诚实，问什么答什么。

严准拒绝掉好友请求，说："不加了，粉丝加一个就够了，多了应付不过来。"

裴然脱口问："加了一个了？"

严准"嗯"一声："一个画手，画画挺厉害，还在微博向我告白。"

裴然："……"

"可他不让我转他微博，你说，他是不是快脱粉了？"

裴然耳根发红，无语半晌："他没有。"

严准说："说不准。他好像不是很想跟我扯上关系。"

严准话音刚落，嘴唇就被亲了一下。

裴然："说了没有。"

角色扮演结束，严准腾手按着他额头，温柔、用力地吻回去。

面对分隔十数天的恋人，一点接触都能引起火花。严准吻了一会儿就克制地抬头，说："这段时间别偷亲我，我忍不住。"

严准在这方面算是有底线，比赛期间不会做太过火的事，他一会儿可能还要去跟教练开会。

裴然把嘴边的水光抿干净，"哦"了一声。

几秒后，裴然认真地补充："但你可以亲我。"

严准："。"

他有时候真怀疑裴然是故意的。

躺了半小时，严准叫了客房服务，酒店很快把晚餐送上来。

怕裴然觉得脏，严准冲洗了一下酒店配套的碗筷。出来时裴然正在打电话，他戴着手套在剥虾，手机开着扬声。

"有空可以去教堂广场逛一逛，那里有很多马路画家。"电话那头女声舒缓。

听出裴然正在和家里人打电话，严准默默坐到一边，没有出声打扰。

母子俩聊了一会儿，终于有了挂电话的趋势。

"你现在和严准住在一起？"裴母忽然问。

严准一怔，转头看他，表情难得有一些呆。

裴然"嗯"了一声。

"这段时间他应该很忙，你该重新开一间房。"裴母说。

裴然："我会跟他商量的。"

挂了电话，裴然一回头，见严准表情惊讶，他解释："前段时间她发现我总是在看你比赛，我就跟她说了。你介意吗？"

严准当然不介意，只是知道这件事后，他睡意全消，甚至有一点莫名的紧张感。

这导致在裴然睡着之后，他还在望着天花板。

片刻，严准悄然起身，随便披了件外套，拿着手机走到阳台。

他翻出前阵子刚加回来的微信号。

【准了：爸，您干吗呢】

没得到回应，他又给他妈发了条消息。

【妈：我们刚睡醒。你等等，他打字慢】

【严以律己：干什么？】

【准了：想您，找您聊聊天】

【准了：最近身体好吗】

严父推了推眼镜，眯着眼看手机屏幕里的字，只觉得这些阿谀奉承里都是陷阱。

【严以律己：你不在，我好多了。】

【准了：嗯，我有个发现，想跟您仔细说说】

【严以律己：等一等。】

【准了：我发现我喜欢男人】

发完这句，严准给他爸点上消息免打扰，然后打开旅行 app 订下比赛结束当天的酒店，一连订了一个星期。等软件出单后，他转身回屋。

严准在外面站得久了，身上沾了点寒意，干脆躺在被子外，打算等回温一点儿再进被窝。

一只手从被子探出，碰到他的手背，裴然被凉意惊醒，迷迷糊糊地半睁开眼。

严准还没来得及说什么，裴然就往他这边贴过来，然后伸手把他搂住，把自己的被子分了一半过去。

"……你冷吗？"裴然闷着声，半梦半醒地说，"靠过来一点，我暖和。"

严准说"好"。话音刚落不过半分钟，裴然的呼吸声再次平稳。

夜幕笼罩城镇，几片雪花徐徐落下，刚沾上人间就化。

科隆陷入浪漫的雪夜，城市昏睡，恋人相拥而眠。

晚上十点，满城机场。

虽是深夜，接机口却围了不少人，有的举着闪闪发光的接机牌子，有的高举相机，不知道的人都以为是哪位大明星来了。

直到举着牌子的姑娘稍稍偏了一下身，露出牌子上的字——【恭喜 TZG 战队星空杯夺冠】。

机场到达厅里，TZG 几位战队成员戴着口罩双手插兜，正往出口处走，身边围着几位战队工作人员。

教练走在最前头，他挂了电话回过头说："这时间没什么餐厅开门了，带你们去吃顿海底捞再回去？"

林许焕揉揉肚子："赶紧赶紧，我饿死了。"

"谁让你不吃飞机餐？"走在他旁边的突击手凉凉道。

林许焕打了个哈欠："这不是太困了嘛，一睁眼就到满城了。"

他们连续打了四天比赛，刚做完夺冠采访就马不停蹄坐飞机回满城，今天一整天都没休息。

原本是打算明天再回来，但严准改签了，其他人见状也就跟着改了机票。

"副教已经去海底捞占位了，那店离机场也不远，我让他先点餐，我们过去正好吃上。"教练拿着手机问，"想吃什么？"

几个饥肠辘辘的大男人几乎把所有菜名都报了个遍。

"严准呢？"教练边说边回头，问他们从刚下飞机就一直低头看手机的战队队长。

林许焕贱贱地凑过去："哥你看啥呢……"

严准把手机侧开，林许焕只扫到了类似直播平台粉丝送礼物的界面。

"我靠哥，你看美女直播呢？还送礼物！"林许焕张口就胡扯，说完又疑惑："不过那界面好像不是我们的直播平台啊？"

严准懒得理他，抬头道："你们去吧，我不吃。"

"不饿吗？"教练愣了愣，拿起手机："那我让人送你回基地……"

"不用，"严准拒绝："我今晚不回基地。"

其他人瞬间明白了。

TZG 队员们从接机口出来的时候，粉丝们压抑着自己的尖叫，但其中"GOD"的呼声依旧难以掩盖。

粉丝太多把他们都围着，严准不方便一个人打车离开，于是跟着战队的车到海底捞坐了两分钟，才起身要从后门走。

"严准，等等。"教练起身，"我送你出去。"

严准挑眉，没说什么。

接近后门时，教练才开口："队长，你去裴然那儿的频率，是不是有点频繁了？"

严准单手插兜，头也没回："我找他不频繁，找您频繁？"

教练被噎了一下："我这不是担心你和他的关系被人发现么？最近其实已经有粉丝发现你在谈恋爱了……"

严准停下脚步，道："我耽误过训练吗？"

"那肯定没有，"教练道，"我是担心他们知道你对象是个男的……"

严准淡淡道："无所谓。"

教练一顿，后面的话被他咽回了肚子里。

严准扣上帽子，帽檐把他的目光遮挡起来："走了，你们慢慢吃。"

坐上出租车，严准重新戴上耳机。

手机解锁后回到了刚才的直播界面。严准用的是一个刚上线不久的直播软件，对比专业直播平台稍显简陋，功能也少——不过对于画手直播够用了。

严准看的直播间简介上只有"画画"两个字，在线人数三千多人，数字可怜得一看就知道是真实人数。主播没开视频，很少说话，只是在专心地描线，偶尔会挑几个弹幕回答问题。

主播的声音很轻很好听："主播画几幅……我画完一幅就下播了。"

"开不开班……不开班的，以后也不怎么会播了。"

"画的是 TZG 战队的 GOD。"主播说完后顿了一下，难得在这个问题上多说了几句："他是 PUBG 游戏的职业选手，非常厉害，去年拿了全国邀请赛的总冠军和击杀王。"

严准嘴角翘了翘，点开发送弹幕的界面。

【老师很喜欢 GOD 吗？】

这条弹幕没得到主播本人的回应，但很快就有粉丝道——

【是啊，非与衣老师第一幅出圈热转图就是 GOD！而且那时候 GOD 还没出名呢，绝壁是真爱了。】

【非与衣老师的桌面壁纸就是 GOD 那张画。】

严准没得到本人回答，把直播间最小化，去微信给男朋友发了条消息。

【严准：想视频。】

耳机里，他男朋友道："稍等一下，我回一下消息。"

【裴老师：现在不行，我有点事……过一会儿可以吗？】

【裴老师：你回酒店了？】

【严准：嗯，那一会儿。】

严准回到直播间，修改了自己的账号 ID，然后往号里充了两千块钱，拆成一百块的礼物一个接一个占满裴然的直播界面。

裴然愣了好几秒才反应过来："等等，不用给我刷礼物，别破费。"

礼物仍旧在刷屏，裴然慌张地喊屏幕上的 ID："这位……'我喜欢GOD'，你别刷礼物了，看直播就好，我真的不需要礼物。"

听到自己想听的，严准满足地扯了下唇，没片刻又重新改 ID，刷礼物。

【老师喜欢 GOD 吗送出了一个马卡龙。】

"怎么又……"裴然皱眉，"喜欢，你……"

【老师什么时候喜欢 GOD 的送出了一个马卡龙。】

裴然含糊道："很久以前，你是一直改 ID 在送礼物吗？别送了，你打字吧，我会回答你的。"

【老师最喜欢 GOD 哪里？送出了一个马卡龙。】

裴然："都喜欢，别刷了，有没有关闭送礼物的按钮？"

【老师看 GOD 比赛了吗送出了一个马卡龙。】

这次没得到回应。

严准挑挑眉，又改了个"老师晚饭吃了什么"，刚要送礼物，唰地跳出一个界面来。

【你已被非与衣请离直播间。】

严准："……"

严准不死心地重新进入直播间。

【你已被非与衣封禁，请在1小时候再尝试进入直播间。】

严准："……"

没了礼物的干扰，裴然手上速度更快，直播间网友纷纷表示自己只是低了个头就跟不上进度了。

一条"老师能不能再画一幅"弹幕从顶上飞过去，裴然扫了一眼，虽然别人看不见但他还是摇了摇头："一会儿有事，画完这幅就下播了。"

升大三后裴然为了方便在学校不远处租了一间房，此刻房间里只有电脑散热器的微微杂音。

裴然画画时很专注，他戴着降噪耳机，开了很小声的纯音乐当作直播背景音，窗外刚下起的暴雨都被隔绝在了他的世界之外。

半途，他活动了一下脖颈，余光扫到一条弹幕——【怎么好像听到了开门声？老师在宿舍吗？】

裴然没怎么在意："没有，在出租屋。"

【一个人住？要注意安全啊。】

"大部分时间是一个人住，偶尔……"裴然顿了一下，继续道："没事，租的小区治安很好……"

话未说完，裴然眼前忽然一黑，整个人瞬间僵住。他手随着慌乱不自觉地滑动了一下，屏幕上的画被扯出一道突兀的线条。

裴然被蒙住了眼睛。

来人手心很大，触感冰凉，稍微带着一点力道，让他不由自主地往后靠去——

耳机被拽下来，他能感觉到身后的人弯下腰靠近，用气音轻声道："打劫。钱放在哪儿？"

裴然没回过神来，心跳很快。他闻到了男人身上的味道，雨、尼古丁和一点点快要消失的古龙水香。

裴然："你……"

感觉到他想回头，男人另一边手抓握上他的脖颈："不想受皮肉苦就别动。"

裴然："……"

"乖，只要听话——"

裴然："你抽烟了？"

"……"

裴然挪开眼前的手，仰起头看着后面的人。

半小时前刚给他发消息说自己回酒店了想视频的人此刻就站在他身后，衣领凌乱，头发和肩上都被雨水打湿，看起来风尘仆仆。

"都是林许焕他们的烟味。"握在裴然颈上的手松了力道，严准垂下眼看他，好笑地说："我没碰。"

裴然刚要问他怎么回来了、什么时候回来的，开口又忽然记起什么，倏地看向电脑——

【我的妈！什么情况？！】

【入室抢劫？！好吓人……】

【我已经向管理员反馈了！】

【跟管理员反馈有什么用！我在上课不方便，谁帮忙报个警！】

【我在打了，谁知道主播住哪儿啊？！】

【……嗯？我现在听着怎么感觉像是在开玩笑？】

裴然连忙慌张地解释："不是入室抢劫，我没事，大家别报警，是我朋友在逗我。"

"真的没事，也没人拿刀威胁我撒谎，真是我朋友。"裴然看着屏幕，习惯性地小声念出弹幕："朋友怎么会在半夜来找你……因为他不工作的时候会住在我家。"

严准道，"同居。"

"对，我们偶尔会同……"裴然说到一半停住了。

严准扑哧笑了一声，指头陷进他头发揉了两下，道："我去洗澡。"

浴室门关上，裴然眨眨眼回神，抬手随便收拾了一下头发。

他喝了一大口水，然后无视掉屏幕右侧一堆"俩男的同居？""哈哈哈他们是不是不知道同居是什么意思"的弹幕，低头继续画画。

严准洗澡出来时裴然已经关了电脑，正站在阳台背对着他低头回手机消息。

灯火零星，空气中还剩下刚才那场暴雨的潮湿与清凉。裴然发完消息后松了一口气，肩忽然一沉，严准弯腰把下巴抵在了他肩上。

严准："怎么突然开了直播？"

"以前的老师参与研发了一款绘画教学软件，他认出我微博上的画风，让我帮忙拉一下人气，我没好拒绝……其实也拉不到多少。"裴然转过头看着他，"不过也就这一次，以后不会播了。"

他们贴得很近，严准"嗯"的时候，裴然甚至能感觉到男人喉结处的震颤。

裴然不露痕迹地抿了下唇："不是说明天才回来吗？"

"想回来，就改签了。"严准道："播了三个小时，累不累？"

"有一点。看弹幕跟聊天比较累，容易分心……你怎么知道我播了三个小时？"裴然顿了两秒，突然想起那个一直给他刷礼物的傻子，瞪大眼道："你看我直播了？在哪看见的？"

严准笑了："你微博有直播提示，一下飞机就刷到了。"

裴然还真不知道自己微博分享了这个动态，应该是他登录的时候勾选了乱七八糟的东西。

裴然道："那也不用刷礼物。"

"你不是也总给我刷？"

裴然脱口："没有。"

"别装了裴老师，"严准好笑道，"你在我直播间开的那个小号，我早认出来了。"

裴然："……"

裴然确实开了一个小号，在严准被黑子攻击的时候，裴然会用礼物把那些脏话刷到消失。

严准眼睁睁看着裴然耳朵变红，好笑地伸手想捏。

"你有没有想过关直播？"裴然突然说。

严准以为他是不想自己被骂，道："那些黑子恶心不到我。"

"不是。"裴然道，"太累了，我坐三小时都觉得累，你平时训练都很累了，再坐着播几个小时，腰会不舒服。"

严准眸子动了动，道："直播比较赚钱，战队跟平台签了合同的。而且我播得算少了，林许焕他们每月直播时长都是我两倍。"

"你缺钱吗？"裴然看着他："我也有积蓄的，你可以不用这么辛苦。"

严准眸子瞥过来，跟他对视了两秒："裴老师要养我？"

裴然郑重地说："可以养。"

裴然话音刚落，严准往前凑了凑，两人吻到了一起。

裴然在日常生活中是冷静自持的，情绪和语气总是很淡，给人一种难以接近的感觉。

严准很喜欢把裴然搅乱。

此刻，裴然躺在床上，睡衣纽扣被全部解开，白皙漂亮的皮肤赤裸在空气中，裤腰也已经往下掉了许多。房内只亮了一盏床头灯，裴然耳尖涨红，嘴唇上沾的不知道是谁的唾液，胸膛前的乳头因为喘息而起伏。

乳尖再次被含住，裴然心脏都快要蹦出来："别碰这儿了，严准……"

严准舌尖在上面缱绻地转了一圈，抬首跟裴然对视。他把裴然的刘海拨到一边，低头吻了一下裴然潮红的眼尾，温热的掌心放到裴然大腿内侧，沉声道："腿张开，裴老师。"

虽然已经做过很多次，但每次听到严准说这些话，裴然还是会面红耳赤。他小声地"嗯"了声，刚抬起脚踝，就被严准掐着大腿强制打开。

阴茎被含住的时候，裴然差一点忘了呼吸。

他下意识弓起身子去抓住严准的手，慌乱道："别，严准……你不需要做这个……"

没有得到回应，裴然手指尖插进严准的头发，又不敢用力："严准……"

裴然根本受不了严准给他口交，强烈的快感和羞耻一并冲击着他，高潮的时候他肩膀无意识弓了起来，脚趾紧拢，脚踝都像在发抖。

裴然喘息着抓住了被单，严准松开他时，他整个人都还沉浸在高潮的余韵当中。严准重新靠上来，捏着他的下巴跟他接了一个带着腥味的甜腻的吻。

"裴老师，你很喜欢这样。"严准蛊惑般地对他说，"每次我的舌头刚碰到你，你就发抖。"

外面又重新下起了暴雨，毫不留情地砸在玻璃窗上，裴然耳朵里却只剩下严准的声音。

裴然跟他对视了几秒，突然发出一个音节："……嗯。"

严准顿了一下。他喜欢在床上逗裴然，裴然虽然任由他乱来，身体反应也很激烈，但鲜少应他这些下流话。

就在严准怀疑是自己听错了时，裴然突然张开手抱住他。

刚高潮完，裴然没多少力气，他把脸贴在严准的脖颈上，平时清冷的声音在此刻裹着浓浓的情欲。

裴然说："插进来，严准。"

凌晨四点的时候，放在床头柜上的手机响起好几条消息提示音。

手机被拿起，关机，又重新丢到一旁。

床单已经被折磨得全是皱褶，被褥一半垂落在地上，避孕套的包装掉了一地，男生的喘息声一道接一道，愈来愈小。

因为裴然实在是发不出声音了。

他跪趴在床上，男人的手把他的臀肉按得陷下去，脖颈到腰窝遍布了被亲吻过的痕迹。裴然刚休息了不到半分钟，又听见塑料撕开的声音，感觉到严准再次插进来，裴然无助地抓着床单，连声音都像是被蹂躏过："严准……好难受，好酸，我不行……"

"你可以，裴老师。"严准锁骨处全是汗水，他的拇指滑过和裴然交合的地方，哑声地夸赞："你还夹得很紧。"

············

结束的时候，天空都已经泛起了鱼肚白。

裴然感觉着自己泛酸的小腹，趴在床上连眼睛都睁不开了。

"裴老师，张腿。"

裴然一个激灵，摇头："我真的不行了，严准，我要坏了。"

他语气太认真了，严准忍不住偏头笑了一声，低头亲了亲他耳尖："不会坏。张腿，我帮你清理。"

裴然还在纠结要不要信他，就感觉到湿热的毛巾覆在了自己身上，全身的毛孔一下就全都张开了。他像是被拉进疲惫的旋涡，连眼皮都没有精力再掀开。

半梦半醒之间，他被人捞起来，套上了一件柔软的丝绸。

他的嘴角被人亲了一下，男人低低沉沉的声音传进他的梦里。

"晚安，裴老师。"

严准醒来的时候裴然还在睡，平时保持着八小时健康睡眠的人此刻紧闭双眼，呼吸安稳，看起来还没有要醒的迹象。

严准餍足地重新闭上眼，过了半分钟，才想起今天下午好像有一个直播采访要做。

他摸索出手机，就在开机的那一瞬间，无数消息提示音涌了进来。严准皱了下眉，把手机调到静音，随意扫了一眼屏幕，几乎全是教练发来的微信——

【严准！出大事了！你怎么他妈的还不开手机！！？】

【看到立刻回我电话！十万火急！】

【有人他妈的曝光你是同性恋！看到速回！】

…………

裴然在接近黄昏的时候才徐徐睁开眼。

他看着从窗缝溢进来的暖光，一时有些分不清是日出还是日落。

裴然撑起身来环顾四周，房间里没人，他第一反应就是找手机。

手机收到了无数条消息，有直播平台给他的礼物提现提醒，老师发来的感谢，以及严准的留言。

【严准：裴老师，下午有个采访要做，我先回基地。我让战队阿姨帮忙煮了锅汤，醒了告诉我，我送过去。】

【严准：裴老师，晚上可能没法过去了，汤我让别人送去。[猪猪下跪]】

【严准：还没醒吗，该饿了。】

裴然笑了一下，重新躺回去，打字。

【裴然：醒了，不用麻烦阿姨，晚饭我自己解决就好了。】

【严准：不行。】

【严准：得给你补补。】

补补……

裴然耳根倏地一下又红了。

【裴然：真的不用。你忙完了吗？】

【严准：还没，我让人送过去了，记得喝。】

【裴然：好，你记得吃晚饭。】

【严准：嗯】

【严准：裴老师。】

【裴然：嗯？】

【严准：给我发条语音吧。】

裴然愣了一下。

【裴然：……说什么？】

【严准：随便什么，想听你声音。】

裴然呆滞地眨了眨眼，几秒后，他按开语音键。

"那你……早点忙完，我在家里等你。"

跟严准聊完，裴然退出去一一回复收到的其他消息。直到林康的新讯息进来，裴然才发现林康今天也给他发了十多条微信。

看清林康发的消息，裴然哈欠打到一半便生生止住。

【林康：我的天啊啊啊！裴然你看微博没有！！】

【林康：你和严准被曝光了！！！】

【林康：哦不，准确来说是严准被曝光了！没有殃及到你……】

林康早就看出了他们的关系，所以在知道事情的那一刻就赶忙来找裴然了。

裴然脑子嗡了一下，不过很快又冷静下来。他做了个深呼吸，点开了林康发来的那条微博链接。

【知情人士在 PUBG 众多贴吧、论坛爆料，TZG 俱乐部队长 GOD 是同性恋者。】

那位爆料人并没有过多的语言赘述，但是上传了几张照片。照片看起来是在学校的画室拍的，照片中，他和严准在接吻，还有两张是他们分开，离开画室的画面。

但是这些照片给他打了马赛克，只留下了严准的脸。

铁证如山。

裴然抬眸看了一眼发帖人的名字，是一串乱码，后面还跟着数字123。

明明是很常见的随机 ID，裴然却觉得格外眼熟。

他刚想点进这个账号的主页，一个陌生电话忽然打了进来。

裴然接通，声音沙哑："哪位。"

"裴然……是我。"

裴然安静了一秒钟，刚想挂掉电话。

"别挂！"罗青山赶紧叫住他："裴然，我……看到微博了。你没事吧？"

裴然一言不发。

"我早就提醒过你，跟严准谈恋爱很不安全，指不定什么时候就闹得全世界都知道了。"罗青山道，"这次虽然没有波及你，但下次可说不准，裴然，你不是很在意别人知道你是同性恋这件事吗？"

裴然脑中忽然蹿过一道记忆，他皱起眉，默默地捏紧了手机。

罗青山以为他动摇了，立刻趁热打铁："你现在一定很害怕吧？没事，那个人一开始没曝光你，后面肯定也不会。但严准这个情况，最近一定会被很多粉丝媒体关注，不然你先和他暂时分开一段时间，免得再被拍到……"

裴然突然打断他："diwgaahh123。"

罗青山一愣："嗯？"

"这个曝光的账号，是你的贴吧账号吧？罗青山。"

罗青山怔住，冷汗随即冒出来，干笑道："你在说什么？怎么可能……"

"以前贴吧给你手机发了推送，我看见过。"裴然冷冷地打断他："用你的手机号码登录贴吧，应该就是这个账号。"

罗青山蒙了。他从来不用贴吧，以前注册的号一条消息没发过，所以他笃定没人知道他这个号，谁能想到不知多久前的一条系统推送，裴然至今都还能回忆起来。

罗青山张着嘴，过了很久很久才从喉咙里挤出声："你记错了，我……"

"罗青山。"裴然的声音里充满着嫌恶和厌弃，是罗青山从未听过的冰冷："你真让我恶心。"

TZG 战队采访现场。

经过几个小时的处理，TZG 团队已经完全冷静下来了。教练双手抱腰，看着不远处在接受采访的严准。

采访直播间里人气已经爆棚，大家都以为 TZG 今日下午的采访要取消了，没想到不仅照常进行，甚至连当事人都一脸波澜不惊地出现在了镜头下。

教练看着正游刃有余回答着问题的严准，突然觉得这天就算塌下来都他妈不算事。

兜里的手机响起，教练看到来电显示头皮一紧，赶紧拿着手机去了阳台。

他接起就道："裴然啊？"

"嗯，打扰了。"裴然说，"严准还好吗？"

教练："他好得很，在采访呢。你千万别担心，这事完完全全不会影响到你。严准已经跟我千叮咛万嘱咐了，让我把关于你的照片处理掉，我联系了那些平台的管理人员，应该马上就会删，绝对不会让你的名字出现在网上……"

裴然打断他："那严准呢？"

教练想起刚才主持人搞事，问严准关于下午爆出来的新闻有什么想说的吗，是不是正在恋爱当中。

严准面色如常，语气平平地说："没什么想说的。是。"

这跟默认没有什么区别。

主持人："那对方……"

"打住。"严准散漫地笑了一下："聊我就行了。"

教练回神，道："严准……他也没事，真的。说实话，我原本都做好官方让他强制退队的打算了，但是没有，官方跟我交了底，让他以后注意一点，不能再有更暴露的照片传出来……就行了，官方不抵制同性恋，事情没我们想得那么糟，这你放心，裴然。"

教练笑了一下："这事最大的影响……可能是那小子会掉一大波女友粉吧。"

裴然长舒了一口气："那就好，打扰您了，我一会儿再跟您道谢。"

挂断电话，教练松了一口气，收起手机往回走，走到半途又觉得不对。

裴然刚刚说了什么来着？怎么觉得怪怪的？

采访完已经是晚上七点，TZG 众人一块走出大楼。

"去干饭！"林许焕大喊。

突击手问："你能不能别一天天就想着吃？"

林许焕："我都愁得一天没吃下饭了，事情解决了我吃点东西垫垫肚子都不行？哥你去吗？"

严准说："不去。"

教练忙道："这个节骨眼，你还是暂时先别找裴然吧……"

"我知道。"严准垂眼淡淡道，"我回基地。"

严准走在人群末尾，拿起手机又确认了一遍。裴然还是没回他消息。

林许焕："我想吃博雅街那家自助日料了，或者咱吃海鲜去？这季节的螃蟹最肥……裴宝贝？！"

严准脚步一顿，倏地抬起眼。

裴然穿着一身白，就站在大楼门口，他姿态端正，看起来又安静又乖。

听见林许焕的声音，裴然看了过来，背脊又不自觉地直了一些。他叫："严准。"

严准已经看到了大楼外对着裴然的摄像头。

他快步上前，脱了队服外套给裴然穿上，摘掉帽子扣到裴然头上，帽檐几乎遮了他半张脸。

严准回头对教练道："我带他从地下室走……"

严准话还没说完，手掌就被人握住了。

裴然的手比严准要小一点，他缠着严准的手指，然后十指并拢。

"不用。"裴然道。

严准做了个深呼吸，道："裴老师，乖点，外面很多人在拍。"

"我没事。"裴然抬了抬下巴，眼睛从帽檐中露了出来："我不怕被别人知道，严准。"

严准安静地看着裴然，平时出门总要体体面面干干净净的人，今晚连手臂和脖颈上的吻痕都没遮，因为昨晚流过眼泪，眼睛还有些发肿，能看出才刚醒不久，满身都是与裴然不符的狼狈。

但比以前的裴然都更加生动，更加可爱，更加让人喜欢。

人们常说感情是会变的，随着时间的消磨，热恋的炽热会变成久处的厌烦。

这句话在他这不管用，严准想，他只会一天比一天更爱裴然。

裴然问："回家吗？"

严准眼里浓重的情绪全都沉了下去，珍而重之地反握住他的手，低低道："嗯，回家。"

【番外完】

我喜欢你男朋友很久了
END

Via Lactea

www.ingramcontent.com/pod-product-compliance
Lightning Source LLC
Chambersburg PA
CBHW071426200726
48294CB00002B/528